ELTON

Mühsam ernährt sich das Eichhörnchen

Zum Glück bin ich keins!

ELTON

Mühsam ernährt sich das Eichhörnchen

Zum Glück bin ich keins!

TAG&
NACHT

FSC
www.fsc.org
MIX
Papier aus verantwortungsvollen Quellen
FSC® C014496

Verlagsgruppe Random House FSC-DEU-0100
Das für dieses Buch verwendete FSC®-zertifizierte Papier
Munken Premium liefert Arctic Paper Munkedals AB, Schweden.

2. Auflage

Erzählt von Elton, aufgeschrieben von Mark Weber und Tilo Behn
Satz: Uhl + Massopust, Aalen
Druck und Bindung: GGP Media GmbH, Pößneck
Printed in Germany
ISBN 978-3-442-83001-5

www.tagundnacht-verlag.de

Inhalt

Bevor's richtig losgeht …
Telefonspionage bei Eltons Mama

Mark & Tilo:
Hallo Frau Duszat, Mark und Tilo hier.

Mama Duszat:
Hallo Jungs.

Mark & Tilo:
Frau Duszat, es wird ernst. Der Elton will endlich sein Buch schreiben.

Mama Duszat:
Nein wirklich? Ach, ich freu mich so. Das habe ich mir so gewünscht.

Mark & Tilo:
Ja, wissen wir. Von ganz allein würde er es ja auch nicht machen.

Mama Duszat:
Ach, da sagen Sie was.

Mark & Tilo:
Deswegen hat er uns auch gefragt, ob wir ihm nicht helfen wollen.

Mama Duszat:
Ihr sollt sein Buch schreiben?

Mark & Tilo:
Nein, wir sollen sein Bier trinken. Aber Scherz beiseite. Er hatte einfach die Idee, dass wir uns zusammensetzen, ein paar Bierchen trinken und über die letzten Jahre ein bisschen nachdenken, was wir da so erlebt haben und was sich lohnt, aufgeschrieben zu werden.

Mama Duszat:
Ach, das finde ich aber schön. Das freut mich, dass er mal was Schönes macht, nicht nur diesen Blödsinn im Fernsehen.

Mark & Tilo:
Sie finden, er macht nur Blödsinn im Fernsehen?

Mama Duszat:
Ach, ist doch egal, was er macht. Ich bin stolz auf meinen Jungen. Auch wenn ich nicht immer alles gut finde, was er so macht. Aber ich hab immer an ihn geglaubt, Witz und Charme hatte er schon immer.

Mark & Tilo:
Wirklich? Haben Sie ihn nie gedrängt, dass er was Vernünftiges lernen soll?

Mama Duszat:
Was ist denn was Vernünftiges? Garantien hat man doch in der heutigen Zeit nirgendwo. Mein Mann war auch beim

Fernsehen, als Techniker beim NDR. Ich kannte also die Fernsehwelt, und ich hab nie gesagt, er soll was Normales lernen, nein. Er sagt ja sogar immer, ich habe ihn gedrängt, zum Fernsehen zu gehen. Das ist Blödsinn. Er wollte das so.

Mark & Tilo:
Aber Sie haben ihn gedrängt, ein Buch zu schreiben.

Mama Duszat:
Ach, es gibt doch so viele Geschichten, die er erlebt hat. Die kann er doch mal erzählen. Ich werde so oft gefragt, wie das ist, seit der Alexander beim Fernsehen ist. Ja, was soll ich denn da sagen? Alles ist, wie es vorher auch schon war. Er hat sich doch nicht verändert. Und wir uns auch nicht. Es sind doch die Leute um uns rum, die meinen, dass man dann anders werden muss. Das ist Blödsinn.

Mark & Tilo:
Aber wird man nicht ein bisschen verändert, durch all die Aufmerksamkeit und den ganzen Glamour, den man erlebt? Elton wird sich doch schon verändert haben, oder?

Mama Duszat:
Findet ihr? Gut, ihr kennt ihn nicht, wie er früher war. Aber glaubt mir, Glamour hat ihn nicht verändert. Der ist der gleiche Elton wie immer. Wie gesagt: Wenn, dann haben sich die Leute um uns verändert. Ich werd' ja auch oft angesprochen als Mama von Elton. Wir wohnen ja auf dem Dorf, und was mich da am Anfang, als Elton im Fernsehen war, oft geärgert hat, das waren die Leute, die den Kopf immer oben

getragen und mich nie gegrüßt haben. Plötzlich sind die dann angekommen und sagten doch tatsächlich so was wie: »Frau Duszat, also jetzt sehen wir Sie ja mit ganz anderen Augen.« Bitte? Plötzlich senken die ihren Kopf und schauen mich an, weil sie ja mit mir reden wollen. Da lache ich dann herzhaft.

Ich lache gerne, und mein Sohn gibt mir ja oft auch Grund dazu, nicht nur, weil ich dank ihm hochnäsige Damen auslachen kann.

Mark & Tilo:
Das sind dann auch die Leute, die sich freuen, wenn es bei Elton mal nicht so laufen sollte.

Mama Duszat:
Da warten die doch nur drauf, eben. Ich bin froh, dass der Alexander mein Junge wie eh und je geblieben ist. Der steht fest im Leben, und das ist auch wichtig, dass er nicht abgehoben ist. So kann ihm doch eigentlich gar nichts passieren. Alle sagen immer, der Elton ist einer von uns. Ist er das wirklich? Kennen die Leute ihn, wie er ist? Was macht der so in seinem Leben, wenn er nicht gerade im Fernsehen ist? Was ist ihm wichtig? Was hat er alles schon erlebt? Wie sieht er die Welt? Auch für mich als Mutter ist das doch spannend. Welcher Sohn erzählt schon gern und viel. Männer sind doch so, dass sie kaum den Mund aufkriegen und erzählen, was sie beschäftigt. Da ist Alexander nicht anders. Wenn er ein Buch schreibt, dann kann ich das alles mal nachlesen. Ist doch super.

Mark & Tilo:

Und das hat er jetzt ja vor. Sind Sie denn stolz auf ihn?

Mama Duszat:

Klar sind wir stolz. Ich genauso wie mein Mann. Ist doch unser Sohn. Ein lieber Sohn, ein guter Vater, ein vernünftiger Kerl, mit einer tollen Frau an seiner Seite. Ich glaube, wir haben den ganz gut hingekriegt. Wir würden wohl nichts anders machen, wenn wir ihn noch mal erziehen müssten. Ich hab immer zu ihm gesagt, wenn du es mal zu etwas bringst, dann vergiss die Leute »unten« nicht. Klingt jetzt blöd, aber ihr wisst, was ich meine. Ich war mit meinem Mann oft bei Live-Sendungen dabei und habe mitbekommen, wie das Buffet beim NDR schon leergefuttert war, wenn die Kabelträger zum Essen kamen. Das tat mir immer weh. Das hab ich Alexander mit auf den Weg gegeben, dass er drauf achten soll, dass alle etwas vom Kuchen abbekommen. Und ich glaube, dass macht er ganz gut.

Mark & Tilo:

Sie sind also Fan?

Mama Duszat:

Na was heißt Fan? Wir sind stolz. Wisst ihr, er hat ja am 2. April Geburtstag. Die Wehen haben bei mir allerdings schon am 1. April eingesetzt. Ich wollte das aber nicht. Er sollte nicht am 1. April zur Welt kommen. Also habe ich meine Wehen verdrängt, und wir sind erst nach Mitternacht ins Krankenhaus gefahren. Wenn ich mir das heute überlege, wäre es ja vielleicht doch schön, wenn er am 1. April geboren wäre. Er ist doch ein lustiges Kerlchen, da wäre es doch schön, wenn er ein Aprilscherz wäre. Aber gut. Wir sind froh, dass er da ist. Ich erinnere mich immer gern an ein Lied von Rolf Zuckowski, das wir immer gehört haben, als er klein war: »Schön, dass du geboren bist. Wir hätten dich sonst sehr vermisst.« Ja, das hätten wir. Wir erfreuen uns jeden Tag an Alexander.

Mark & Tilo:
Jeden Tag?

Mama Duszat:
Ja, jeden Tag. Wir finden gut, was er macht. Von Anfang an. Und als er bei »TV total« angefangen hat, waren wir sehr stolz. Das haben wir immer geschaut und fanden das gut. Aber ich hab zu Alexander gesagt, er soll keine Witze über Kinder, Alte und Kranke machen. Das klappt leider nicht immer, aber ich sag ihm dann auch, wenn mir etwas nicht gefällt. Er muss ja gehorchen, schließlich bin ich seine Mutter!

Mark & Tilo:
Und was war das Letzte, was Ihnen von ihm nicht so gefallen hat?

Mama Duszat:
Ganz ehrlich? Ich weiß nicht, ob er singen sollte! Seinen WM-Song »Wir werden wieder Weltmeister sein«, den finde ich wirklich nicht so gut. Das hört sich doch alles gleich an. Gesanglich ist das vielleicht ja gar nicht sooo schlimm, singen

können ja viele nicht. Aber der ganze Song an sich ist schon arg mau. Ich bin jetzt mal gespannt, ob er besser schreiben als singen kann. Ich freu mich auf sein Buch.

Mark & Tilo:
Danke für das Gespräch, auf Wiederhören.

Schneckenpenis

Seit zwei Tagen kann ich Mutter nicht erreichen. Sie geht nicht ans Telefon. Meine Frau und die Kinder sind oben bei ihr im Alten Land, wie sich die Gegend meiner alten Heimat Jork nennt, südlich der Elbe in Hamburg gelegen, wunderschön idyllisch und das größte Obstanbaugebiet Mitteleuropas. Ich soll einfach ein paar Tage meine Ruhe haben. Mutter wünscht sich, dass ich ein Buch schreibe. Doch vor mir liegt ein Stapel DVDs. Ob ich endlich mal *Inglourious Basterds* anschaue und überprüfe, ob Christoph Waltz den Oscar zu Recht gewonnen hat, statt ein Buch zu schreiben? Oder die Jungs anrufe, den Grill anwerfe und den Pokerkoffer raushole? Irgendwie bin ich nervös. Was soll ich denn schreiben? Was habe ich denn zu erzählen? Hat Mutter recht, dass es eine ganze Menge ist? Sie hatte die Idee, und ich fand sie cool – zumindest am Anfang. Leider habe ich dann meinem Manager von Mutters Schnapsidee erzählt, und er fand sie super. Er hatte sofort so großartige Argumente parat wie »ein Buch macht was her«, »der oder der hat auch eines geschrieben« und »überhaupt Kohle und so«. Der hat gut reden, der muss sich ja auch nicht den Hintern platt sitzen und im 2-Finger-Such-System wochenlang auf seine Tastatur einkloppen. Ich bin jetzt schon genervt. Mein Textprogramm hat wirklich an jedem zweiten Wort was auszusetzen und reibt mir das mit roten Strichen schön unter die Nase. Das erste

Blatt sieht aus wie mein letztes Diktat. Aber jetzt habe ich den Salat. Wenn sonst jemand mit einer fragwürdigen Idee um die Ecke kommt, sitze ich das einfach aus. Doch jetzt kam sie blöderweise von meiner Mutter, und noch blöderer Weise hab ich mich irgendwie spontan auf die Sache eingelassen. Und wer auch eine Mutter hat, weiß, was das bedeutet: Keine Chance!

»Die Leute interessiert es doch, wie du das alles machst«, hat sie gesagt.

Aber was mache ich denn überhaupt!?

»Und du erzählst ja auch nie was. Schreib doch mal auf.«

Um es kurz zu machen: Das Ganze wurde zum Projekt erklärt. Das Blöde bei so einem Projekt ist am Anfang nur immer, dass es irgendwie losgehen muss. Ich saß da und wusste nicht so recht, wie. Aber ich wusste, dass es eine faule Sau wie mich zumindest mal dazu bringen würde, über mich nachzudenken.

Also Laptop an. Doch was seh ich da? Die Playstation. Nein, nicht ablenken lassen, Elton. Naja, aber genau genommen ist es nicht nur meine Playstation, sondern auch meine X-Box und meine Nintendo Wii – aber wer will schon angeben.

Ach, wer soll sich denn für meine Gedanken interessieren? Ich bin kein Arzt und habe keine Lebensweisheiten, die ich vermitteln könnte oder möchte. Ich finde, ich bin nicht sonderlich lustig oder kreativ, und ich glaube nicht, dass ich ein Buch mit einem Knaller nach dem anderen rausjagen könnte. Mir fällt auch kein Thema für ein Langenscheidt-Wörterbuch ein, das ich schreiben könnte. Vielleicht »Elton–Fleisch/ Fleisch–Elton«. Aber Fleisch spricht nicht, und so wäre das ein sehr kurzes Buch. Das fand ich eigentlich recht reizvoll, aber weder meine Mutter noch mein Manager teilten meine

Euphorie. Also wird es ein Buch über mich werden. Und da liegt das Problem. Ich bin einfach nur ich.

»Genau«, haben auf dieses Argument alle gesagt und: »Jetzt setz dich hin und schreib darüber dein Buch.«

Mein Buch.

Oder anders gesagt, das Buch, das ich schreiben soll, weil es meine Mutter gerne hätte. Und nun sitze ich also hier und lasse meine Gedanken schweifen, denn so ein Buch ist eine Herausforderung für mich. Und wenn ich etwas von meinem Entdecker Stefan Raab gelernt habe, dann ist es, dass man sich Herausforderungen stellen muss. Das Buch ist nun also meine ganz persönliche Herausforderung. Ich bin mir im Klaren, dass es zwar mein Buch ist, ich es aber für andere schreibe. Leute, die sich ein Buch kaufen, die wollen was zu lesen haben. Wäre das Buch nur für mich bestimmt, dann würde ich so viele Bilder wie möglich reinpacken und kaum Text. Aus diesem Grund bin ich auch eher *Focus*- und kein *Spiegel*-Leser. Und ich lese auch lieber Bücher mit vielen kurzen Kapiteln. Dann kann es meinetwegen auch ruhig ein dickes Buch sein – gerne mit 800 Seiten oder so. Nur darf eben jedes Kapitel nur so 10 Seiten haben. Da kann ich dann jeden Abend ein Kapitel lesen und das Buch wieder zur Seite legen. Wenn so ein Kapitel aber 50 Seiten hat, dann muss ich auch 50 Seiten lesen. Und das ist am Stück eindeutig zu viel des Guten. Denn ich möchte ein Kapitel auch immer zu Ende lesen. Deswegen sollte mein eigenes Buch auch viele Kapitel mit wenigen Seiten haben. Gehe ich so jetzt vor? Ist das der Plan? Mich bei den Kapiteln auf 10 Seiten beschränken? Mich beschränken war noch nie meine Stärke, und wenn ich es mir recht überlege, dann ist es mir doch völlig wurst, wie viele

Seiten meine Kapitel haben werden. Ich muss das Buch doch nicht lesen. Ich weiß doch dann schon, was drin steht. (Ob es Schriftsteller gibt, die ihre eigenen Bücher mit in den Urlaub nehmen? – Vielleicht um leichter erkannt zu werden…) Ich könnte also theoretisch ganz lange Kapitel machen! Aber ich denke dabei ja auch an meine Leser. Mit hoher Wahrscheinlichkeit ticken die doch ähnlich wie ich und sind froh, wenn sie ein oder zwei Kapitel am Abend schaffen. Außerdem muss ich beim Schreiben ja auch noch bedenken, dass die nicht den ganzen Abend lesen werden. Denn irgendwann müssen sie ja auch noch meine letzte »Elton vs. Simon«-DVD anschauen. Auch die ist schön in Kapitel unterteilt, dass man nicht alles auf einmal schauen muss. Ich weiß schon, worauf es ankommt. Und ich denke dabei auch an das optische Erscheinungsbild meines Buches. Ganz schlimm ist es doch, wenn man Eselsohren machen muss, weil man zu müde ist, um weiterzulesen, und das Buch weglegen möchte. So ein Buch voller Eselsohren sieht doch nicht schön aus. Dann lieber kürzere Kapitel, und die Leser können sich merken, bei welchem Kapitel es weitergeht. Ich will einfach nicht, dass mein Buch mit Eselsohren verunstaltet wird. Und hoffentlich bleibt meinem Buch das Schicksal des Toilettenbuches erspart. Wie schlimm muss es für Bücher sein, die neben Toilettenschüsseln ihr Dasein fristen und nur während großer Sitzungen zur Hand genommen werden. Nein, nicht mit meinem Buch! Dank iPhone und Co. kann man ja jetzt beim Geschäft-Machen im Internet surfen. Ich mache es jedenfalls und Millionen andere auch. Denkt das nächste Mal dran, wenn ihr mit dem iPhone eines Kollegen telefoniert! Aber es ist nun mal viel praktischer, eine Zeitungs-App auf dem Klo zu lesen, als die ganze Zeitung mit sich rumzutragen. Ein weiterer Vorteil ist, dass man nicht mehr so verschämt mit Zeitung auf's Klo gehen muss. Was habe ich schon für blöde Blicke geerntet, wenn ich in den Hotels dieser Welt nach dem Frühstück mit der Zeitung bepackt Richtung Toilette gegangen bin... Nun ja, jetzt habe ich ja ein iPhone und die Hoffnung, dass meinem Buch das Dahinsiechen auf den Toiletten deutscher Haushalte erspart bleiben wird. Danke, Steve Jobs!

Aber dafür wird mein Buch in allen möglichen Betten landen! Da bin ich jetzt schon eifersüchtig. Schade, dass ich kein Buch mit Augen machen kann. Es ist doch der Wahnsinn, was mein Buch so alles zu sehen bekommen könnte und das nur, weil ich prominent bin und Sie mein Buch gekauft oder vielleicht geschenkt bekommen haben.

Immer wenn jemand zu mir sagt, ich sei prominent oder ein Star, sage ich, dass ich einfach nur bekannt bin. »I am well known«, wie man im Ausland sagen würde. Dort passiert mir öfter Folgendes: Ich sitze in einem Restaurant wie ein ganz normaler Gast und werde von freundlichem Personal ganz normal bedient. Keiner kennt mich, keiner will was von mir. Bis dann plötzlich Uschi und Annika aus Mönchengladbach nichtsahnend das Restaurant betreten und bei meinem unerwarteten Anblick fast aus den Latschen kippen und anfangen, hysterisch Sachen zu kreischen wie »Nee, der Elton« oder »Das ist doch der Dicke aus'm Fernsehen!«. Dann fassen sie sich mutig ein Herz, stören mich beim Essen, und ich höre die seltsame Frage: »Können wir ein Foto machen, Herr Elton?« Diese bizarre Szene löst bei den einheimischen Gästen und Angestellten verständlicherweise Verwirrung aus. Dann höre ich regelmäßig die Frage: »Are you a celebrity?« – »No, I am just well known«, antworte ich darauf. »Well known«. Das klingt einfach cool. Und irgendwie lecker. Nach »well done« – »gut zubereitet«. Aber ich schweife ab. Als Star fühle ich mich jedenfalls nicht. »Well known« – ja, das bin ich. Und es gibt gute und schlechte Momente, »well known« zu sein. Wenn ich zum Beispiel auf der Aftershowparty der ECHO-Verleihung richtig Durst habe und dann ohne Bett-Boxenstopp in den Flieger nach Hause steige, verkatert, unrasiert und leicht müffelnd, ist meine Halbprominenz schon nervig. Zumindest wenn ich wie vor ein paar Jahren nur einen Mittelplatz im Flieger kriege, zwischen zwei sächsischen Außendienstmitarbeitern, die ihre helle Freude daran haben, mich und meinen Zustand ungeniert und am laufenden Band mit ihrer Kamera zu filmen. Und wenn sie mich dabei ständig anstoßen und sagen: »Äldon, nu lach do ma!«, wird das auch nicht besser. Wenn mich dann aber die Stewardess erkennt und mich mit auf einen freien Platz in die Businessclass nimmt, ist das wohl die Sonnenseite meiner Bekanntheitsmedaille. Und die wollte nicht mal ein Foto. Aber da hätte mich eh keiner drauf erkannt. In Zeiten der Fotohandys ist es aber auch fast schon eine kleine Sensation, wenn überhaupt noch um Erlaubnis für ein Foto gefragt wird. Besonders blöd ist es, wenn man gerade auf einer öffentlichen Toilette am Pinkeln ist. Man kennt das ja, seit man alt genug ist, um alleine auf Toilette zugehen. Hin und wieder schaut man schon mal, was die anderen haben. Kleiner verstohlener Blick zum Nachbarn, zum Nebenpinkler, wenn Sie verstehen, was ich meine. Manche schauen aber auch ganz offensiv. All das kennt man ja. Aber jetzt, in den Zeiten des Fotohandys, reicht manchen Mitpinklern bloßes Gucken nicht mehr aus.

Sie wollen das, was sie sehen, auch mit anderen teilen und greifen fast schon reflexartig zum Fotohandy. Nun bin ich ja nicht blöd und weiß mich vor den Objektiven zu schützen. Trotzdem bin ich mir sicher, dass bei der einen oder anderen Boulevardzeitung schon Fotos von dem einen oder anderen prominenten Kollegen eingegangen sind. Ich gebe zu, manchmal habe ich mir schon gedacht: »Jetzt eine kleine Bewegung nach links oder rechts und schnell aus der Hüfte geschossen, und nicht mehr ich bin es, der sich angepisst fühlt.« Aber das kann man ja nicht machen. Mit der Pinkel-Fotohandy-Spaßoffensive weiß ich also umzugehen. Eine ähnliche, aber ehrlich gesagt noch beschissenere Situation: Ich habe es mir gerade mit dem iPhone und meiner Zeitungs-App auf der Toilette so richtig gemütlich gemacht und höre plötzlich seltsame Geräusche aus der Nebenkabine, die klingen, als würde Reinhold Messner für eine Bergbesteigung trainieren. Und die verleiten mich dazu, mal einen Blick nach oben zu richten, wo mir tatsächlich ein kletterfreudiger WC-Paparazzo samt Fotohandy entgegenlächelt. Das ist wirklich unfassbar. Ich könnte es ja verstehen, wenn man mich zuvor mit einer netten Dame in der Kabine hätte verschwinden sehen. Da wäre der Hobbysensationsjournalismus ja noch nachvollziehbar. Aber so? Die armen Boulevardredakteure. Das ist wirklich kein schöner Moment und ganz sicher einer, in dem ich mir wünsche, doch ein ganz normaler Mensch zu sein, von dem niemand wissen will, welche Grimassen er auf dem stillen Örtchen zieht.

Aber genau genommen bin ich ja auch ein ganz normaler Mensch. Oder sagen wir mal, in meinem Business definitiv einer der Normalsten. Dass viele Prominente nach außen vielleicht eher unnormal wirken, liegt oftmals gar nicht an ihnen, sondern an ihrem Umfeld, sprich Management, Plattenfirma oder Fernsehsender. Die machen ihre Prominenten gerne mal zu unnormalen, unantastbaren und auch unsympathischen Zeitgenossen. Ich persönlich habe das große Glück gehabt, dass ich erst mit Anfang 30 in dieses Haifischbecken gerutscht bin und schon ungefähr wusste, wie der Hase läuft. Man konnte mich nicht mehr so leicht manipulieren. Aber wenn man jung ist und plötzlich im Rampenlicht steht, dann ist man nahezu hilflos einer völlig neuen Situation ausgeliefert. Ich denke da an die VIVA-Küken oder Superstars. Die sind ja gerade mal trocken hinter den Ohren, wenn es für sie losgeht. Wenn für die das Rampenlicht angeht, sind sie zwischen unschuldigen 16 und 22 Jahren, und das Management und alle um sie herum machen alles für sie. Sie werden verhätschelt und vertätschelt, und wie bei Neugeborenen wird für jedes Bäuerchen applaudiert. Irgendwann müssen die ja abheben. Ich kann die Leute verstehen, die mit 18 berühmt werden und dann auf einmal denken, sie sind die Größten. Die haben keine Chance bei dem Umfeld und den teilweise unglaublichen Reaktionen, die sie bekommen, nur weil man ihre Gesichter aus dem Fernsehen kennt.

Ich erinnere mich noch sehr gerne an die Zeit, als ich zum ersten Mal so ein bisschen gedacht habe, dass mich jetzt jeder kennen müsste und ich so eine Art Berühmtheit bin. Tatsächlich litt ich an totaler Selbstüberschätzung. Es war in meinem ersten Jahr bei »TV total«, ich war schon seit ein paar Monaten regelmäßig im Fernsehen zu sehen und hielt mich für unfassbar wichtig. Da stand der Deutsche Fernsehpreis 2001 an. Da wollte ich natürlich gerne hin, als Zuschauer. Leider habe ich keine Einladung bekommen. Also habe ich selbst an RTL und die Fernsehpreisredaktion geschrieben. »Ich möchte bitte zum Fernsehpreis.« Und die haben zurückgeschrieben: »Wer sind Sie überhaupt?« Und dann hab ich gesagt: »Ich bin der Showpraktikant von ›TV total‹.« »Praktikanten kommen nicht zu uns in die Show. Die dürfen nicht in die Halle«, kam als Antwort zurück. Das fand ich sehr lustig. Aufgegeben hab ich trotzdem nicht und habe den lieben Leuten von RTL erklärt: »Entschuldigung, ich bin nicht irgendein Praktikant, ich bin der Showpraktikant von ›TV total‹ und Woche für Woche on air.« Ich hab trotzdem keine Einladung bekommen und auch in den folgenden Jahren nicht. Ich bin das erste Mal als Gast von Oliver Pocher auf dem Deutschen Fernsehpreis gewesen. Da war er noch mit Monica zusammen, glaube ich. Ich komm so leicht durcheinander bei den Frauen, die Pocher so alle hatte. Jedenfalls konnte Monica an diesem Abend nicht, und so habe ich mir eine blonde Perücke aufgesetzt und bin mit ihm über den roten Teppich gelaufen. So einen Scheiß mach ich, nur um zum Fernsehpreis zu kommen. Und was soll ich sagen – die Fotografen haben sich um uns gerissen.

Letztes Jahr war ich dann zum ersten Mal offiziell bei der Verleihung des Deutschen Fernsehpreises. Allerdings nur als Vertretung. »Schlag den Raab« war 2009 für die beste Unterhaltungssendung nominiert, und Stefan konnte nicht selbst vor Ort sein, um den Preis eventuell entgegenzunehmen, da er an diesem Abend zeitgleich live mit der »TV-total-Bundestagswahl« auf Sendung war. Auch wenn ich also nicht persönlich geladen war, so war es für mich doch toll, dabei zu sein. Ich hab mir da eben einiges bewahrt und bin immer noch begeistert, in was für einer Welt ich da leben darf. Ich kann in dieser Welt Menschen treffen und kennenlernen, die mir etwas bedeuten. Das müssen nicht immer Stars sein. Darum geht es nicht. Für mich sind solche Treffen immer etwas ganz Besonderes und etwas nicht so ganz Selbstverständliches. Bei einer meiner ersten Aftershowpartys kamen z.B. Ande und Lars von Mundstuhl auf einmal auf mich zu, holten mich aus einer dunklen Ecke, in die ich mich in meiner Hilflosigkeit verkrochen hatte, und wollten ein Bier mit mir trinken. Das war einfach irre. Die fanden mich lustig. Dabei war doch ich ihr Fan. Aber so ist plötzlich Unnormales ganz normal – Bier vereint und schweißt zusammen. Die trinken auch nicht anders und feiern auch nicht anders, als ich es mit meinen Jungs von früher gewohnt bin. Ich fand Mundstuhl damals unheimlich lustig und hab mich über die beiden regelrecht weggeschmissen. »Dragan und Alder«, das ist Kult. Damit bin ich aufgewachsen. Und dann ist man natürlich aufgeregt, wenn Mundstuhl einem ein Bier bringen. Schließlich hab ich die CD zu Hause. Du hast dich mit besoffenem Kopf darüber kaputtgelacht, und auf einmal stehen die neben dir und wollen ein Bier mit dir trinken! Ich hatte es geschafft!

So richtig komisch wurde es dann aber besonders als großer Fan der Toten Hosen oder der Ärzte. Es war beim ECHO oder beim COMET. Und es waren immer noch die dunklen Ecken, in denen ich mich herumtrieb, als plötzlich Leute wie Campino oder Bela B. auf mich zu kamen und mich zu einem Bier einluden. Wahnsinn.

Also Wahnsinn für mich. Sicher nicht für jeden, denn ob jemand ein Star ist oder nicht, das hängt einfach damit zusammen, ob man jemanden mag oder nicht. Die Frage, ob man das Aufeinandertreffen mit einer anderen Person als ein

Treffen mit einem Star empfindet, hängt doch ganz wesentlich von subjektiven Empfindungen ab. Nehmen wir zum Beispiel Mark Medlock. Der ist ein Star – ohne Zweifel. Ja, mit viel Phantasie kann man das so sagen. Mark Medlock ist der erfolgreichste Superstar, alle Singles waren in den Top 10, und er verkauft Platten ohne Ende. Ich aber finde ihn weitaus uninteressanter als einen Typen, der weniger Platten verkauft, mit dem ich dafür aber klarkomme und für den ich mich wirklich interessiere. Es sind einfach persönliche Interessen und Sympathien. Ich bin mir sicher, für Mark Medlock bin ich auch nur ein dickes Etwas, das er in jeder dunklen Ecke einer Aftershowparty achtlos stehen lassen würde. Gott sei Dank. Ich meine das wirklich nicht arrogant. Bei mir bekommt jeder eine Chance. Aber wenn ich merke: »Nee, mit dem Typen komm ich nicht klar«, dann bin ich der Letzte, der sich da anbiedert. Ich nehm die Leute so, wie sie sind, und das erwarte ich auch umgekehrt. Im Prinzip will ich erst mal mit jedem gern ein Bierchen trinken. Ich versuche das sogar noch weitgehend in meinem Leben so zu machen. Ich mag den Kontakt zu den Jungs und Mädels da draußen. Ich weiß nicht, wie es wäre, wenn ich nicht der Elton aus dem Fernsehen wäre. Aber mich hält es irgendwie jung, dass ich dabei sein kann und darf, wenn 20-Jährige Partys feiern und sich freuen, dass ich dabei bin. Ob das auch so wäre, wenn ich nicht prominent wäre, weiß ich nicht. Aber jetzt, wo ich es bin, habe ich natürlich den Drang, möglichst lange bekannt oder berühmt zu bleiben, weil das schon angenehm ist. An die Fotosessions gewöhnt man sich mit der Zeit, und solange das familiäre Umfeld alles mitmacht, habe ich ein wunderbares Leben. Ich habe keine schlechte Presse, ich habe eine wunderbare Frau und zwei tolle Kinder, und ich führe das Leben eines kleinen Promis, der mehr oder minder machen kann, was er will. Ich kann noch in einem Lokal besoffen vom Tisch fallen, ohne dass es am nächsten Tag in der Zeitung steht. Warum? Es gibt ja nur zwei Gründe: Entweder weil es keinen interessiert oder weil es bei mir normal ist. Manchmal denke ich, ich biete den Journalisten einfach keinen Grund, mich fertigzumachen. Es sind eben die kleinen Dinge, die die Menschen wohl so an mir schätzen. Meist kriege ich schon nach einem einfachen »Hallo« das Kompliment: »Ach, Sie sind aber nett. Sie haben ja Kollegen, die grüßen nicht mal zurück.« Ich kenne solche Pappenheimer und weiß, wovon die Leute sprechen, wenn sie mir das zum Beispiel am Flughafen beim Security Check erzählen. Ich finde halt, es gehört zum guten Ton dazu. Zumal die Leute an mir rumfummeln. Und zu jemandem, der mich freiwillig und kostenlos betatscht, bin ich doch erst mal freundlich. Hab ich so gelernt. Wer Körperkontakt will, muss freundlich sein. Jeder macht doch nur seinen Job, und ich will eigentlich einfach nur meine Ruhe haben. Wenn aber mal einer pflaumt – und ich denke da an tolle Taxifahrer überall auf der Welt –, dann pflaume ich auch zurück. Oder ich lasse mir was anderes einfallen. Neulich landete ich nach einem längeren Flug in Köln und ließ mich k.o. auf die Rückbank irgendeines Toyota-Taxis fallen. Ja, brav beim Kollegen ganz vorne in der Reihe einsteigen. Man will ja keine Tumulte auslösen. Dennoch wurmt es mich immer ein wenig, dass ich für 'ne Fahrt in einem klapprigen Importwagen das Gleiche zahlen muss, wie in einem Benz chauffiert zu werden. Aber wie gesagt, ich bin genügsam. Ich saß also in dem Toyota und nannte nichtsahnend der kölschen Taxifahrer-Frohnatur mein Fahrtziel. Und das lautete, wohl entgegen seiner Hoffnung oder Erfahrung, wenn Prominente seine Luxuskarosse besteigen, nicht München oder Paris, sondern lediglich Köln-Poll. Dort wurde ich zu einem Termin erwartet. Und als würden wir plötzlich unter Beschuss stehen, raste mein Chauffeur los und brabbelte dabei unverständliche Wörter in den Bart. Leider gab's da nicht viel zu verstehen, außer Satzfetzen wie »drei Stunden wartet man hier« und »verdammte Scheiße«. Ich fragte, was denn das Problem sei, und wurde daraufhin in die komplexe Welt des Flughafen-Taxi-Warteplatz-Systems eingeweiht, was mit dem Satz: »Und da verstehen Sie ja wohl, dass es einen ankotzt, wenn man vier Stunden wartet« – jetzt waren es schon vier – »und nur 'ne 15-Euro-Fahrt bekommt. Aber das kann Ihnen ja egal sein. Wär's mir auch, wenn ich bei RTL wäre.« Herrlich. In diesen Momenten liebe ich mein iPhone. So erklärte ich dem sympathischen Kerl, dass ich seinen Ärger gut nachvollziehen könne und es mir leid tue. Währenddessen suchte ich im Internet die Telefonnummer der RTL-Zuschauerredaktion raus. Am Ziel angekommen zahlte ich, gab auch ein anständiges Trinkgeld und sprach einfühlsam zu dem Fahrer: »Okay, und jetzt unter uns. Sie wissen ja, ich bin von RTL. Ich gebe Ihnen jetzt eine Nummer, und da können Sie anrufen und Karten für jede RTL-Show bekommen. Oder wenn Sie zum Jauch auf den Stuhl wollen. Alles kein Ding. Rufen Sie einfach an, sagen Sie, Sie hätten die Nummer von mir, und das Codewort lautet ›Schneckenpenis‹. Das müssen Sie sagen, sonst kann da ja jeder anrufen. Aber nicht weitersagen!« Er war glücklich. Ich war glücklich. Aber was hätte ich darum geben, dieses Telefongespräch zwischen meinem Taxifahrer und der RTL-Zuschauerredaktion mitzuhören. Ein Mann, der sich auf mich, den Dicken von »RTL«, bezieht und immer wieder verzweifelt »Schneckenpenis« ruft. Gut, war vielleicht gemein, aber er hat angefangen.

Natürlich weiß ich, dass Taxifahrer nicht so wahnsinnigen Bock auf kurze Strecken haben. Aber wenn ich mich beim Einsteigen schon dafür entschuldige, dass es nicht so weit ist, dann ist es meist auch okay. Dann gibt es sogar in Berlin Taxifahrer, die freundlich sein können. Man muss die Menschen halt mit Höflichkeit behandeln, dann bekommt man das auch wieder – wie heißt es so schön: Man erntet, was man sät.

Wenn ich beispielsweise wegen eines Promi-Fußballturniers irgendwo in der Republik unterwegs bin, muss ich nicht direkt vor der Tür im Parkverbot parken. Ich fahr oft durch halb Deutschland, weil ich einfach Spaß am Kicken habe. Oft auch für einen guten Zweck. Und dann soll es nicht an ein paar Metern scheitern, die ich zu Fuß gehen muss, weil ein armer Parkwächter die Ansage hat, direkt vor dem Eingang niemanden parken zu lassen. Sicher, man kann da ausfallend werden und sagen: »Wissen Sie eigentlich, wer ich bin?« – kann man, muss man aber nicht. Man kann den Parkwächter auch einfach nach dem Grund fragen und Antworten wie »Das ist eine Nothaltebucht für Krankenwagen« oder »Das ist die Feuerwehrzufahrt« einfach akzeptieren. Ich find's jedenfalls super und total einleuchtend. Dann fahr ich eben wieder weg und sehe, wie sich Kollegen in der Nothaltebucht breitmachen. Die bleiben dann einfach stehen. Die armen Parkwächter – die sind von Prominenten eben leicht einzuschüchtern. Gewissenhafte Parkwächter fragen dann meist noch den Chef. Aber im Endeffekt wirkt der Promi-Bonus ja doch meistens. Und so bin schließlich ich der Blöde, wenn ich nachgebe und mir weit entfernt etwas zum Parken suche. Denn ich weiß ja, dass es funktionieren würde, einfach nur penetrant zu sein. Ich fahre aber trotzdem weiter. Es gehört sich einfach nicht, seinen Promi-Status auszunutzen. Es gibt aber auch andere Momente, nämlich dann, wenn ich auch auf einem offiziellen Parkplatz einfach keinen freien Platz finde, weil leider alles voll ist. Wenn es also nicht an meiner Faulheit liegt und ich wirklich gar nichts finde, dann frage ich schon auch mal höflich, ob es nicht doch eine andere Möglichkeit gibt. Bisher hatte ich dann meist Glück und einen netten Parkwächter, der mich dann doch mal durchgewunken hat. Man sieht sich immer mehrmals auf den Parkplätzen des Lebens. Das Motto »Wer ficken will, muss freundlich sein« ist also genauso übertragbar auf andere Lebensbereiche. Auch die Parkplatzsuche hat es in sich. Ich habe noch nie einen Strafzettel einer Politesse weggebrüllt, aber schon oft mit treudoofem Blick und Kindchenschema weggesäuselt.

Das hätte ich auch mal versuchen sollen, als ich Mutters Wunsch nachgegeben habe, dieses Buch zu schreiben. Nun sitz ich tatsächlich hier und mach es. Und es sind mir doch tatsächlich ein paar Gründe eingefallen, für die es sich lohnen könnte zu schreiben. Und wie es scheint, habe ich doch schon ein paar Sachen erlebt, über die man mal reden könnte. Es fällt mir schwer, es zuzugeben, aber Mutter hatte wohl wie immer recht. Somit wage ich nun das Abenteuer, und das ist es ganz gewiss. Vielleicht auch eins mit vielen Fallen, denn egal was ich schreibe, es werden Sachen dabei sein, von denen Mutter noch nichts weiß und die sie auch besser nie erfahren sollte. Denn meine Mutter ist nicht nur eine Glucke. Nein, sie ist auch sehr neugierig und will einfach wirklich immer alles wissen. Das könnte auch ihre wahre Motivation gewesen sein, sich von mir ein Buch zu wünschen. Es könnte aber auch durchaus sein, dass sie jetzt schon beleidigt ist. Denn eine ihrer herausstechendsten Eigenschaften ist es, sehr schnell beleidigt zu sein. Vielleicht will sie ja genau jetzt schon nicht mehr weiterlesen. Naja, alles hat eben sein Gutes. Und meine Mutter ist eben eine Glucke. Sie hat mir sogar noch 20 Jahre lang Zahnarzttermine gemacht, obwohl ich schon ewig nicht mehr zu Hause wohne. Wer weiß, was ich sonst für Zähne hätte? Immerhin hab ich jetzt mit 39 noch nichts Falsches im Mund. Und dafür liebe ich meine Mutter. Alles hat eben zwei Seiten.

An dieser Stelle möchte ich bemerken, dass ich das erste Kapitel meines Buches fast beendet habe. Nur »fast«, weil noch etwas ganz Wesentliches fehlt. Da es mein Buch ist, soll es genauso einfach zu lesen sein, wie ich es mag. Zum einen lese ich gerne kurze und überschaubare Kapitel. Aber noch viel lieber lese ich Tabellen. Am liebsten lese ich die Tabelle der 2. Fußball-Bundesliga, besonders in diesem Jahr, als St. Pauli auf einem Aufstiegsplatz stand. Und da ich mir jetzt schon vorstellen kann, dass sich die Tabelle der 1. Bundesliga für mich nicht so toll lesen wird, mache ich mir doch einfach in meinem Buch meine eigenen Tabellen. Da eine Fußballtabelle aber hier langweilig wäre, weil die immer aktuell sein muss, greife ich auf die altbewährte Tabellenform US-amerikanischer Late-Night-Shows zurück. Eine jede gute Late-Night-Show hat ihre Top 10, und ich liebe es, wie US-Late-Night-Talker hier Gags unter das Volk bringen. Und weil ich in meinem Buch machen kann, was ich will, gönne ich mir nun an jedem Kapitelende meine ganz persönliche Top 5*:

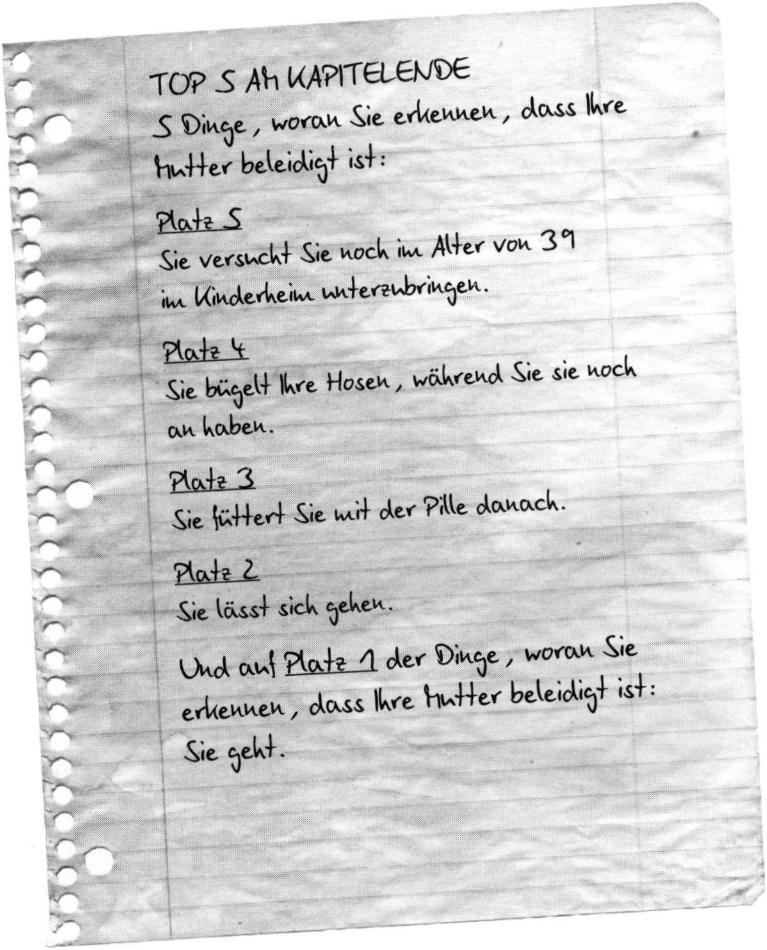
TOP 5 AM KAPITELENDE
5 Dinge, woran Sie erkennen, dass Ihre Mutter beleidigt ist:

Platz 5
Sie versucht Sie noch im Alter von 39 im Kinderheim unterzubringen.

Platz 4
Sie bügelt Ihre Hosen, während Sie sie noch an haben.

Platz 3
Sie füttert Sie mit der Pille danach.

Platz 2
Sie lässt sich gehen.

Und auf Platz 1 der Dinge, woran Sie erkennen, dass Ihre Mutter beleidigt ist:
Sie geht.

* Ich belasse es bei einer Top 5, da es mir schon schwer genug fällt, 5 gute Gags zu finden, da lass ich lieber die Finger von einer Top 10.

Eagle-Eye und Mono

Ich bin Einzelkind und Widder. Man sagt, die schlimmste Kombination, die es gibt. Als Einzelkind ist man ja schon immer ichbezogen, und der Widdermann an sich will ja auch immer im Mittelpunkt stehen. Da gibt es – zumindest laut meiner Charakterstudie – nichts Schlimmeres. Meine Eltern haben mich als Einzelkind verwöhnt. Sie meinten es immer gut mit mir, haben aber eine gewisse Erziehung nie außer Acht gelassen, nennen wir es »gesund« verwöhnt. Ich war ein Wunschkind und der ganze Stolz meiner Eltern. Das bin ich noch heute. Und meine Kindheit war toll. Sie begann 1971 in Berlin. In Westberlin. Meine Eltern lebten 1971 in der Zeit der freien Liebe, der innovativen Rockmusik, der hässlichen Schlaghosen und unrasierten Achseln mitten in Berlin. Ich glaube, sie waren eher Drückeberger als Revoluzzer, eher Jimi-Hendrix-Freaks als dauerbekiffte Hippies. Ich bin mir sicher, sie lebten nur in Berlin, weil man hier damals so wunderbar den Wehrdienst umgehen konnte. Wir wohnten in einem typischen Berliner Hinterhof. Ich habe nicht lange in Berlin gelebt, aber diesen Hinterhof werde ich nie vergessen. Er war gleich neben der Wäscherei Wiegers, der ältesten Wäscherei der ganzen Stadt. Diese Wäscherei ist auch ein bisschen schuld daran, dass ich unwesentlich fülliger bin als andere. Bei Oma Wiegers habe ich als kleines Kind das Futtern gelernt. Jeden Morgen nach dem Frühstück bei

Mutter ging ich absichtlich langsam an der Wäscherei vorbei. Ich setzte ein gespielt leidendes Gesicht auf, und wenn mich Frau Wiegers so sah, rührte meine Schmollschnute das Herz der guten alten Wäschersfrau so sehr, dass sie sich die Frage: »Junge, hast du schon was gegessen?«, nicht verkneifen konnte. »Nein«, japste ich scheinbar dem Verhungern nahe. Heutzutage hätte man meinen Eltern wahrscheinlich das Jugendamt auf den Hals gehetzt. Aber für ein zweites Frühstück hätte ich das in Kauf genommen. Ich liebte das zweite Frühstück, bestehend aus leckeren Cornflakes. Danach ging es weiter zum Bäcker, der zu unserem Hinterhof raus seine Backstube hatte. Hier setzte ich den Blick eines Robbenbabys kurz vor der Schlachtung auf, was mir das ein oder andere Brötchen einbrachte. Am Schönsten war es aber, die Teigschüssel mit meinen kleinen Fingern auskratzen zu dürfen. Teig kann aber auch lecker sein! So hatte ich also fast täglich bis zum Mittag schon drei Mahlzeiten zu mir genommen und war ein glückliches und wohlgenährtes Kind. Ich sehe mich somit als Erfinder des »dritten Frühstücks«. Dass mein Essensmangel nur erlogen war, wusste ja keiner! Auch die fürsorgliche Frau Wiegers nicht, die irgendwann an meine vermeintlichen Rabeneltern appellierte, mir doch endlich mal was Essbares in den Schnabel zu schieben. Wer weiß, wie dick ich heute wäre, wenn ich mit meinen Eltern nicht im Alter von 4 Jahren überraschend nach Hamburg gezogen wäre. Vermutlich eine Flucht vor mit Fingern auf meine Eltern zeigenden Mitmenschen. Aber die dachten schließlich, sie würden ihr Kind hungern lassen. In Hamburg waren die Nachbarn – ich nenne es mal so – *anders.* Sie dienten nicht so sehr der Nahrungsversorgung. Dafür lernte ich hier recht früh ein bisschen Respektlosigkeit. Es gab da eine Nachbarin, deren Leben muss sehr traurig und öde gewesen sein. Das Spannendste, was sie wohl täglich erlebte, war, in unsere Wohnung zu gaffen. Meine Mutter war davon sehr genervt. Bald hieß die Nachbarin bei uns nur noch ›die Blöde Kuh‹. Tagein, tagaus meckerte Mutter vor sich hin: »Die Blöde Kuh glotzt schon wieder.« Vater und ich hätten das gar nicht so wahrgenommnen, aber Mutter war voller Hassgefühle. Eines Tages, ich war so sechs Jahre alt, klingelte es bei uns. Arglos und freundlich öffnete ich die Tür und rief ebenso arglos und freundlich nach meiner Mutter: »Mama, Die Blöde Kuh von nebenan ist da!« Heute lachen wir darüber, wenn Mutter die Geschichte bei jedem unserer Familientreffen ›zufällig‹ einfällt. Der Vollständigkeit halber: Die ›Blöde Kuh‹ hatte bei uns geklingelt, um meine Mutter höflich, aber bestimmt darum zu bitten, nicht ständig bei ihr in die Wohnung zu glotzen. Ein genialer Schachzug, wie ich heute finde. Meine Mutter habe ich danach nur noch einmal wieder so drollig entsetzt und verstört dreinblicken sehen. Und nach diesem zweiten Mal ist sie nie wieder ohne Anklopfen in mein Zimmer gekommen, wenn Sie verstehen, was ich meine.

›Die Blöde Kuh‹ jedenfalls zog kurz darauf weg. Vielleicht hatte sie genug gesehen und suchte sich ein neues Wirkungsfeld. Ihren echten Namen kenne ich bis heute nicht. Ob sie sich jetzt vielleicht meldet? Ich könnte mich bei ihr bedanken. Genau wie bei Oma Wiegers. Wenn Menschen heute sagen, mein Erfolg beruhe darauf, dass ich nur so frech sein kann, weil man mir kleinem Dicken nichts übel nimmt, dann muss ich sagen: Den Grundstein dafür haben Frau Wiegers und ›die Blöde Kuh‹ gelegt. Bei der Blöden Kuh habe ich gelernt, wie eine kurze Frechheit, zum richtigen Zeitpunkt geschickt platziert, einen ewigen Lacher kreieren kann. Und Frau Wiegers hat meine körperliche Statur geprägt, die mir heute oft Narrenfreiheit beschert. Und wenn man es ganz runterbricht – und das wird sie sicher freuen zu lesen –, ist mein Erfolg also irgendwie Mutters Verdienst. Sie gab mir zu wenig zu essen, und sie hat mir eingetrichtert, dass die Nachbarin eine blöde Kuh ist. Danke, Mama.

Meine Mutter hat immer gern gemeckert. Über alles und jeden. Da hatten meine Eltern eine sehr gute Arbeitsteilung. Mein Vater war eher der Laissez-faire-Typ. Für ihn war irgendwie immer alles in Ordnung. Nur wenn ich mal wirklich Scheiße gebaut habe, ist er zum Teil richtig ausgerastet. Wenn ich zum Beispiel dann doch mal mehr als zu spät nach Hause gekommen bin oder wenn ich gar mal einen Unfall gebaut habe. Er konnte in diesen seltenen Ausnahmefällen sehr sauer werden. Ansonsten war seine Haltung mehr so: »Jetzt lass den Jungen doch!« und »Das wird schon alles«. Ich fand diese Einstellung meines Vaters natürlich super, und ich glaube, ich habe für mich so eine ähnliche Rolle gefunden. Ich meckere bei meinen Kindern nur, wenn es wirklich nötig ist. Vielleicht ist das doof, vielleicht überlasse ich meiner Frau zu viel. Aber ich glaube doch, dass ich alles unter Kontrolle habe und meiner Vaterrolle gerecht werde. Gut, ich habe nicht immer Zeit, so richtig als Vater präsent zu sein, was wirklich sehr schade ist. Ich bin zu oft auf irgendwelchen Drehs oder Veranstaltungen. Und wenn ich dann mal zuhause bin, habe ich natürlich keinen Bock, da schlechte Laune zu verbreiten und einen auf strengen Vater zu machen. Das ist wie beim Weihnachtsmann.

Ich glaube nicht, dass der so ein erfolgreicher Typ geworden wäre, wenn alle über den denken würden: »Mist, wenn der kommt, gibt's nur Ärger!« Ich bin für meine Kinder eher ein Kumpel, selbst wenn eines was verbrochen hat. Dann sag ich mir: »Da jetzt auch noch rumzumeckern? Nein, das muss nicht sein.« Das findet meine Frau natürlich blöd. Aber ich hab es bei meinen Eltern so gelernt, und für meine Situation als Papa, der nicht immer verfügbar ist, find ich diese Rolle super.

Für meine Eltern muss das eine große Bestätigung ihrer Erziehungsarbeit sein, wenn sie heute sehen, dass ich eigentlich alles genauso mache wie die beiden früher. Oft geht es so weit, dass ich Angewohnheiten übernehme, die ich früher für unfassbar spießig gehalten habe. »So wie ihr will ich nie werden«, wer hat das nicht schon mal zu seinen Eltern gesagt? Irgendwie habe ich das Gefühl, dass sich meine beiden Erzeuger alle Situationen gemerkt haben, in denen ich ihnen diesen Satz an den Kopf geworfen habe. Der Klassiker: Bei mir im Haus gehören die Schuhe aus. Neulich waren meine Eltern zu Besuch, und das Erste, was ich ihnen zu sagen hatte, war: »Zieht aber bitte eure Schuhe aus. Wir haben hier grade frisch gewischt.« Da mussten meine Eltern sehr lachen und meinten: »Haha, ist es bei dir also doch so weit gekommen. Wir dachten, du willst nie so sein wie wir?«

Okay, vielleicht bin ich inzwischen auch schon ein bisschen spießig geworden. Manchmal merke ich das gar nicht. Aber wenn ich darauf aufmerksam gemacht werde, dass ein geflochtener Osterkranz draußen an der Türe spießig ist, dann kann ich das schon nachvollziehen. Aber irgendwie bin ich gerne spießig. Das ist gemütlich, und ich hab es gern gemütlich. Auch wenn ich als Astra trinkender St.-Pauli-Fan bekannt bin, heißt das ja noch lange nicht, dass ich meine Kinder tätowiere und mit meiner Frau am Frühstückstisch Bierdosen aufbeiße. Ich bin ein ganz normaler Familienmensch. Und zwar gerne. Dazu gehört auch, dass ich es mag, wenn meine Eltern zu Besuch kommen. Wir haben ein tolles Verhältnis, auch wenn ich in einer durchgeknallten Branche arbeite – da hat sich gar nichts verändert. Für meine Eltern bin ich auch immer noch der Alexander, denn Elton ist ja nicht mein richtiger Name.

Es war in der Schulzeit, als ich in einer Band namens »All (l)amps on« Schlagzeug spielte und eine dicke rote Hornbrille nebst komischer Frisur trug, die unseren Gitarristen Torben an den netten Mann aus England erinnerte. Irgendwas hab ich ja schon von ihm. Es gibt hässlichere Engländer, da hatte ich ja noch mal Glück gehabt.

Meine Eltern blieben trotzdem bei Alexander, und wenn ich zu Hause bin, fühl ich mich immer noch als der liebevoll bemutterte Sohn, und alles ist, wie es immer war. Wobei – das stimmt nicht ganz. Meine Mutter ist stolz wie Oskar auf mich, und das erzählt sie auch gerne. Ich bin ja nun nicht ständig bei ihr oder mit ihr unterwegs. Aber ich kann mir da so einiges vorstellen. Ich will jetzt nicht behaupten, dass sie tagein, tagaus mit einem T-Shirt rumläuft, das mit einem Foto von mir bedruckt ist und die Bildunterschrift »Eltons Mama« trägt. Aber Fakt ist nun mal, sie kommt sehr oft mit Autogrammwünschen vom Bäcker oder vom Friseur an. Gern auch mal von der KFZ-Werkstatt, dem Blumenladen, Kiosk, der Eisdiele, Pizzeria, Dorfkneipe, Dönerbude. Und das ist manchmal schon ein bisschen merkwürdig. Es ist nämlich keineswegs so, dass meine Mutter aussieht wie eine exakte Kopie von mir mit Dauerwelle, sodass die Leute gar nicht anders können als zu sagen: »Sie sehen ja aus wie der Elton aus'm Fernsehen. Nur mit Dauerwelle. Sind Sie vielleicht die Mutter? Dann hätte ich gerne ein Autogramm!« Nein, irgendwie muss sie unser Verwandtschaftsverhältnis ja schon verkünden. Aber sie meint es ja alles lieb und nett. Und ich freue mich ja, dass sie stolz auf mich ist. Besser, als wenn sie ihren Namen geändert hätte und unbekannt verzogen wäre. Mein Vater ist natürlich nicht weniger stolz auf seinen Spross. Aber mehr nach innen. Man könnte auch sagen, Vater ist stolz, dass ich wo untergekommen bin und nicht auf der Straße stehe. Ihm ist es relativ wurst, was ich beruflich mache, glaube ich. Wenn ich ihn mal mitnehme zu »TV total«, dann freut er sich, die Jungs zu sehen, mit denen ich arbeite. Der Glamour-Fernsehen-Coolness-Faktor ist ihm egal. Er hat ja auch jahrelang im gleichen Business gearbeitet. So ganz neu und unbekannt ist ihm das also alles nicht. Vater war selbst beim NDR als Ü-Wagen-Techniker angestellt. Deswegen kennt er das alles. Also fast. Manchmal habe ich den Eindruck, dass sich die privaten Fernsehmacher doch noch ein bisschen von den öffentlich-rechtlichen Kollegen unterscheiden.

Jedenfalls – mein Vater. Er war auch irgendwie beim Fernsehen und glaubte, die Gefahren und Verlockungen dieser teuflischen Branche zu kennen, und warnte mich eindringlich: »Nimm bloß keine Drogen oder irgendwelche Tabletten! Die lauern im Medienbusiness ja überall.«

Was meinte er? Schlaftabletten? Das einzige Zeug, das ich mir reinpfeife wie Smarties, sind Alka Selzer und Pantozol. Da komme ich bei meinen fragwürdigen Ernährungsgewohnheiten in Verbindung mit ständigen Aftershowpartys nicht drum herum. Sollte Vater also die morgendliche Katerkopfschmerztablette gemeint haben, tut's mir leid. Auf die kann ich nicht verzichten. Ansonsten habe ich mich bis heute an seine weisen Worte gehalten.

Als ich 14 Jahre alt war, habe ich mal eine Woche lang geraucht. Aber das fand ich irgendwie eher bescheuert als cool, und geschmeckt hat es auch überhaupt nicht. Also hab ich mir damals lieber einen Kasten Bier gekauft. Das hat geschmeckt und hatte wenigstens eine Wirkung. Ich find Bier trinken bis heute super. Darf ich das überhaupt sagen? Ich finde Bier trinken ab 18 Jahren super. Ich finde Bier trinken ab 18 Jahren in Maßen ohne anschließendes Bedienen von Maschinen oder Kraftfahrzeugen zu gewissen gesellschaftlichen Anlässen oder aus Durst super. (Ich hab keinen Bock, dass ich mir hier die Finger wund tippe und mein Werk nachher als alkoholverherrlichende Schrift auf dem Index landet!) Ich glaube aber, so geht es. Bier trinken hat etwas absolut Geselliges für mich. Es ist wie grillen oder Fußball spielen. Menschen, mit denen man Bier trinken kann, das sind Kumpels, die sind erdig, mit denen kann ich Spaß haben. Und man ist nicht so schnell jenseits von Gut und Böse, wie wenn man sich dem Schnaps hingibt. Das soll jetzt aber nicht heißen, dass ich das nicht auch lustig finde. So einmal im Jahr.

Es gibt ja Menschen, die sagen, ich als Widder müsse immer im Mittelpunkt stehen. Dabei finde ich, dass ich eigentlich eher schüchtern bin. Ich muss nicht unbedingt immer alle Aufmerksamkeit auf mich vereinen. Aber wenn es dann so ist, dann finde ich es super. Das stimmt schon. Aber ich bin nicht derjenige, der sich überall reindrängt und sagt: »So, jetzt will ich aber mal hier was machen.« Bei vielen vertreibt der Alkohol ja das Gefühl der Schüchternheit. Das ist bei mir nicht so. Ich bleibe schüchtern, werde aber betrunken – und tollpatschig. Mir ist dann vieles wurst, aber ich bleibe dabei schüchtern. Wenn ich viel trinke, schlafe ich auch oft ein, egal wo. Ich kann dann einfach immer und überall schlafen. Garagen find ich super, aber von einem Regenschutz eingehüllte Hollywoodschaukeln sind auch romantisch, und man ist ungestört und hat seine Ruhe. Es kam auch schon vor, dass ich auf einer Hollywoodschaukel so verdeckt war, dass man mich bei Party-Ende nicht gefunden hat. Ich war einfach nicht zu sehen und habe anscheinend auch nicht geschnarcht, sodass man mich hätte hören können.

Eine andere ziemlich prägende Erfahrung machte ich vor ungefähr 20 Jahren bei uns im Alten Land. Mit ein paar Freunden hatten wir uns ein wenig abgeschossen. Da unser Freundeskreis über einige Dörfer verstreut wohnte, kam es vor, dass wir nach lustigen Party-Abenden manchmal noch kleine Wanderungen vom Party-Ort ins Heimatdorf vor uns hatten. So auch an diesem Abend. Wir hatten alle ziemlich die Lampe an und ich noch einen ordentlichen Weg vor mir. Ich verspürte aber einen unangenehmen Druck im Bauch und wollte diesen Marsch nicht antreten, ohne noch mal auf dem Topf gewesen zu sein. Deshalb überredete ich einen Kumpel, mich auf seine Schüssel zu lassen. Er lallte etwas von »Ziehdietürhinnerdirzuwennegehst« und verschwand in seinem Zimmer. Ich schlich ins Bad und ließ mich nieder.

Das Nächste, woran ich mich erinnere, war, dass die Mutter meines Freundes plötzlich im Nachthemd vor mir stand und kurz, aber heftig aufschrie. Von ihrem Gequieke geweckt, eilten auch der Vater und die Schwester meines Freundes ins Bad. Ich saß da mit runtergelassener Hose, ein Sabberfaden lief von meinem Kinn über meine Schenkel und mündete in einer kleinen Pfütze vor dem Klo. Ich stammelte etwas von »Entschuldigung«, »eingepennt« und »schlechter Verdauung« und sah zu, dass ich da rauskam.

Betrunken auf dem Klo einpennen ist ja ok, aber man sollte halt darauf achten, dass es möglichst das eigene ist.

Ganz tief in mir bin ich schon ein sehr zurückhaltendes Kerlchen und schicke lieber andere vor. Gerade auch bei Kleinigkeiten des Alltags. Da muss dann gerne mal meine Frau herhalten, wenn ich mich etwas nicht traue. Aktuelles Beispiel ist etwa eine Geschichte mit unserem Untereschbacher Karnevalsverein. Da hatte ich letztes Jahr zu voreilig versprochen, im Dorf mal mit auf dem Karnevalswagen zu fahren. Prompt kam der Präsident des Karnevalsvereins schließlich auf mich zu und meinte: »Wir haben für dich und deinen Sohnemann einen Platz auf dem Wagen frei gehalten. Du kannst da jetzt mitfahren.« Ich hab getan, als wäre das eine tolle Sache für mich. Tatsächlich ist es aber leider so gar nicht meins. Wenn Heidi Klum es lustig findet, sich und ihren Gatten grün anzumalen und winkend durch Bergisch Gladbach zu fahren, bitte sehr. Das scheidet bei mir aus. Schon alleine, weil ich grün angemalt unweigerlich aussehen würde wie Shrek. Aber ich hatte Glück. Wir sollten an diesem Tag Besuch von unseren Freunden aus Wien und Hamburg bekommen. So ein Tag mit der Familie und Freunden ist mir wichtiger, als blöd auf einem Wagen herumzustehen. Ich musste die Aktion also absagen. Aber das traute ich mich nicht. Somit wurde es ein Fall für meine Frau. Weil ihr die Diskussionen mit mir zu blöd sind, griff die Gute zum Hörer und erklärte dem Präsidenten, dass ich leider nicht kann, weil ich arbeiten muss. Eine ganz einfache Sache. Eben eine kleine Notlüge. Für mich allerdings das Schlimmste auf der Welt. Unangenehme Dinge kann ich anderen einfach nicht übermitteln – auch wenn sie noch so banal sind. Wenn ich früher diese Geschichten gehört hab von Eltern, die ihren Kindern nicht erzählen wollten, dass der Hund gestorben ist, und stattdessen ernsthaft behauptet haben, der Hund wäre auf eine Farm gezogen, konnte ich nicht verstehen, wie man so was machen kann. Heute wohnt unser Kaninchen auch auf dieser Farm.

Im Job ist das irgendwie anders. Da kann und darf ich nicht so schüchtern sein. Da muss ich zum Teil sogar Sachen machen, die Mut verlangen oder den Drang einer Rampensau erfordern. Vielleicht ist mein Job da eine Art Therapie für mich. Eine Top-Therapie, die mir zwar manchmal keinen Spaß macht, dafür aber top bezahlt wird. Außer Ruhm und Kohle bringt sie allerdings nicht wirklich was. Meine private Schüchternheit hat mir der Job noch nicht nehmen können. Und ich kann mich ja deswegen nicht ständig und überall filmen lassen.

Ich überlege oft, warum ich privat eher zurückhaltend bin. Ich hau privat niemals auf die Kacke und versteh oft selbst nicht, wie ich dann vor Tausenden von Menschen stehen und einfach loslabern kann. Ich hab in meinem ganzen Leben auch noch nie Mädels angesprochen. Das war mir immer zu anstrengend, und ich habe mich nie getraut, den ersten

Schritt zu machen. Meine erste Freundin Birgit, ja, die hat mich damals angesprochen. Das war in der zehnten Klasse. Also für die heutige Zeit relativ spät, und schließlich bin ich davor auch schon einmal sitzengeblieben, was das ganze ja noch später macht.

Etwas schneller war ich dafür bei meiner ersten Frau. Genau genommen meiner ersten und einzigen Frau. Denn ich habe nicht vor, das jemals zu ändern.

Meine erste Frau habe ich auf der Arbeit in Hamburg kennengelernt. Zuerst habe ich da immer nur aus dem Augenwinkel ein hellgelbes Etwas hin und her huschen sehen. Irgendwann ergab es sich dann, dass ich mir das hellgelbe Etwas genauer ansehen konnte. Es war ein blonder Haarschopf, an dem unten eine Frau dran hing. Die zu den Haaren gehörende Frau – so hörte ich von Kollegen – kam aus Schwerin. Ein weiblicher Ossi also. Was ist eigentlich die weibliche Form von Ossi? Eine Ossin? Sie war zum Glück keine sächselnde und damit gleichzeitig nervtötende Ossin, sondern eine Mecklenburgerin, die sich 1990 auf den Weg in den goldenen Westen gemacht hatte. Sind die Mecklenburger nicht auch Nordlichter wie wir Hamburger? Ich habe mir die Ossin also von Beginn an schöngeredet und schöngedacht. Sie fand mich hingegen zu diesem Zeitpunkt, wie ich später erfuhr, einfach nur scheiße. Zu unreif und einfach uninteressant. Sie hatte es aber auch schon zu etwas gebracht. Während ich ein kleiner Spaßredakteur bei einem Fun-Magazin namens »Party Patrol« war, arbeitete sie immerhin als Redakteurin für die Hamburg-1-Sendung »Kino News«. Da konnte ich nicht mithalten. Ihre Sendung wurde immerhin moderiert von der aufstrebenden Moderatorin Caroline Beil, die später bei »Ich bin ein Star – holt mich hier raus!« noch ganz groß rauskommen sollte. Natürlich war ich als Partyredakteur unter ihrem Niveau. Das Schicksal meinte es aber gut mit mir, und das intellektuelle Kinomagazin blieb nicht ihre einzige Aufgabe. Mehr und mehr hatte sie auch mit »Party Patrol« zu tun und wurde in unsere Arbeit eingebunden. So kreuzten sich unsere Wege ab 1996 immer öfter. Ich ließ meinen Charme spielen, so gut ich konnte. Jacke bei Kälte reichen, Kakao für sie machen, »Hallo« sagen und unangebrachte Körpergeräusche in ihrer Gegenwart vermeiden. Eines Tages nahm ich meinen ganzen Mut zusammen und lud sie ins Kino ein. Jeder andere hätte sie jetzt in einen romantischen Weiberfilm eingeladen oder wenigstens in einen Film, der einem selbst gefällt. Wir hingegen landeten zusammen in »Ein Schweinchen namens Babe«. Aber scheiß drauf! Während dieses Films hat es zwischen uns beiden gefunkt! Das Schweinchen und das Babe. Das Babe lud mich dann sogar zu sich nach Hause zum Essen ein. Besser konnte es nicht laufen. Das einzige Dumme zu dieser Zeit: Ich hatte mächtig Stress mit meiner Halb-Ex. Der Begriff Halb-Ex trifft es deswegen so gut, weil wir eben noch nicht ganz auseinander waren. Wir waren noch ganz offiziell ein Paar und wohnten sogar zusammen. Aber wir stritten uns ständig nur. Ich hatte nicht mal mehr Lust, zu Hause zu übernachten. Oft war ich so angenervt, dass ich lieber in meinem alten Honda Civic gepennt habe, aber das war selbst für einen gut gepolsterten Kerl wie mich nicht Nacht für Nacht machbar. Es war einfach zu ungemütlich, und deswegen gewährte mir die sexy Ossin Asyl. Ich übernachtete die ersten Nächte auf ihrem Sofa. Doch eines Tages erwischte sie mich in meinem alten Schlafanzug. Ihr Bauch tat noch tagelang weh von dem Lachanfall, der sie beim Anblick meines »Winnie the Pooh«-Schlafanzugs ereilt hatte. Nachdem sie sich von meiner unfreiwilligen Live-Komödie erholt hatte, kam sie irgendwann zu mir und fragte mich, ob ich schnarchen würde. »Nö«, antwortete ich. »Okay, dann kannst du ja auch bei mir schlafen!« Ich war im siebten Himmel, ich durfte zusammen mit der wunderschönen Ossin ein Bett teilen. Da hatte es sich doch gelohnt, meine Schüchternheit zu überwinden und Kinokarten für »Ein Schweinchen namens Babe« zu besorgen. Und ich glaube, der »Winnie the Pooh«-Pyjama war meine Eintrittskarte ins Paradies. Darin muss ich einfach so verletzlich und ungefährlich ausgesehen haben, dass sie gar nicht anders konnte, als mich unter die Decke schlüpfen zu lassen. Danke, Mama.

Meine Frau findet es überhaupt nicht gut, wenn ich schüchtern oder zurückhaltend bin. Jetzt nicht bei meinen ehelichen Pflichten im Schlafzimmer – da ist anscheinend alles in Ordnung. Aber bei so Sachen wie unangenehmen Telefonanrufen – da wäre es ihr schon lieber, wenn ich auch mal meinen Mann stehen würde. Aber dann ruft sie, wie gesagt, ja doch selber an. Meine Meinung: Das ist doch das Problem der Frauen. Das hat ja meine Mutter im Prinzip schon bei meiner Erziehung falsch gemacht, meine Frau macht es jetzt bei meinem Sohn genauso. Und als Deppen gelten dann am Ende doch wieder nur wir Jungs. Sachen wegräumen, klassisches Beispiel. Wenn man seine Klamotten irgendwo in die Ecke schmeißt, dann geht das Meckern los. Meine Mutter kam mir früher immer mit: »Räum deine Sachen weg!«, und zwar *während* sie die Sachen selber wegräumte. Was soll ich denn davon halten? Da ist es doch logisch, dass wir Männer darauf konditioniert sind, einfach meckern zu lassen und genüsslich zuzuschauen, wie die Sachen weggeräumt werden. Heute macht das meine Frau genauso. Mit mir und mit unserem Sohn. Ich würde die Sachen einfach liegen lassen. Macht sie aber nicht und beschwert sich lieber, dass ich das ja bei meiner Mutter anscheinend so gelernt habe. Wenn ich mich hier gerade so in meinem Büro umschaue, dann sollte ich Mutter oder meinen Schatz vielleicht dringend mal hierhin einladen. Das ist ein Saustall. Hier muss wirklich dringend mal aufgeräumt werden. Und wieder ist es Mutter schuld, dass ich das jetzt nicht machen kann. Schließlich sitze ich ihr zuliebe an diesen Seiten hier. Aber man muss Prioritäten setzen. Und es ist jetzt auch nicht so, dass ich nie etwas aufräume. Ich mache zu Hause schon auch etwas, und damit meine ich jetzt nicht nur am Grill stehen oder das Fässchen Bier anzapfen. Ich sauge, ich wische und mache kleinere Reparaturen im Haushalt. Ich bin eigentlich ganz angenehm im Zusammenleben, wenn man mal Sachen, die ich herumliegen lasse, außen vor lässt. Aber auch das nimmt für meinen Geschmack nicht wirklich überhand. Anders ist das an den von mir so geliebten Junggesellentagen, wie ich sie nenne. An diesen Tagen ist meine Frau mit den Kindern bei ihren Eltern oder einer Freundin, und ich habe das Haus mehrere Tage für mich ganz alleine. Dann stapelt sich neben DVDs, leeren Fleischverpackungen und Bierflaschen auch der Dreck im Haus. Für viele sind sicher die Fleischverpackungen und die Bierflaschen der Dreck. Für mich ist das jedoch alles Junggesellen-Deko. Und zwar die einzige Deko, die ein Mann wirklich braucht und gut findet. Das muss jedoch authentisch gewachsen und nicht irgendwie krampfhaft drapiert sein.

Wenn ich dann aber weiß, in einer Stunde sind die Junggesellentage auch schon wieder vorbei und meine Frau steht vor der Tür, dann räume ich das alles selbstverständlich weg und mache sauber. Das klappt dann auch. Und als Deko hält dann wieder ein lustiges grünes Osternest mit gelben Küken auf dem Tisch her. Im September. Wunderschön.

So bin ich also trotz meiner Macken seit Jahren glücklich verheiratet.

Manchmal frage ich mich sogar, ob die Leute da draußen eigentlich merken, dass ich so ein kleiner Schisser bin. Ich denke hier zum Beispiel an das alljährliche Turmspringen. Es gibt wirklich nichts, was ich so ungern mache, weil ich einfach Angst habe, aus der Höhe ins Wasser zu springen. Ich glaube, das kann man mir auch immer ansehen, wenn ich wieder kurz davor bin, ins Wasser zu springen, um mir meine Portion Schmerzen abzuholen.

Das, was die Zuschauer da alljährlich beim Turmspringen von mir aus körperästhetischer Sicht geboten kriegen, ist schon eher eine Zumutung. Wenn ich mir aber anschaue, was mir Tag für Tag in Deutschland so auf der Straße an männlichen Artgenossen begegnet, dann stehe ich mit dieser Bürde ja zum Glück nicht so ganz alleine da. Nur auf dem Turm in der Olympia-Schwimmhalle stehe ich dann alleine und schutzlos den hochauflösenden Objektiven der Fernsehkameras gegenüber. Und das ist es, glaube ich, was die Menschen irgendwie begeistert.

An einem Morgen nach dem Turmspringen wäre ich gern

mal mit Mutter beim Bäcker. Ob sie da dann fragt: »Na, habt ihr gestern meinen nackten Sohn im Fernsehen ins Wasser plumpsen sehen?« Oder schweigt sie an solchen Tagen, weil sie befürchtet, die netten Bäckersdamen könnten etwas über meine Figur vom Stapel lassen? Ich weiß es nicht. Wahrscheinlich nicht, denn die Bäckersdamen aus unserem Dorf kennen mich seit meinem fünften Lebensjahr. Und haben mich aufwachsen und aufgehen sehen.

Vielleicht haben die Verkäuferinnen inzwischen auch gewechselt, die Apfelbäume in Jork werden aber noch die gleichen sein. In Jork gibt es nämlich nichts außer Apfelbäumen. Meine Eltern wollten nicht, dass ich in der Großstadt aufwachse, also ging es raus auf's Land. Hier sollte ich draußen spielen und ein fittes, gesundes Kind werden. Na, wenn der Plan nicht aufgegangen ist... In Jork lernte ich einerseits verschiedenste Apfelsorten und andererseits den Holger kennen. Ich glaube, es war auf einem Spielplatz, und irgendwie mochten wir uns sofort. Ich seh heute noch vor mir, wie ich mir in der Garage seiner Eltern die Taschen mit Kreide vollstopfe. Dazu muss man wissen, Holger war verrückt. Verrückt nach Kreide. Er mochte nichts lieber. Doch das war mir damals wohl nicht so ganz klar. Als Holger meine überquellenden Hosentaschen sah, rannte er los und hämmerte seinen Kopf mehrfach gegen das Garagentor. Stinksauer vor Wut wegen meines dreisten Diebstahls.

Freunde bestiehlt man nicht. Das habe ich an diesem Tag gelernt.

Dazu kamen noch ein toter Frosch und Schokolade.

Ebenfalls in meiner Hosentasche.

Zusammengefasst: Der Beginn unserer Freundschaft war also, wie es sich für Norddeutsche gehört: herb bis unterkühlt. Aber die Tatsache, dass er seinen und nicht meinen Kopf gegen das Garagentor hämmerte, war ein Schritt in die richtige Richtung.*

Der etwas holprige Start hat unserer Freundschaft allerdings nicht geschadet. Holger gehört noch heute zu meinen besten Kumpels, und ich ziehe gerne mit ihm um die Häuser, und mindestens dreimal im Jahr treffen wir uns zum Fußballspielen bei den »Borsteler Wasserratten«. Komischer Name. Borstel heißt der Club, weil im gleichnamigen Stadtteil von Jork gespielt wird. Wasserratten, weil Bierratten in Jork noch keine gesehen wurden. Aber auch hier liegt, wie man im Fußball sagt, die Wahrheit auf dem Platz. In diesem Fall aber eher im Wasser, denn unser Bolzplatz liegt sehr nah an der Binnenelbe, und der Ball landet immer mehr im Wasser als im Tor. Ich habe wirklich keine Ahnung, warum. Wir sind doch allesamt Spitzenfußballer, wenn wir denn wollen. Ich muss ehrlich sagen, dass bei uns früher nicht immer das Spiel im Vordergrund stand, sondern eher der Spaß im Allgemeinen. So hatte es auch nicht nur Nachteile, wenn der Ball im Wasser landete. Einerseits war es Ehrensache, dass wir nicht nur einfach in die braune Brühe liefen, um den Ball rauszuholen, nein,

---

* Um bei der Wahrheit zu bleiben, muss ich sagen, dass es doch mein Kopf war, den Holger gegen das Garagentor geschlagen hat. Es gab aber drei Gründe, das im Text anders darzustellen.
  1. Ich wollte Holger nicht der maßlosen Gewalt bezichtigen.
  2. Ich wollte nicht als schwächliches Prügelopfer dastehen.
  3. Ist die Geschichte so schlichtweg lustiger.

wir schwammen natürlich mit vollem Körpereinsatz durch das braune Nass.

Das war der eine Spaßfaktor.

Zum anderen hatte derjenige, der den Ball ins Wasser geschossen hatte, Bier holen zu gehen.

Der andere Spaßfaktor!

Und wahrscheinlich ist dies auch genau der Grund, warum wir Topfußballer so oft und gern ins Wasser geschossen haben: unser nicht enden wollender Durst. An unseren spielerischen Fähigkeiten kann es nicht gelegen haben. Wir sind wahre Fußballhelden.

Die großen Helden des Fußballs haben ja ihre Spitznamen: Pele, der Kaiser, und Borstel hat »Eagle Eye«. Ja, Holger hat es zu etwas gebracht. Allerdings trifft dieser Spitzname jetzt nicht mehr so ganz zu. Das liegt einfach daran, dass der Gute mittlerweile halb blind ist. Beim Fußball nicht gerade ein Vorteil. Mit einem anderen meiner Kumpels würde »Eagle Eye«-Holger übrigens ein Spitzenteam abgeben. Der ist nämlich halb taub. Ich sag nur »Eagle Eye« und »Mono«. Mono, weil er auf einem Ohr nicht mehr hören kann. Keine Chance mehr auf Stereo. Von Dolby Surround will ich gar nicht erst anfangen. Fest steht dennoch: Wenn ich jemals einen Film drehen sollte, würde ich ihn genau so nennen: »Eagle Eye und Mono«. Dagegen wären Winnetou und Old Shatterhand nichts. Naja, ich mag meine Jorker Jungs wirklich sehr. Die sind meine besten Kumpels. Ich hab viele Kumpels. Das ist mir auch wichtig, aber wenn es mir jetzt mal so richtig schlecht gehen würde, dann wüsste ich nicht wirklich, wen ich da anrufen sollte. Als ich vor meinem Wechsel nach Köln noch in Hamburg gewohnt habe, da hatte ich noch einen besten Freund, glaube ich. Wenn es da mal Liebeskummer gab, dann konnte ich den anrufen und mit ihm um die Häuser ziehen. Aber mittlerweile trag ich solche Themen doch eher mit mir selbst aus. Einen Kerl, mit dem ich über Probleme labern kann, habe ich heute leider nicht mehr. Das kann natürlich auch daran liegen, dass meine seit Jahren gefestigten Freundschaften in Hamburg oder Jork liegen und wir uns durch den Job in Köln etwas fremder geworden sind. Ich will ja auch nicht jedes Wochenende weg aus Köln, dafür wiederum habe ich hier viel zu viele gute Kumpels. Ich glaube auch, dass das Wort »Freund« sehr wischiwaschi ist. Vielleicht ist ein guter Kumpel doch gleichzusetzen mit einem Freund. Ich sollte mir nicht so viele Gedanken machen. Ich habe einen geilen Job, die schönsten Kinder der Welt und eine tolle Frau, die auch mein Kumpel und mein bester Freund zugleich ist. Was will ich mehr? Und ich lerne ständig neue Leute kennen, und da sind dann immer wieder ›Best Buddies‹ dabei. Wie Tim zum Beispiel, der mich seit meinen ersten Tagen in Köln begleitet. Ein Typ aus dem Sauerland, ehrlich und kerlig und immer gut drauf. Eine der wenigen Konstanten in meinem beruflichen Leben. Mit vielen arbeite ich zusammen, verstehe mich super, und auf einmal verschwinden sie wieder. Ich glaube, das ist in meinem Business an der Tagesordnung. Wahrscheinlich wäre es mit Tim nicht anders, wenn er die Stadt wechseln würde. Nach und nach würde der Kontakt zwangsläufig weniger werden, und man würde sich aus den Augen verlieren. Ich glaube, selbst wenn er nur nach Düsseldorf wechseln würde. Das ist wirklich schade. »Aus den Augen, aus dem Sinn«, ein an sich blöder Spruch, aber es ist leider oft so. Ich meine das auch gar nicht böse. Aber es ist wohl der Lauf der Dinge. Wir leben in einer vom Job geprägten Gesellschaft. Vielleicht haben wir gar keine Zeit mehr für echte Freundschaften? Aber mir fehlt nichts. Mein Problem ist nur, dass ich hier in Köln die Leute aus Hamburg und Jork vermisse. Und wenn ich dann in Hamburg bin, dann fehlen mir die Leute aus Köln. Man kann halt nicht alles haben. Und ich hab ja schon ne ganze Menge! Momentan würde ich aber gerne mal wieder in Hamburg leben. Mit den Jungs regelmäßig einmal die Woche Fußball spielen, auf der Reeperbahn abfeiern oder was-weiß-ich-was machen. Nach einem halben Jahr aber, da bin ich mir sicher, würde ich gerne schlechtes Kölsch trinken gehen und kölsche Karnevalslieder in der Zülpicher Straße singen. Ich muss also alle Kölner nach Hamburg holen, dann hätte ich annähernd, was ich möchte. Aber ob das auch zusammenpassen würde? Meine Jorker Jungs und die Kölner Medienfuzzis? Das sind ja ganz normale Jungs vom Lande, so wie ich einer bin. Denen ist egal, dass ich ein ›Promi‹ bin. Ich glaub, die haben mich noch nie gefragt, wie das eigentlich so ist mit dem Raab oder anderen bekannten Personen, die ich so getroffen habe. Das ist voll okay. Nein, eigentlich ist das großartig. Die nehmen mich so, wie ich bin, und ich kann sein, wer ich bin. Auch als ich mal Michelle Hunziker auf meinem Schoß sitzen hatte oder zum Rendezvous mit Jennifer Aniston verabredet war, hat keiner nachgefragt. Obwohl ich doch da so gern mal mit geprahlt hätte. Wahrscheinlich wissen sie das. Korrekt ist auch, dass sie sich nicht über mich lustig gemacht haben, als ich mich bei »Elton vs. Simon« in Kuhfladen wälzen musste. Nein, so was machen die nicht. Und das ist das Schönste an den Jungs in Jork. Überall muss ich immer erzählen, wie dies und jenes war. In Jork muss ich es nicht. Da fühl ich mich dann wieder richtig zu Hause. Da wird einfach nur gefragt, was machen wir heute, welche Getränke gehen wir kaufen, welchen Film leihen wir aus oder beim Fußball: Wann, wie, wo? Unsere Gespräche beschränken sich auf's Wesentliche: »Wie geht's dir? Wie läuft's? Familie, alle gesund?« Schließlich sind wir Männer. Unvorstellbar, mit einem von denen oder irgendjemandem zwei Stunden am Telefon zu hängen. Also, ich muss tatsächlich überlegen, was die meisten überhaupt für einen Job machen. Der eine arbeitet bei Airbus, der andere ist bei Philips, Ingo ist immer in Hotels und verkauft Fahrräder, und einer ist Bowlingspieler in der zweiten Liga. Aber ob er davon leben kann? Ich glaube, er arbeitet auch noch auf einer Bowlingbahn. Fragen tut man nicht so viel in Jork. Es sei denn, man ist ganz besonders stolz auf mich – wie meine Mutter. »Haben Sie das gestern gesehen?«

Ich glaube, beim Turmspringen mache ich wirklich nicht noch einmal mit. Denn nur so kann ich meiner Mutter eine ganz bestimmte Antwort ersparen: »Ja, habe ich gesehen. Ihr Sohn ähnelt immer mehr einer fetten Sau.«

TOP 5 AM KAPITELENDE

5 Dinge, woran Sie erkennen, dass Ihre Mutter die Beste ist:

<u>Platz 5:</u>

Sie hat eine Tasse mit der Aufschrift »Beste Mutter der Welt!« – Warum sollte sie sonst die Tasse haben?!

<u>Platz 4:</u>

Sie hat den Kuchen gegessen, den Sie ihr mit drei im Sandkasten gebacken haben.

<u>Platz 3:</u>

Sie hat außer Ihnen alle anderen Kinder ins Heim gegeben.

<u>Platz 2:</u>

Sie schimpft, wenn Sie keine Sachen liegen lassen, die sie hinterherräumen kann.

Und auf <u>Platz 1</u> der Dinge, woran Sie erkennen, dass Ihre Mutter die Beste ist:
Sie heißen Norman Bates.

Germany's Next Topmoppel

»Hey Elton, du schwule Sau.« Ich bin mir sicher, sie meinen es nett, wenn sie mir so oder ähnlich auf der Straße nachbrüllen. Aus allen Himmelsrichtungen kommen sie an und rufen mich beim Namen: »Hey Elton, grüß Stefan« oder »Hey Elton, machen wir ein Foto?« So klingen die Rufe, wenn ich mich irgendwo in der Öffentlichkeit bewege. Ob es Spaß macht, in diesen Momenten Elton, die öffentliche Person, zu sein? Ich zu sein? Eine Frage, die ich gar nicht so richtig beantworten kann. Aber was ich sicher weiß, ist: Ich bin nicht schwul. Wer sieht denn im deutschen Fernsehen wirklich oft verschwitzt und unrasiert aus und rennt in den herrlichsten Dickmacher-T-Shirts rum? Da fällt mir eigentlich nur einer ein: ich. Das merk ich spätestens beim Blick in den Spiegel. Als Schwuler würde ich, glaube ich, einen Tick mehr auf mein Äußeres achten. Zudem wären die T-Shirts dann auch etwas bunter. So wie beim Kollegen Dirk Bach. Warum also rufen sie mich ›schwule Sau‹? Nur weil ich beim Fernsehen bin?

Angefangen hat das alles, als ich ein Videotape mit drei Folgen »Elton Street« zu Brainpool geschickt habe. Es gab ja auch eine Zeit vor »TV total«. Und da habe ich Blödsinn im Hamburger Lokalfernsehen gemacht und wollte die Profis von Raab eigentlich nur mal fragen, ob das denn gut ist, was ich da so anstelle. Andere Hintergedanken hatte ich nicht.

Das war keine Bewerbung. Ich war und bin überhaupt kein Beißer, kein Kämpfer, der mit allen Mitteln Karriere machen will. Aber diese Leute gibt es. Die hängen den Produzenten und Senderchefs an den Lippen, wollen heute dieses und morgen jenes machen und lachen über jeden noch so schlechten Witz der oberen Topentscheider. Wer's braucht. Es ist mir nicht nur zuwider, mir ist derartiges Geschleime schlicht und einfach auch zu anstrengend.

Es war meine Mutter, die mich zu meinen ersten Schritten im Fernsehen getrieben hat. Wie jede normale Mutter wollte auch meine, dass aus ihrem Jungen etwas Ordentliches wird. Mit dem Unterschied, dass sie eben nicht ganz normal ist und mich im Gegensatz zu vielen anderen Müttern gerne der gefährlichen Medienbranche überließ. »Irgendwas mit Medien machen«, waren damals ihre Worte. Und glaubt mir: Ich bin heilfroh, dass es damals noch keine Formate wie »DSDS« oder »Germany's next Topmodel« gab – denn auch das hätte sie mit Sicherheit als einen Weg zu einem »irgendwas mit Medien«-Job betrachtet. Am Ende hätte ich wahrscheinlich noch gewonnen und wäre heute »Germany's next Topmoppel«! Dann würde ich jetzt dem Calli auf der Alm in Zeitlupe entgegenrennen, und dann würden wir uns mit Joghurt einreiben. Jetzt macht das halt die Barbara Meier. Irgendwann fing Mutter an, mir Stellenanzeigen von Radio- und Fernsehfirmen aus der Zeitung auszuschneiden und ins Zimmer zu legen. Ich sollte unbedingt Bewerbungen schreiben. Das waren die Tage, an denen ich mein Zimmer immer weniger mochte. Bisher konnte ich darin ungestört abhängen, rumpupsen, schlafen, trinken, onanieren. Mein Zimmer war meine kleine heile Welt, und jetzt lagen da plötzlich diese Jobanzeigen. Hätte ich ins Erpressergeschäft einsteigen wollen, wäre Mutter jedenfalls eine Spitzen-Buchstaben-Ausschneidehilfe gewesen. »Bewerbungen schreibe ich eigentlich nicht so gerne«, war meine einfache, aber ehrliche Ausrede. Getoppt habe ich sie noch durch: »Ich bin dafür auch viel zu faul.« Beide Ausreden fand meine Mutter allerdings nicht überzeugend genug. Also musste ich mich bewerben, was ich auch tat – ab und zu. Lustlos. Ich hatte einfach keinen Bock. Einmal aber nahm ich meinen Karo-Schreibblock mit hellbraunem Ökopapier und rang mich zu folgenden Worten durch: »Sehr geehrte Damen und Herren, ich bin teamerprobt, weil ich Fußball spiele. Ihre Stellenanzeige interessiert mich sehr, und ich würde gerne da arbeiten. Mit freundlichen Grüßen – Alex Elton Duszat.« Ein paar Tage später erreichte mich eine Einladung zu einem Vorstellungsgespräch bei Cleopatra Film, die für das Lokalfernsehen Hamburg 1 produzierte. Die müssen mich anscheinend komplett falsch verstanden haben. Naja, ich bin trotzdem hingegangen.

»Fragen Sie sich eigentlich gar nicht, warum wir Sie überhaupt eingeladen haben?«, wollte die Dame, die das Vorstellungsgespräch führte, wissen. »Ja, weil Ihnen meine Bewerbung so gut gefallen hat?«, antwortete ich ihr. Aber da lag ich wohl falsch. »Sie meinen diese Bewerbung auf Karopapier mit zwei Sätzen und dem Kaffeefleck in der Mitte? Also, wenn ich ehrlich bin, Herr Duszat: Ich war eigentlich nur neugierig, welcher Vollidiot sich hinter dieser schlechtesten Bewerbung, die ich je gesehen habe, verbirgt.«

Na, das nenn ich mal ne Antwort. Die hat gesessen. Neugierig war sie also auch und cool. Ich sollte am Montag darauf probeweise meinen Dienst bei einem mir zugeteilten Redakteur antreten. Toll. Kann man ja mal machen. Am Sonntag war allerdings das Aufstiegsspiel meines Lieblingsvereins St. Pauli. Wir haben gewonnen, wir haben gefeiert, wir haben gesoffen. Ich weiß nicht, wie ich da hingekommen war, aber ich lag Montagmorgen in meinen versifften Feierklamotten im Bett, und der Wecker war tatsächlich so gnadenlos, mich an meinen ersten Tag bei Cleopatra zu erinnern. Ein bisschen kaltes Wasser ins Gesicht, angezogen war ich ja noch, und so schaffte ich es pünktlich zu meinem ersten Tag beim Fernsehen. Ich machte die Türe langsam auf, war völlig verpeilt, verkatert und roch unglaublich unangenehm. Ja, daran erinnere ich mich noch genau. Zugegeben, mir ging da schon ein wenig die Flatter bei der Vorstellung, in diesem Zustand meinem Redakteur gegenüberzutreten. Mit Sonnenbrille saß er in einem Sessel. Naja, hing in einem Sessel, trifft es wohl besser. Was für ein Typ, dachte ich, bis ich endlich kapierte, dass er genau wie ich ein verdrecktes Pauli-T-Shirt trug. In mir jubelte es. »Eh, haste gestern auch gefeiert?!«, rief er mir zu, und ich wusste sofort: Das wird eine wunderbare Zeit bei Cleopatra. Nie werde ich diesen ersten Tag vergessen. Gleich darauf musste ich dringend auf Toilette und weihte erst mal das Firmenklo mit einem zünftigen Astra-Schiss ein, wobei ich auf einen Schlag etwa drei Kilo abnahm. Leider war das Klo anschließend verstopft. Ich sag es, wie es ist: Ich habe nichts dagegen unternommen und war froh, dass mich keiner hat auf's Klo gehen sehen. Somit wäre das jetzt auch mal raus. Auch das.

Und die Firma Cleopatra war es auch, die mich nach und nach im Hamburger Lokalfernsehen meine Fresse in die Kamera halten ließ. Eines Tages hieß es jedoch: »Elton, du bringst keine Quote, und das hat zwei Gründe: Erstens bist du nicht lustig, und zweitens hast du keine Titten.« Frechheit. Ich und keine Titten. Sehr schöne sogar. Und ob ich lustig bin, würden wir ja sehen. Ich schickte daraufhin ein Tape mit drei Folgen »Elton Street« zu »TV total« und wollte eigentlich nur Tipps haben, wie ich lustiger werden kann. Es geschah, was ich nie erwartet hätte: Ich wurde eingeladen, fuhr nach Köln zu Raab und wurde Deutschlands erster Showpraktikant.

So im Nachhinein hat Mutter also alles richtig gemacht. Denn »irgendwas mit Medien« ist genau mein Ding. Ich muss nicht wirklich arbeiten, ich hab nur coole Leute um mich rum, und ich kann einfach sein, wie ich bin. Dafür mögen mich die Leute, und ich rede ja wirklich gern mit meinen Fans. »Mensch, du bist ja gar nicht so dick. Im Fernsehen bist ja viel dicker«, bekomm ich dann oft zu hören. Also, was bitte soll ich darauf antworten? Vielleicht: »Mensch, du bist ja gar nicht mal so hübsch – ich stell mir meine Fans immer schöner vor!«?

Aber Schönheit ist ja nicht alles. Ich weiß, wovon ich rede. Und doch tun Frauen heute ja echt alles für ihr Aussehen. Sie legen sich unters Messer, lassen sich Fett absaugen, die Falten glätten, die Titten machen ... Und wenn die Kohle dafür nicht reicht, wird wenigstens das Gesicht schön dick mit Schminke zugespachtelt. Ich bin ja eher ein Freund des natürlichen Looks – solang die High Heels gut sitzen, braucht sich für mich keine Frau zu schminken. Aber der Schönheitswahn ist jetzt auch schon in der Männerwelt angekommen. Auch zu mir. Ja, ich mag meinen Körper. Jeden Morgen, wenn ich vor dem Spiegel stehe und mich so anschaue, denke ich: Was für ein Glück, dass ich keine Frau geworden bin. Ich kann nur erahnen, wie ich dann ausgesehen hätte.

Im Fernsehen geht es doch nur ums Aussehen, und da wird mit allen Tricks gearbeitet. Warum habe ich wohl die Alm oder die Burg auf ProSieben moderieren dürfen? Nicht weil ich es kann oder so beliebt bin. Ich war einfach das billigste technische Mittel, Sonya Kraus gut aussehen zu lassen.

Lang davor bekam ich allerdings bei »TV total« meine Chance. Ich erhielt nicht nur wie erhofft Tipps, wie ich lustiger werden konnte, nein, man gab mir sogar die Möglichkeit, ein bisschen Blödsinn zu machen und vieles auszuprobieren, was es so zuvor im deutschen Fernsehen nicht gegeben hatte. Ich war glücklich, der lustige Dicke neben Stefan Raab sein zu können.

Und dafür habe ich dann einiges getan. Wer, denkt ihr, ist von uns beiden wohl nachts aufgestanden, um zu drehen? Raab oder ich? Ich natürlich. Und warum? Weil ich es lustig fand, mal wieder Klingelstreiche zu machen. Moderator von Klingelstreichen im Fernsehen, das muss man auch erst mal von sich sagen können. »Bimmel Bingo« hieß das bei »TV total«. Ich klingelte nachts, bewaffnet mit einem Kamerateam, bei wildfremden Menschen. Irgendwann machten meine Opfer schlaftrunken die Türe auf und wurden von mir, dem fröhlichen, nachtagilen »Bimmel Bingo«-Moderator, empfangen. Das Kameralicht blendete die verschlafenen Augen. Ich gierte nur danach, für diese Unverschämtheit beschimpft zu werden. Und wer richtig gut loszeterte und zufällig noch die vorab festgelegten Schimpfwörter des Tages benutzte, bekam später dafür dann Geld. Wussten sie aber vorher nicht. Was für ein krankes Spiel. »Ich ruf die Polizei«, war mal eine

200-Mark-Topantwort, die dann auch von einem verärgerten Opfer kam. Dumm gelaufen.

Wir haben dann allerdings irgendwann aufgehört, die Menschen nachts zu ärgern, und unser Klingelmännchen-Spiel auf eine angenehmere Tageszeit verlegt. »Elton zockt« hieß der Nachfolger von »Bimmel Bingo«. Hier durfte ich mit Leuten um ihr Hab und Gut spielen. »Elton zockt« – ein Spiel, bei dem man als Kandidat viel gewinnen, aber auch viel verlieren konnte. Die Regeln sind denkbar einfach: Der Mitspieler, den ich spontan auf der Straße aufgreife, muss einen Einsatz bringen, wenn er etwas gewinnen möchte. Beispielsweise konnte man für einen Sieg im Dosenwerfen ein neues Handy kassieren. Oder im Falle einer Niederlage sein eigenes Handy, also seinen Einsatz, verlieren. Das Handy des Mitspielers war in solch einem Fall dann von nun an meines, und ich konnte damit machen, was ich wollte. Die Zocker wurden ausreichend aufgeklärt und wussten, auf was sie sich da mit mir einlassen, denn sie mussten vor Drehbeginn ihr Einverständnis geben, dass ich ihren Einsatz auch zerstören durfte. Und was haben wir nicht alles kaputtgemacht. Handys, Klamotten, Betten, ganze Schlafzimmer, Sofas, Fernseher. Sogar Autos habe ich aus 80 Metern Höhe vom Kran fallen lassen und mutwillig zerstört. Meine Lieblingsfolge bleibt aber die, in der wir um einen neuen Motorroller gezockt haben. Das Spiel war Kegeln, und meinen Gegner suchte ich mir vor einem Freibad. Ich fand ein hübsches, junges Mädel. Und nach ein paar Minuten Überlegen hatte sie dann auch richtig Lust, gegen mich im Kegeln anzutreten. Doch sie verlor. Ihr Mofa war praktisch weg und gehörte mir. Oh Mann, sie tat mir so leid. Ich konnte ihr das nicht antun. Und deswegen bot ich ihr eine zweite Chance. Wir kegelten also noch einmal gegeneinander. Der neue Einsatz: ihre Klamotten. Wenn sie verliert, muss sie sich ausziehen. Gewinnt sie, darf sie alles behalten und bekommt den neuen Roller. Und was ist wohl passiert? Sie verlor. Scheiße. Das arme Mädel. Aber das kann es doch noch nicht gewesen sein! Also gab ich ihrem Ex-Freund die Chance, das Mädel zu retten. Neuer Einsatz: sein Roller. Wenn er mich im Kegeln besiegt, darf er seinen Roller behalten, sie bekommt ihren zurück, dazu ihre Klamotten, und sie bekommen noch einen neuen Roller on top. Wie großzügig kann ich denn sein? Doch keine Chance – auch er verlor. Ich habe alles versucht, um nicht als der böse Zocker dazustehen. Doch mit jeder neuen Chance, die ich meinen Gegnern gewährte, wurde das Spiel härter und besser. Mein damaliger Produzent nannte diese Folge einen Meilenstein der Fernsehgeschichte und bat meine Autoren, umgehend mit der Planung eines eigenen Sendeformates für »Elton zockt« zu beginnen.

Dem Mädel aus der Folge habe ich übrigens nicht alle Klamotten abgenommen. Sie durfte immerhin noch im Bikini nach Hause gehen. In der Zuschauerpost wurde ich trotzdem auf's Übelste beschimpft. Ich konnte das nicht verstehen. Die Kandidatin hat einfach viel zu viel riskiert. Aber ganz ehrlich: Dafür bin ich ihr heute noch dankbar. Denn es war wirklich das absolute Highlight der Serie. Vielleicht sollten wir es mal wieder machen, rausgehen und mit Menschen zocken. Es muss ja nicht immer um Millionen gehen. Auch Motorroller können große Gewinne sein.

Und so genieße ich meinen Job jeden Tag auf's Neue. Er ist abwechslungsreich und spannend. Ich wäre ja auch blöd, wenn ich das Leben im Rampenlicht nicht genießen würde. Schließlich geht es nicht immer nur um Motorroller, sondern ich treffe auch das »Who is Who« des internationalen Showbiz. Die großen Stars aus Hollywood. Die ganz Großen der Film- und Musikindustrie.

Ein tolles Erlebnis hatte ich mit Will Smith, den ich 2003 in einem extra für uns abgesperrten, völlig leeren Kinosaal zum Interview traf. Er war in Deutschland, um Werbung für seinen Film »Bad Boys 2« zu machen. Wir haben nett geplaudert und ein bisschen Spaß gehabt, und als ich ihn bat, für einen kleinen Gag mal schnell eine Perücke aufzusetzen, hörte ich plötzlich aus dem dunkeln Nichts des Kinos eine Stimme: »STOP – We don't do that.« Sein Manager! Der große Will Smith drehte sich um und erklärte seinem mieslaunigen Manager: »Hey, that's German humor.« Aber keine Chance – das Interview war sofort beendet. Nun habe auch ich einen Manager. Eigentlich müsste ich ihn bei Gelegenheit mal fragen, warum genau ein Künstler vor laufender Kamera keine Perücke aufsetzen sollte. In Hollywood ist das so. Somit war die Situation mit Will Smith echt peinlich. Und das Blöde war, ich wusste nicht, was ich wirklich falsch gemacht hatte. Anders war das bei einem Interview mit Jodie Foster, die ich noch in meinen Zeiten bei dem Regionalsender Hamburg 1 getroffen habe. Ich interviewte sie damals für ein Kinomagazin und wusste von ihr, dass sie kleine Matchbox-Autos sammelt. Also habe ich mir einen Matchbox-Kübel-VW in die Hosentasche gesteckt, weil ich sie im Interview damit überraschen wollte. Es ging mir auch darum, die Gute mal für etwas zu begeistern, was ein Mann so in der Hose hat. Meine Jeans sitzen meist sehr eng. Das liegt oft am Schnitt und dem bisschen zu viel, was da rein muss – und nicht alles davon ist angefressen. Also saß ich damals neben Jodie Foster mit einer engen Hose, gefüllt mit einem Matchbox-Auto. Die Kameras liefen, und während Frau Foster erzählte, fummelte ich an meiner Hose rum. Hinter den Kameras bemerkte ich plötzlich, wie etwas Panik aufkam. Nervöse Bodyguards warfen sich unsichere Blicke zu, und das amerikanische Management drehte fast durch. Und das nur, weil ich das Ding nicht aus der Hosentasche bekam. Als ich dann endlich den Matchbox-Wagen in der Hand hielt, musste Frau Foster sehr lachen. Eigentlich ist es ja nicht sehr nett, wenn eine Frau anfängt zu lachen, wenn ein Mann etwas aus der Hose holt. In diesem Moment aber war es für mich sehr angenehm. Für Frau Foster und das ängstliche Management glaube ich allerdings auch.

Ich bin immer sehr froh, wenn solche VIP-Interviews zu Ende sind. So ganz relaxed ist das nie. Man fliegt meist nach Berlin oder München, geht in irgend so ein Fünf-Sterne-Luxus-Hotel und sitzt dann vor einer Suite und wartet auf sein Interview. Pünktlich geht's da nie zu. Ich behaupte mal, dass ich da oft eine gute Stunde warte, nur um dann ein Fünf-Minuten-Interview zu bekommen, das in meinem Fall meistens nach drei Minuten von verärgerten Managern abgebrochen wird. Das wäre alles halb so schlimm, müsste ich nicht zuvor auch immer noch vormittags die Filme in der Pressevorführung anschauen. Eine blöde Tradition. Denn nur Pressevertreter, die den Film gesehen haben, werden zum Interview vorgelassen. Dazu mal drei Dinge:

1. Ich schlafe meist ein, wenn ich morgens im Kino sitze.
2. Wenn ich da schon morgens hinmuss, sollte es wenigs-

tens Popcorn geben, damit ich den anderen Pressevertretern ein wenig Kinoflair bescheren kann, indem ich sie damit bewerfe.

3. Ich habe noch nie mit einem der Hollywood-Fuzzis über seinen Film gesprochen. Die PR, die ich für die Filme der Hollywood-Fuzzis mache, ist sicher größer, wenn ich nicht über die oft langweiligen Filme rede, sondern mir etwas Besonderes für die Einspieler einfallen lasse.

Ich sag nur Jennifer Aniston. Die freut sich jedes Mal, wenn wir uns wiedersehen, dabei haben wir noch nie über einen ihrer Filme gesprochen. Aber ich habe sie mit Rosen, Stofftierchen und Champagner überhäuft, also alles getan, was ein Mann bei einem Date eben macht. Inzwischen hatten wir drei romantische Dates. Leider glaubt sie immer noch, es wären rein berufliche Interviews gewesen. Wie dem auch sei, ich gebe mir noch fünf Dates, dann will sie vielleicht auch ein Kind von mir. Für Jennifer sitze ich gerne wartend vor noblen Hotelsuiten, werde nervöser und nervöser und fange furchtbar an zu schwitzen. Ich weiß nicht, warum. Aber bei diesen Drehs mit den Hollywood-Stars bin ich nie wirklich entspannt. Der Druck ist unfassbar. So ein Interview dauert in der Regel maximal fünf Minuten. Das heißt, ich muss auf den Punkt lustig sein. Das mag ich gar nicht. Da fühl ich mich allein. Ich arbeite lieber im Team mit meinen Autoren und kann mich rückversichern. Da weiß ich, dass bessere Einspielfilme entstehen, als wenn ich auf mich allein gestellt bin. Da ist der Druck bei Weitem nicht so groß, wie wenn ich allein in einem Interview sitze. Mit den Jungs habe ich nicht nur ein paar Minuten. Wir nehmen uns mehrere Stunden Zeit und haben viel Spaß dabei.

Am schönsten ist es immer, wenn wir zusammen unterwegs sind und es raus in die große weite Welt geht. Manchmal reicht aber auch Berlin. Was haben wir da schon für coole Drehs gehabt. So bin ich zum Beispiel beim ECHO ohne Erlaubnis auf den roten Teppich gestürmt und habe mir Robbie Williams geschnappt. Das war ein Abenteuer. Er wollte mir sogar seinen Mantel schenken. Blöd nur, dass ich auf dieses nette Angebot nicht schnell genug eingegangen bin. So konnte ich meiner Frau leider keinen echten Robbie-Williams-Mantel mit nach Hause bringen. Meine Autoren waren da schon etwas schneller. Sie haben den Trubel auf dem Teppich genutzt, und einer hat Robbie schön an den Hintern gepackt. Und der andere hat ein großartiges Foto davon gemacht.

Promis überraschen, an die man normalerweise eigentlich nicht so leicht rankommt, macht einfach Laune. Das habe ich im Jahr 2002 besonders schön hinbekommen. Es war der Abend der Bundestagswahl. Auch dort waren wir für »TV total« vor Ort. Eigentlich interessiere ich mich ja nicht sonderlich für Politik. Aber mich mal im Dienste der Verarsche auf irgendwelchen Wahlveranstaltungen herumzutreiben – das hatte schon was. An diesem Abend standen Besuche bei den Wahlpartys von Stoiber und Merkel, beim damaligen Kanzler Schröder, bei Joschka Fischers Grünen und bei Westerwelles FDP auf dem Zettel.

Aber es ist gar nicht so einfach, an die hohen Politiker ranzukommen. Jedes Mal, wenn ich auf so einer Wahlveranstaltung ankam, hatte ich meinen eigenen Herrn vom Staatsschutz an den Hacken. Die glaubten wahrscheinlich, ich würde die Veranstaltung stören wollen. Jedes Mal stand ganz plötzlich ein streng dreinschauender Typ neben mir, der nicht mehr von meiner Seite wich. Er hatte Funk im Ohr und tat ganz unbeteiligt. Da machte ich mir dann immer einen Spaß draus und sprach ihn an: »Danke, dass Sie auf mich aufpassen. Und es tut mir wirklich leid, wenn ich durch meine Anwesenheit den Weltfrieden gefährden sollte. Ehrlich!«

Man kann über die SPD denken, was man will. Man darf sie scheiße finden. Man darf sie toll finden. Sie darf einem sogar egal sein. Was man aber nicht sagen darf, ist, dass die SPD Humor hat und eine coole Partei ist. Cool ist – und das ist meine Erfahrung – nur die CDU. Die CDU ist nämlich die einzige Partei, die den Job eines Comedians nicht mit dem eines hauptberuflichen Terroristen verwechselt und versteht, dass ich nur der Elton bin, der ein bisschen Spaß in die Welt bringen möchte.

Besagter Wahlabend 2002. Wir erinnern uns: der Abend, an dem Ede Stoiber mit stolzgeschwellter Brust zu früh verkündete: »Wir haben die Wahl gewonnen!«, um sie dann doch zu verlieren. Da hatte der Ede schwer vorgelegt. So lustig, wie der Stoiber an dem Abend war, musste ich erst noch werden. Die CDU führte also – zumindest in Sachen Lacher. Für mich war klar: Ich versuche für die SPD auszugleichen und machte mich auf zur SPD-Zentrale in Berlin. Aber die Genossen waren nicht ganz so lustig drauf wie der bayerische Landesvater. Die wollten mich doch tatsächlich nicht ins Willy-Brandt-Haus reinlassen! War ich zu hässlich oder zu dick für die SPD? Ich hatte mich doch ganz korrekt angemeldet, meinen vollen Namen angegeben, meine Adresse, Konfektionsgröße – der Staatsschutz hatte also alle Zeit der Welt, meine Vita samt Führungszeugnis Wochen vor der Wahl zu checken. War das das Problem? Hatten sie Angst, dass ich bis tief in die Nacht bleiben würde und bei Schröder an der Zimmertür klingeln würde? »Bimmel Bingo – Bundestagswahl Spezial«? Hatte Kanzler Schröder etwa keine Beschimpfungen für mich parat, oder war ihm das Preisgeld bei »Bimmel Bingo« zu niedrig? Nein. Mein Name war das Problem. Ich hatte mich als Journalist akkreditiert, unter meinem echten Namen Alexander Duszat. Als mich der Staatsschutz dann vor Ort entdeckte, war das Entsetzen groß: »Duszat? Verarschen können wir uns selbst. Sie sind doch der Elton von ›TV total‹!?« So, ich sag es an dieser Stelle jetzt noch mal: An diesem Abend hat sich nur einer verarscht. Nämlich Ede Stoiber sich selbst.

Naja, aber offenbar befürchtete man Verarschung. Ich muss zugeben, diese Befürchtung war nicht unbegründet. Denn nachdem der Spaßvogel aus Bayern so sensationell vorgelegt hatte, wollte ich bei der SPD mein Bestes geben und auch ein bisschen für lustige Stimmung sorgen. Aber die Prognosen standen meinem Vorhaben kolossal entgegen. Die Genossen hatten keinen Bock auf Stimmungsauflockerung abseits von Rotweinflaschen. Sie waren so schlecht drauf, dass sie sogar die Polizei riefen. Ich bekam Hausverbot. Hausverbot wegen ›Duszat heißen‹. Denn wie es scheint, ist ›Duszat heißen‹ nichts anderes als Vorspielung falscher Tatsachen. Wenn das meine Eltern lesen. Die machen das auch schon ihr ganzes Leben. Crazy Eltern hab ich da. Mein Verhältnis zur Sozialdemokratie hat an diesem Abend leider ein paar Kratzer bekommen. Wir zogen also weiter zur CDU-Zentrale. Dort war inzwischen leider auch schon allen klar, dass das Lustigste an diesem Abend die Büttenrede von Ede

Stoiber gewesen war. Nichts wurde aus der Wachablösung in Berlin. Schröder sollte Kanzler bleiben. Was die CDU aber im Gegensatz zur SPD verstanden hatte, war, dass ich nichts Böses wollte. Ich wurde trotz der offensichtlichen Wahlschlappe mit offenen Armen empfangen. Die CDU hatte verstanden, dass ich einen Beitrag für junge Zuschauer drehen würde und sie mit mir neue Wählergruppen erreichen konnten. Auch wenn die am gleichen Abend nicht mehr hätten helfen können. Es war ein schwarzer Tag an diesem roten Abend für die CDU.

Doch dann wurde plötzlich noch alles wunderschön. Denn ich traf SIE. Ich stand mitten im Gedränge eines Pulks von Journalisten und Kameras und SIE auch! Vielleicht hab ich SIE berührt? Vielleicht auch nicht: In dem Geschubse weiß man ja nicht, wer wen und warum berührt. Ist es einfach nur Gedränge oder schon Gruppenpetting? Naja, jedenfalls war ich in IHRER Nähe. In der Nähe der guten Angela. Jahre bevor sie Kanzlerin wurde. Es war ein romantischer Augenblick: Ich habe ihr gewunken, sie angelächelt, und sie hat zurückgelächelt. Das war also meine erste und einzige Begegnung mit Angie. Aber ganz ehrlich: Auch aus der Nähe hat selbst für mich Robbie Williams mehr Sex-Appeal.

Und so schön es an diesem Abend bei der CDU auch war, wir drei dachten, noch besser feiern lässt es sich bestimmt bei den Grünen. Da sind die Leute doch jung, crazy, durchgeknallt. Eben so wie wir. Als wir dann auf der Wahlparty der Grünen ankamen, roch es auch schon heftigst nach Bier. Nein, es stank nach Bier. Die Location versprach auf den ersten Blick eine coole Party. Und es roch eben überall nach Bier. Der Boden war klebrig wie morgens um fünf in einer Disco.

Und die Leute sahen irgendwie auch so aus. Sie waren jung, sie waren grün, sie waren Party-People. Ich wusste, hier bin ich richtig. Hier sind meine Leute. Aber da hatte ich mich geirrt. Statt netten grünen Mädels und coolen grünen Jungs erwartete mich eine Bierdusche aus dem Hinterhalt, als hätte ich gerade den FC Bayern München als Trainer zur Meisterschaft geführt. Ich war kaum fünf Minuten auf der Party, da war ich von Kopf bis Fuß nass und roch wie der Boden, auf dem die Grünen da feierten. Das muss man sich mal vorstellen: Ich bin auf der Party der Partei des Friedens und treffe auf uncoole Besoffene im grünen Feiervolk, die mir mit einer Grundhaltung entgegentreten, als wolle ich ihnen etwas Böses. Ich wollte feiern und meinen Feierabend bei ihnen ausklingen lassen, aber die fühlten sich von mir verarscht und angegriffen, obwohl ich privat da war. Die Kamera hatten wir längst im Auto gelassen. Die Grünen fanden mich an diesem Abend also doof oder zumindest einer Bierdusche würdig. Wenigstens Claudia Roth hat dann noch sehr nett mit mir geplaudert und sich nicht daran gestört, wie ich gerochen habe. Eine versöhnliche Geste. Nun gut, egal, es gibt in Berlin ja auch bessere Partys als die der Grünen.

Ich liebe Berlin für seine Bars. Da hat man seine Ruhe, und der Alkohol kommt in Cocktailgläsern statt als Bierdusche. Wenn es richtig spät ist in Berlin und ich nicht mehr in überfüllten Läden abhängen will, dann zieht es mich oft in die Bar des Grand Hyatt am Marlene-Dietrich-Platz. Hier lebt Berlin das Thema Hotelbar in all seinen Facetten. Da trifft man auf Promis, auf seltsame Pärchen, auf in die Jahre gekommene Damen des horizontalen Gewerbes und auf Skurrilitäten, wie nur Berlin sie in Deutschland hat. Problem ist nur:

Wenn die nicht da sind, ist nichts los. Dann muss man sich eben mit sich selbst vergnügen. Dafür ist das Hyatt Berlin bestens geeignet. Unser Lieblingsspiel ist »Whisky Bingo«. Noch nie gehört? Ganz einfach. Man schnappt sich einen der gemütlichen, chilligen Ledersessel gegenüber der Bar. Von da hat man den besten Blick auf Berlins bestsortierteste Whisky-Wand. Die gesamte Bar hat an ihrer Rückwand Regale mit sämtlichen Whisky-Sorten der Welt. Whiskys von A–Z, und man weiß nicht, was sie kosten. Das sieht man den Flaschen nicht an. Ein »Whisky Bingo«-Spieler schließt die Augen und macht mit dem Finger kreisende Bewegungen in Richtung Whisky-Wand. Der andere Spieler sagt »Stopp«. Jetzt dürfen die Augen geöffnet werden, und die Flasche, auf die der Finger zeigt, ist der Bingotreffer. Koste es, was es wolle, 4 cl werden bestellt. Die Whiskyrunde geht auf's Konto des Spielers, der auf die Flaschen zielt. Man hat Glück, wenn der Whisky günstig ist – und noch mehr, wenn er auch noch schmeckt. Pech ist, wenn er teuer ist – viel Pech, wenn er teuer ist und auch noch beschissen schmeckt. Ob es daran liegt, dass ich ein Banause bin, weiß ich nicht. Aber je teurer ein Whisky ist, umso öfter ertappe ich mich, dass ich den Whisky nur trinken kann, wenn ich ihn mit Coca Cola mische. Der bisher schlimmste Treffer: Eine Sorte kostete 79 Euro je 4 cl. Bei der warnte uns sogar schon die Bedienung, die unser Spiel bereits kannte. Denn: Der teuerste Whisky war tatsächlich auch der widerlichste, den ich je getrunken habe. Aber Spiel ist Spiel. Und was muss, das muss!

TOP 5 AM KAPITELENDE

5 Dinge, woran Sie erkennen, dass Sie vom Verfassungsschutz beobachtet werden:

Platz 5:
Ihre Mülltonnen werden seit Neuestem täglich geleert.

Platz 4:
Ihr neuer Nachbar heißt Max Mustermann.

Platz 3:
Der iPod-Kopfhörer von Max Mustermann hat nur einen Ohrstöpsel.

Platz 2:
Auf Kanal 57 Ihres Fernsehers sehen Sie sich in Ihrem Wohnzimmer vorm Fernseher sitzen.

Und auf Platz 1 der Dinge, woran Sie erkennen, dass Sie vom Verfassungsschutz beobachtet werden:
Wenn Sie bei der Sex-Hotline anrufen, hören Sie einen zweiten Mann stöhnen.

Intellektuell aber doof

Manchmal, wenn ich ins Büro fahre, überkommt mich der Gedanke, dass ich einen coolen Job habe. Meist fahre ich ganz unglamourös am Steuer meiner Familienkutsche selbst ins Büro. Selten holt mich mein Team zuhause ab. Das passiert eigentlich nur dann, wenn es direkt zu einem Außendreh geht. Ich steige dann immer hinten in unseren Bulli ein. Denn vorne sitzt meist schon der Kameramann. Schließlich muss sein Haar im Wind wehen. Ich drehe nämlich nur mit schönen Kameramännern. Das lässt mich einfach dicker, drolliger und dadurch schon optisch noch mal viel lustiger erscheinen. Oft kommt es daher vor, wenn ich mit meinem Kamerateam einen Raum betrete und ein profanes »Hallo!« in den Raum rufe, dass Menschen spontan anfangen zu lachen und mit dem Finger auf mich zeigen. Wäre ich nicht beim Fernsehen, sondern vielleicht Klempner, wäre ich deswegen wahrscheinlich schon lange in psychiatrischer Behandlung. Aus diesem Grund dräng ich mich auch im Kleinbus gern nach hinten in den abgedunkelten Bereich. Denn bei einer dreistündigen Überlandfahrt würde es selbst mir abgestumpftem Mediendickerchen auf die Stimmung schlagen, wenn Bewohner ganzer Ortschaften lachend und mit Fingern auf mich zeigend am Straßenrand stünden. Hinten im Bus kann man mich nicht sehen, und ich habe meine Ruhe. Wenn ich will, dann stecke ich mir meine Kopfhörer ins Ohr und mach die Augen zu. Ich kann aber auch labern, wenn mir danach ist. Denn der Wagen ist ja übervoll. Redakteur, Autor, Tonmann, Kameramann, irgendein Praktikant, Aufnahmeleiter. Dazu kommen dann noch Getränkekisten, die den Sitzraum noch enger machen, weil sie nicht mehr in den Kofferraum gepasst haben. Denn je nachdem, wie viel Drehequipment und Requisiten so am Start sind, ist der Kofferraum voll, und die besorgten Aufnahmeleiter stellen dann die Getränkekiste in den Fußraum des Wagens. Dann ist der Sitzkomfort stark eingeschränkt. Und das mag ich überhaupt nicht. Vielleicht ist das hier mal die richtige Stelle, um es loszuwerden: Liebe Aufnahmeleiter, diese Getränke braucht kein Mensch. Sie sind immer zu warm, und Bier ist es eh in den seltensten Fällen. Außerdem halte ich doch sowieso lieber an einer Tankstelle, weil ich einen Kaffee möchte. Und wenn es dann mal eine Cola sein soll, muss sie eben eiskalt sein. Generell meinen sie es ja gut. Denn wenn sie etwas von mir wissen, dann eigentlich, dass für Nahrung ausreichend gesorgt sein muss. Wenn ich etwas zu futtern habe, dann bin ich leicht zu handhaben. Anders werden Zirkustiere auch nicht dressiert.

Manchmal, wenn ich nicht selber fahre und ich auch nicht abgeholt werde, dann gönne ich mir einen ganz besonderen Luxus. Ich miete mir einen Chauffeur. Den gönne ich mir aber nur, wenn es zum Flughafen geht, weil ich keinen Bock habe, dort erst ins Parkhaus zu fahren. Da ist es doch toll, wenn ein Fahrer direkt vor der Tür hält. Das nenn ich Service. Beim Rückflug wird's aber noch besser. Das stundelange Suchen nach meinem Auto bleibt mir erspart, denn schließlich werde ich direkt am Ausgang von meinem Fahrer erwartet. Es soll ja Prominente in Köln geben, die sich so lange am Ausgang des Flughafens rumtreiben, bis ganz zufällig ein anderer Promi von einem Fahrservice abgeholt wird. So spart man sich das Taxigeld, und das sind immerhin knapp 30 Euro bis in die Kölner Innenstadt. Dafür kann man sich schon mal eine sehr gute Flasche Wein kaufen, die man dann in der Küche beim Kochen trinken kann. Ich muss schmunzeln, wenn ich an diese ehrenwerten Kollegen denke.

Naja, zurück zum Thema. Von mir zu Hause brauche ich so knapp eine halbe Stunde ins Kölner Büro, wo auch unsere Studios sind. An manchen Tagen ist die Fahrt dahin etwas ganz Besonderes. So zum Beispiel an Samstagnachmittagen. Denn das bedeutet, dass am Abend »Schlag den Raab« live produziert wird. Das ist dann einer dieser besonderen Tage, an denen ich stolz wie Oskar bin, in dieser geilen Show mein kleines Quiz »Blamieren oder Kassieren« moderieren zu dürfen. Eigentlich führt ja Kollege Matthias Opdenhövel durch die Show. Aber »Blamieren oder Kassieren« ist eben mein Quiz. Bei den »Schlag den Raab«-Livesendungen bin ich immer sehr nervös. Wirklich sehr nervös. Schließlich geht es da um sehr viel Geld. Und ich bin eben meist erst sehr spät an der Reihe. Dann geht es oft schon um ausschlaggebende Punkte, die gern mal über Sieg oder Niederlage entscheiden können. Der Hauptgrund aber ist, dass »Schlag den Raab« einfach eine ganz außergewöhnlich tolle Sendung ist. Für mich ist es die beste Show-Neuerfindung der letzten Jahre. Preisgekrönt und einfach unfassbar gut. Bei »Schlag den Raab« dabei zu sein, ist für mich schon fast eine Ehre. Und so geht es nicht nur mir. An diesen Show-

Tagen ist auch die Stimmung in der Firma ganz feierlich. Irgendwie sind alle ganz anders drauf. Also auch für das Team und dessen sehr routinierten Alltagsbetrieb eine gesunde Abwechslung.

Es gibt für mich heute nur noch wenige Shows im deutschen Fernsehen, die mir ein Kribbeln verschaffen und die mir was bedeuten. Und dazu gehört auch heute noch »Wetten, dass ...?«. Auch wenn die Show inzwischen megalangweilig geworden ist, woran, glaube ich, auch zehn weitere sexy Blondinen nichts ändern könnten, umgibt sie noch immer ein Mythos. »Wetten, dass ...?« zu schauen ist wie einen Freund aus guten alten Zeiten zu besuchen. Man fühlt sich geborgen und denkt an die Zeit zurück, als man Samstagabends mit Oma auf dem Sofa gekuschelt und Frank Elstner geschaut hat. »Wetten, dass ...?« ist Teil meines Lebens. Da ich aber heute nicht mehr mit Oma auf dem Sofa kuscheln kann, möchte ich es doch auf jeden Fall noch zu Gottschalk auf's Sofa schaffen. Das ist einer meiner großen Wünsche. Anscheinend bin ich für Herrn Gottschalk aber zu klein und unbedeutend. Ich scheine einfach nicht prominent genug zu sein und habe zudem kein Iris-Berben- oder Hannelore-Elsner-Gesicht, was ja bekanntlich als Abo für Gottschalks Couch gilt. Nun ja, ich arbeite daran, ihn eines Tages mit meiner Anwesenheit beglücken zu können. Und wenn er auch noch im hohen Alter den ZDF-Dauerbrenner moderiert, dann schaffe ich das auch. Oder hat sein hohes Alter etwa schon begonnen?

Andere Shows, die ich in den 70er- und 80er-Jahren mochte, waren die Samstagabend-Unterhaltungsflaggschiffe von Rudi Carell oder Joachim Fuchsberger. Blacky Fuchsberger habe ich mal vor Jahren in München beim Bayerischen Fernsehpreis getroffen. Ich habe selten Ehrfurcht. Aber als Blacky Fuchsberger und ich mit einem Glas Pils angestoßen haben – das war so ein Moment voller Ehrfurcht. Zu Unrecht redet heute niemand mehr von seiner großartigen Show »Auf Los geht's los«. Auch die hat mich an so manchen Samstagabenden auf's Sofa gefesselt. Niemand sonst konnte so vertraut, so väterlich wie er moderieren. Und keiner sah so gut aus, wenn er das in einem Nachthemd tat. Ich werde nie den Auftritt der Gruppe Dschinghis Khan mit dem Song »Dschinghis Khan« vergessen. Sie waren 1979 für Deutschland beim Grand Prix und zu Gast bei »Auf Los geht's los«. Um ehrlich zu sein, war das der schlimmste Fernsehmoment, an den ich mich in den 70er-Jahren erinnern kann. Eine Horde durchgeknallter Männer und Frauen, verkleidet als Mongolen, tanzte und grölte – eine Szene, wie ich sie erst wieder im Kölner Karneval erlebt habe. Und weil das noch nicht reichte, sangen sie auch noch einen Song von Ralph Siegel. Grausamer und verstörender ging es nur noch bei Eduard Zimmermann und »Aktenzeichen XY« zu. Aber »Auf Los geht's los« an sich war wirklich toll. Menschen mussten wie beim »Glücksrad« Begriffe raten. Nur mit ein bisschen mehr Niveau. Das war viel mehr als »Glücksrad« – das war eben dieser Samstagabendzauber, den Joachim Fuchsberger und all die anderen zu jener Zeit versprühten und den es heute nur bei »Schlag den Raab« wieder gibt.

Eine andere Show, die mich fasziniert, ist »Zimmer Frei!« im WDR-Fernsehen. Lange habe ich darauf gewartet, einmal bei Götz Alsmann und Christine Westermann zu Gast zu sein. Im Sommer 2009 war es dann endlich so weit. Und es war toll. Ich war total aufgeregt. Aber die beiden waren lieb und nett zu mir. Dazu muss man sagen, dass ich nicht nur aufgeregt war, sondern echt Schiss hatte. Denn so sehr ich die Sendung mag, so sehr ist alles, was im WDR stattfindet, für mich doch eher intellektuelles Fernsehen, und da weiß ich nicht, ob ich da hingehöre. Vor Herrn Alsmann und Frau Westermann hatte ich – bei aller Sympathie – eher Respekt. Sie wirken auf mich so überlegen, so allwissend, so unnahbar, so intellektuell. Solche Menschen machen mir irgendwie Angst. Wie erkläre ich das am besten? Also, ich finde, Intellektuelle machen im Allgemeinen immer Sachen, die keinem Mensch Spaß machen. Das ist so. Intellektuelle treiben sich auf Vernissagen rum und schauen sich grottoide Bilder und angebliche Kunstwerke an. Kunst an sich ist schon langweilig. Darüber braucht man nicht zu diskutieren. Irgendjemand hat mal pseudomäßig entschieden, dass man in bescheuertes Gekritzel anderer Menschen etwas hineininterpretieren kann. Und das soll einem dann ganz viel geben, einen begeistern. Blödsinn. Die Menschen tun doch nur so, als wären sie von etwas begeistert. In Museen lass ich mir das ja noch gefallen. Wenn auch sehr widerwillig. Auch da ist es völlig unvorstellbar für mich, sich dafür begeistern zu können. Aber da kann man ja noch sagen, der Mist, der da an den Wänden hängt, ist alt oder sehr wertvoll. Was aber bitte ist auf Vernissagen los? Da hängt der größte Bullshit an den Wänden, und es gibt Menschen, die sich das anschauen.

Ich find Vernissagen toll, wenn man daran vorbeiläuft. Man schaut rein und sieht verschwitzte Leute, die dummes Zeug reden, aus Prinzip schwarz angezogen sind, breite schwarze Hornbrille auf der Nase und den Kopf nach oben tragen, schlechten Prosecco trinken und sich ansonsten die Füße platt stehen für Sachen, die sie eigentlich nicht interessieren. Aus irgendwelchen Gründen tun sie aber so als ob. Und je intellektueller sie sind, umso mehr glauben sie an die Berechtigung der ganzen Kacke. Da stehe ich lieber für meine niederen Instinkte, gern auch für leichtes Unterhaltungsfernsehen. Ich bin der Gegenentwurf zum Intellektuellen. Wenn Hummer, Langusten und Jakobsmuscheln Feinkost sind, dann bin ich ein Wiener Schnitzel. Aber ein gutes Wiener Schnitzel. Ein gutes Wiener Schnitzel wird oft unterschätzt und ist unterm Strich aber doch das, was die Menschen essen wollen.

Es gibt einige Gerüche, die vergesse ich mein ganzes Leben lang nicht. Gerüche, die seit meiner Kindheit die gleichen sind. Gerüche, die einen betören, die Erinnerungen in einem wachrufen. Gerüche, die einzig und allein bewirken, dass ich weiß, hier bin ich willkommen, da fühl ich mich wohl. Doch keine falsche Vorfreude, an dieser Stelle wandelt sich mein Buch nicht in erotische Literatur, so sehr ich auch erotische Gerüche in Erinnerungen habe. Meine stärkste Geruchsbeziehung ist eine andere.

Schon als kleiner Bub gab es Momente, da bin ich bei diesem Geruch durchgedreht. Ich war zum Spielen verabredet und habe meinen Kumpel Holger zu Hause abgeholt. Typisches Haus im Alten Land bei Hamburg. Gartentor, wie so üblich im Norden weiß gestrichen, Apfelbäume im Vorgarten, eine Bank vor dem Haus, und die Haustür stand offen. Aus dem Haus drang der mich selig machende Geruch von Schnitzel, bestes Wiener Schnitzel. Von Holgers Mutter selbst in der Pfanne gebraten. Sie machte, glaube ich, immer

Schnitzel, wenn ich Holger zum Fußball abholen wollte. Ich konnte diesem Geruch nie widerstehen. Pommes brauchte ich gar nicht. Das Schnitzel war wie der Gewinn der Meisterschaft in der D-Jugend – nur viel besser. Mein Kumpel Holger war immer leicht genervt, denn er wusste, dass wir zu spät zum Training kommen würden. Ich konnte dem Schnitzel nicht widerstehen. Wenn er schlau gewesen wäre, dann wäre er ohne mich gegangen. Trotz vollem Magen war ich auf dem Platz immer noch besser als er, sodass er selbst beim Trainingsspiel draußen sitzen musste. Wohlgemerkt: beim Trainingsspiel.

Ich kann einem Schnitzel einfach nicht widerstehen. Es ist gold, und es glitzert. Ich finde, das Wiener Schnitzel ist durchaus in der Lage, es mit dem Goldrausch in Amerika im 19. Jahrhundert aufzunehmen. Es glitzert und funkelt, und wenn man einmal reinstes feinstes Wiener Schnitzel gefunden hat, dann kommt man nicht mehr davon los – dann ist jede Speisekarte überflüssig. Dann wird alles reduziert auf eine Entscheidung: Schmeckt es oder schmeckt es nicht. Andere Speisen werden nebensächlich. Sagen wir es anders – ich kenn sie nicht einmal.

Schnitzel waren immer meine geheime Leidenschaft. Schnitzellokale und zu vergebende Schnitzelnoten waren das Wichtigste in meinem Kopf. Es fehlte mir bloß jemand, der dieses Hobby mit mir teilte. Ich esse als Hauptmahlzeit eigentlich nur Schnitzel. Aber ich variiere immerhin zwischen »Wiener Schnitzel« und »Schnitzel Wiener Art«. Ich will ja weder am Aussterben der Schweine noch der Kälber schuld sein. So verteil ich das Risiko.

Es gibt ja viele Schnitzeljunkies, aber die verzehren das

Schnitzel um des Schnitzels willen. Die wirkliche Kultur eines Schnitzels erahnen sie gar nicht. Sie wissen nicht mal, dass die Beziehung zu einem Schnitzel inniger und intensiver sein kann als die zu der Frau, der Geliebten, der Bettgeschichte. Ein Schnitzel, das kann alles auf einmal sein: Sinn des Lebens, Orgasmus und Hochschulabschluss zugleich. Wie sinnlos ist das Leben, wenn man niemanden hat, mit dem man diese Gedanken teilen kann? Doch seit 10 Jahren nun arbeite ich mit einem Autor zusammen, der teilt diese Leidenschaft. Er ist fast schnitzelverrückter und schnitzelverfressener, als ich es je sein werde. Aber daher auch ein ausgewiesener Schnitzelexperte. Er futtert mehr Schnitzel auf der Welt als ich. Insofern bin ich eigentlich nur die Nummer 2. Für ihn existieren Speisekarten gar nicht mehr. In die Hand nimmt er sie auch erst, seitdem er mit dem Rauchen aufgehört hat. Und dann nur, um etwas in der Hand zu halten. Was er wählt, ist von vorneherein klar. Bei mir auch – wenn ich mit ihm essen gehe. Aber wehe, das Schnitzel schmeckt nicht, dann kann aus einem sonst ganz netten Menschen ein Biest werden. Seine Laune hängt extrem vom Geschmack des Schnitzels ab. Und heiß sollte es sein. Wehe, es kommt nicht ganz frisch aus der Pfanne auf den Tisch. Dann beginnen seine Gesichtszüge zu entgleiten, und er stellt nur eine Frage: »Do you have that in hot?« Das ist jetzt ein Insider-Gag, aber das darf ich mir in meinem Buch auch mal gönnen.

Es gibt nur einen Laden, bei dem wir uns wortlos einig sind. Ein absoluter Pflichttermin, wenn wir zusammen in Berlin sind. Doch soll ich den hier nennen? Das wäre ja Werbung. Und passen meine Leser in das Restaurant? Ich gehe jetzt mal davon aus, dass sie üblicherweise eher nicht neben Michel Friedman und Angela Merkel dinieren. Aber eigentlich ist das doch eine geile Idee. Meine Leser schlagen auf der Suche nach mir und dem besten Schnitzel Berlins von nun an im Borchardt auf. Ich dachte auch erst, in dem Laden habe ich nichts verloren. Von außen kann man auch nur denken, dass man da nicht hingehört. Ich musste mich auch erst trauen. Aber so schwer ist die Überwindung nicht. Der Service ist unfassbar nett und zuvorkommend, und das Schnitzel ein Traum. Hier speisen Normalos neben hohen Politikern und Topstars der Unterhaltungsbranche. Alles ist ganz relaxed und sehr großstädtisch. Und ich muss es noch mal sagen, das Schnitzel ist der absolute Oberhammer. Das beste in ganz Deutschland. Die paar Euro mehr lohnen sich allemal, denn günstig ist es leider nicht.

Aber zurück zu den »Schlag den Raab«-Samstagen. Da spar ich mir das Geld, das ich in Berlin verfuttere, dann wieder, denn bei einer so besonderen Show gibt es natürlich auch lecker Essen. Und das ist umsonst. Auch deswegen mag ich diese Wochenenden, wenn »Schlag den Raab« auf der Tagesordnung steht. Da verwöhne ich meinen Magen. Oder verwöhnt man seinen Gaumen? Oder beides? Egal.

An diesen Samstagen in Köln ist also alles etwas feierlicher, vielleicht so ein bisschen wie »Warten auf's Christkind«. Das mag auch daran liegen, dass es an den Abenden viel Geld zu gewinnen gibt. Ich bin auch viel, viel nervöser als in den normalen »TV total«-Sendungen, und mein Mund ist noch trockener als gewöhnlich, wenn ich vor der Kamera stehe. Schließlich ist »Schlag den Raab« eine große Show. Eine wirklich große Show.

Als ich vor Jahren meine erste eigene Show gemacht habe,

»Elton TV«, war das für mich auch eine große Show. Wenn ich mir die heute anschaue, dann sind die ersten Folgen moderationstechnisch noch nicht ganz rund. Ich war noch nicht besonders fit im Moderieren. Habe vermasselt, was man nur vermasseln konnte. Witze erzählen – das ging ja gar nicht! Nun, ich war damals jünger und hatte zudem ein junges Team um mich herum. Doch alles in allem haben wir trotz aller Fehler und Schwächen eine ganz gute Show gemacht. »Elton TV« war sogar erfolgreicher, als manch andere Show am späten Abend bei ProSieben je war. Ich war stolz auf mich, ich hatte meine erste eigene Show im Fernsehen und das, ohne dass ich groß dafür schleimen musste. Das kann ich nämlich nicht, den Fernsehmachern zeigen, dass ich unbedingt etwas machen möchte. Das war halt immer der Unterschied im Vergleich zu manchen Kollegen. Ich geh halt lieber mit den kleinen Aufnahmeleitern einen saufen statt mit den Produzenten. Das hat nun überhaupt nichts damit zu tun, dass ich Produzenten nicht so mag. Ich kann nur manchmal nicht mit den Leuten. Mir fehlen die Themen und die vergleichbaren Interessen, die gemeinsame Ebene. Mit Aufnahmeleitern kann ich mich normal unterhalten und auch ganz genau so sein, wie ich bin. Bei den Produzenten hab ich immer den Eindruck, ich müsste mich verstellen. Smalltalk mit Produzenten kann immer nur ums Geschäftliche gehen, und das interessiert mich auf einer Party nicht. Ich kann mich doch nicht zu Deutschlands Topfernsehmachern hinstellen und erzählen, wie lustig besoffen ich auf dem letzten Hurricane Festival war. Das erzähl ich dann lieber den Leuten, die das Hurricane Festival auch kennen, und das passt einfach besser. Die Jungs verstehen mich und mein Leben, auch weil wir schon so viel zusammen gemacht haben. Außerdem bin ich der Meinung, man muss den Produzenten nichts erzählen. Die bekommen schon mit, was sie mitbekommen wollen. Und die werden wissen, ohne dass ich es ihnen beim Bier auf die Nase binde, dass ich jetzt älter geworden bin und eine Menge dazugelernt habe. Ich glaube, auf eine Sendung in der Art von »Elton TV« hätte ich heute wieder richtig Lust. »Elton TV« kam mir vor wie ein Traum. Ich war Raabs Praktikant und hatte dann plötzlich eine eigene Sendung. Das war für mich der absolute Hammer. Klar wusste ich, dass ProSieben die Show damals aufgrund meines Sympathiefaktors und nicht aufgrund des Könnens gemacht hat.

Es war schon ein geiles Gefühl, eine eigene Sendung zu haben, die dazu auch noch meinen Namen trug. Manchmal hatte ich ganz sentimentale Momente, weil ich mein Glück gar nicht fassen konnte. Zum Beispiel bei so einem »TV total«-Sommerfest. Wir produzierten die Sendung damals noch mitten in der City an den Kölner Ringen im altehrwürdigen Capitol, von wo schon die »Harald Schmidt Show« und die »Wochenshow« lange vor »TV total« gesendet wurden. Das Capitol als Fernsehstudio gibt es heute nicht mehr. Alle Produktionen sind raus aus der Stadt. Schade um das schöne alte Capitol, das inzwischen ein Schickimicki-Möbelhaus beherbergt. Bei allem Respekt Möbelhäusern gegenüber: Das hätte man dem Capitol nicht antun dürfen. Jedenfalls bin ich bei jenem Sommerfest, nachdem ich so zwei, drei Bierchen getrunken hatte, allein ins dunkle Studio gegangen und habe mich auf einen Zuschauersessel gesetzt. Das »TV total«- und das »Elton TV«-Studio waren damals ein und dasselbe. Für meine Show wurden nur eine andere Kulisse reingeschoben und die Anzahl der Zuschauerplätze etwas reduziert. Ich war ja der kleine Praktikant. Im Dunklen und Stillen saß ich nun also da und war total stolz, ein kleiner Stern in diesem riesigen Fernsehkosmos zu sein und meine eigene kleine Sendung zu haben. Da waren sicher auch ein paar Tränen in meinen Augen. Da war ich echt glücklich. Ich fühlte mich ein bisschen wie Franz Beckenbauer 1990, als er alleine über den Platz gelaufen ist.

Ich kann mich wirklich nicht beklagen, bei all den schönen Sachen, die ich die letzten Jahre im Fernsehen machen durfte. Aber vielleicht lege ich doch ein bisschen zu wenig Ehrgeiz an den Tag. Als Frau wäre ich wahrscheinlich zu faul, mich hochzuschlafen.

Dass ich nicht ehrgeizig bin, bekomme ich oft aus meinem Umfeld zu hören. Manchmal vorwurfsvoll, wenn es zum Beispiel um gute Ergebnisse auf Drehs geht. Manchmal aber auch als Anerkennung, weil es mich doch auch auf eine gewisse Art und Weise relaxed sein lässt. Viele sagen auch, wenn ich nur etwas ehrgeiziger wäre, wäre ich im Showgeschäft schon viel weiter und hätte vielleicht auch schon eine eigene richtig große Show. Das kann sein. Aber so bin ich nun mal. Ich weiß auch nicht, warum ich da nicht mehr Penetranz und Ehrgeiz entwickle. Sportlich hab ich ja auch Ehrgeiz. Das kann man bei »Elton vs. Simon« ganz gut sehen. Da habe ich überhaupt keinen Bock zu verlieren. Sportlichen Ehrgeiz hab ich, beruflichen Ehrgeiz – Fehlanzeige.

Viele haben ja einen Plan. Einen sogenannten Masterplan für ihre Karriere. Ich habe überhaupt keinen Plan. Wenn ich einen Plan hätte und dieser würde nicht in Erfüllung gehen, wäre es echt doof. Deswegen entscheidet bei mir das Schicksal. Das ist einfach so, und wenn es anders kommt, dann ist es eben so.

So war es auch bei »Elton vs. Simon«. Es gibt das englische Original »Kenny vs. Spenny«, und da haben sich meine Produzenten und ProSieben gedacht: »Das wäre doch was für Elton.« Und weil ich die Show, wie der Name schon sagt, nicht alleine machen konnte, haben sie mir Simon Gosejohann an die Seite gestellt. Ich hatte meine eigene Show »Elton TV«, dann lange nichts, und statt mir allein dann wieder etwas zu geben, sollte ich nun mit Simon zusammenarbeiten. Andere hätten vielleicht ein Problem damit gehabt. Aber ich habe mir gar nichts dabei gedacht. Außer vielleicht: »Geteilte Freud ist doppelte Freud.« Sonst ging mir eigentlich gar nichts durch den Kopf. Die Show war ja nun mal für zwei Personen gedacht. Und da freu ich mich doch erst mal, dass ich einer von den beiden sein darf. Vielleicht hätte ich damals, wenn ich ein bisschen darüber nachgedacht hätte, erwartet, dass man mir Oliver Pocher als Gegner aussucht. Oli kannte ich da ja schon eine Weile. Wahrscheinlich irgendwie über VIVA. Er war ein nettes und lustiges Kerlchen, und ich habe mich gern ein bisschen um ihn gekümmert. Das klingt aus heutiger Sicht sicher komisch. Aber so war es. Irgendwie waren wir auch ein komisches Paar. Wie soll man das erklären? Wir sind viel zusammen ausgegangen und hatten eine tolle Zeit. Wir waren ständig zusammen unterwegs, und Oli war wie ein Freund für mich. Manchmal hab ich mir überlegt, ob ich beruflich Angst vor ihm haben sollte. Hatte ich aber nicht. Mir war klar, dass wir ganz anders funktionieren und er Sachen kann und will, die ich weder kann noch wollte.

Wir funktionierten eben auf zwei ganz verschiedenen Ebenen. Außerdem war ich zu der damaligen Zeit auch schon etwas etablierter als Oli. Wenn wir durch die Discothek Nachtflug gelaufen sind, dann war ich halt der Elton, und den Pocher kannte noch keiner. Ich glaube, er wurde damals immer für Tobi Schlegel gehalten. Auch ein netter Kollege. Ja, es war eine coole Zeit mit Oli. Er war halt ein ehrgeiziges Kerlchen und wollte so viele Medien-Menschen wie möglich kennenlernen, und das ist auch okay. Hatte ich eine Einladung zur ECHO-Verleihung, hat er gebettelt, dass ich ihn mitnehme. Dabei war betteln unnötig. Ich bin ja gern mit ihm um die Häuser gezogen. Na ja, auf jeden Fall wurde Oli mit der Zeit immer bekannter, und irgendwann hat sich das alles ein bisschen umgedreht. Dann musste ich ihn fragen, ob er mich da- oder dorthin mitnimmt. Ich sage nur Deutscher Fernsehpreis. Manchmal finde ich es schade, dass wir nicht mehr um die Häuser ziehen. Es ist wie mit alten Schulkameraden: Die Wege trennen sich, und was bleibt, sind schöne Erinnerungen. Und wenn man sich dann wiedersieht, ist entweder alles, wie es immer war, oder man hat sich nichts mehr zu sagen. Ich werde grad wirklich ein bisschen sentimental, wenn ich so über Oli nachdenke. Ich hol mir nicht so schnell jeden in mein Privatleben.

Jedenfalls hat es »Elton vs. Oli« leider nie gegeben. Er war da wohl schon eine zu große Nummer. In meinen Gedanken wäre das aber logisch gewesen. Für mich waren Oli und ich die beiden jungen Wilden bei ProSieben. Aber dann war auf einmal Simon da. Mit dem hatte ich gar nicht gerechnet. Zum ersten Mal getroffen hatte ich Simon in einer Ausgabe von »Elton TV«. Der wurde einfach mal eingeladen – warum auch immer. Ich glaube, er war Praktikant bei Nils Ruf. Also auch ein Knecht. Wahrscheinlich fand meine Redaktion das Thema »Es treffen sich zwei Knechte« interessant. Aber so genau weiß ich das nicht mehr. Dennoch haben wir uns auf Anhieb gut verstanden. Es hat gepasst wie Topf auf Deckel. Ich mochte ihn. Er war ja keine Konkurrenz für mich. Nicht so lustig wie ich, nicht so gut aussehend, nicht so männlich. Gut, Simon denkt natürlich, er sei der Lustigere und der besser Aussehende. Aber das macht ihn sympathisch, weil eigentlich jeder weiß, dass er da ordentlich auf dem Holzweg ist. Oder?

Na ja, mit Simon hat jedenfalls alles super geklappt. Ich habe überhaupt kein Problem, mit jemandem zusammenzuarbeiten und meinen Ruhm zu teilen. Ich war mit Pocher bei der EM in Portugal. Wochenlang unterwegs im Wohnwagen. Ein Traum. Mit Sonya Krauss habe ich die Alm und die Burg gemacht. Ein noch größerer Traum. Mit Johanna Klum habe ich Max Mutzke und Stefanie Heinzmann gesucht. Auch ein Traum. Und bei »Germany's next Showstars« habe ich es gleich mit DJ Bobo und Verona Pooth aufgenommen. Alles super. Oder vielleicht auch der größte Flop meiner Karriere, wie ich oft zu hören bekomme? Scheiße soll es gar gewesen sein. Nein, das war super. Das war keine Scheiße. Selbst quotentechnisch war's eigentlich gar kein Flop. Wir hatten eine höhere Quote als die allererste Top-Models-Staffel. Das will ich mal festhalten.

Natürlich hat mir das ein Produzent erzählt. So viel dazu, was dabei rauskommt, wenn man sich zu lang mit Produzenten unterhält. Da wird alles schöngeredet. Ich hab es bei Quotenmeter dann aber auch mal checken lassen. Und tatsächlich: Ich lag mit Verona Pooth und DJ Bobo über der ersten Staffel von Heidis Topmodels.

Ich interessiere mich schon fürs Fernsehen und seine Strukturen. Aber Oli ist viel mehr in der Materie drin. Das war schon immer so. Er stand lieber bei den Fernsehwichtigen, während ich mich mit der Requisite über Bier, Frauen und Fußball unterhalten habe. Oli ist ein absoluter Fernsehjunkie. Der schaut alles, und der kennt alles. Er kann dir genau erklären, warum etwas läuft und warum etwas nicht läuft. Pocher weiß alles übers Fernsehen und kann über jede Sendung reden bzw. lästern. Der steckt halt bis zum Scheitel in unserer Branche. Ich wate eher so knöcheltief durch die Medienwelt. Ich bin ja auch nie von Casting zu Casting gerannt, weil ich genau wusste: Fernsehen ist das, was ich machen will. Ich habe nicht mein ganzes Leben darauf hingearbeitet. Es ist mir passiert, wie es jedem da draußen passieren kann. Ich bin da viel zu normal. Vielleicht komme ich auch deswegen besser mit der Requisite und den Aufnahmeleitern klar. Denn für uns ist das Fernsehen was ganz Normales und nichts Heiliges. Fernsehen ist für mich nicht das abgehobene Promigeschehen, sondern ein Arbeitgeber, bei dem Menschen wie du und ich arbeiten. Vor allem eben wie ich. Aber auch wie Simon, wenn ich mir das so überlege. Simon gehört auch in meine Gang und ist gern mit den ›Normalen‹ zusammen.

Ob man eine Wahl hat oder nicht? Vielleicht ist das gar nicht so wichtig. Vielleicht muss man sich einfach nur treu sein. Schleimen kann ich einfach nicht. Und was hätte ich davon? Eine eigene große Show? Wie gesagt: Ich habe keine Ziele, um nicht traurig sein zu müssen, wenn etwas nicht klappt. Das ist wie beim FC St. Pauli. Ich liebe diesen Verein des Vereins wegen. Ich habe keine Ziele für meinen Verein. Die müssen nicht Meister werden, okay, realistischer: Die müssen nicht aufsteigen. Aber schöner ist es natürlich, wenn das wie 2010 auch passiert. Dann macht es einfach noch mal mehr Spaß, wenn die Jungs machen, was sie sollen: gut Fußball spielen und, wenn möglich, auch gewinnen. Aber verlieren ist auch okay. Fußball macht mir trotzdem immer Spaß. Und so ist das auch mit guter Unterhaltung, die ich gerne für meine Zuschauer mache. Ich freu mich doch, wenn die Leute mich sehen wollen. Wenn sie Spaß an mir haben. Und ob ich ihnen diese Freude nun mit einer kleinen Sendung bringe, ob mit Simon zusammen oder alleine oder ob es eine große lange Live-Show sein muss – das ist doch egal. Vor allem dem Zuschauer ist das, denke ich, so was von egal. Er macht den Fernseher an, weil er mich gerne sehen möchte. Und das nun schon seit über 10 Jahren. Das ist es, was mich stolz macht. Und an Samstagen, an denen ich zu »Schlag den Raab« nach Köln fahre, noch ein bisschen mehr. Einfach weil ich Teil der Mannschaft bin. Auch wenn nur für zehn Minuten mit meinem kleinen »Blamieren oder Kassieren«-Spiel. Es ist gute Unterhaltung, die wir da machen, und ich bin mit dabei. Ich glaube fast, ich sollte auch im großen »Schlag den Raab«-Studio mal wieder, wenn die Lichter aus sind, den kleinen Beckenbauer geben.

TOP 5 AM KAPITELENDE

5 Dinge, woran Sie erkennen, dass Sie gut unterhalten werden:

<u>Platz 5:</u>

Sie sind schon auf Seite 93 dieses Buches.

<u>Platz 4:</u>

Ihre Statusmeldung bei facebook lautet: Ich fühle mich spitzenmäßig unterhalten.

<u>Platz 3:</u>

St. Pauli: 5 – Bayern: 0

<u>Platz 2:</u>

Sie haben seit Stunden eine ordentliche Erektion.

Und auf <u>Platz 1</u> der Dinge, woran Sie erkennen, dass Sie gut unterhalten werden:

Sie sind auf der St.-Pauli-Meisterfeier und haben seit Stunden eine ordentliche Erektion.

Disco Badewanne

Ein bekannter Fernsehmann hat das Arbeiten beim Fernsehen mal »die längste Klassenfahrt der Welt« genannt. Ja, Klassenfahrten. Die mochte ich. Die waren immer so jenseits vom Alltag, und in meinem Job ist das irgendwie auch so. Es gibt keinen wirklichen Alltag. Gerade vor der Kamera zu arbeiten bietet immens viele Vorteile. Ich kann Sachen machen, die ein normaler Mensch nie machen würde. Manches ist einfach so bekloppt, dass es schon wieder geil ist. Oder wie soll ich es nennen, dass ich nie reiten konnte und plötzlich an einem Springreitturnier teilnehme? Oder dass ich einmal jährlich in Woks die Bobbahnen herunterfahre? Geil eben! Ein paar Mal üben, und schon geht's los. Sachen, die andere ihr ganzes Leben nie machen werden, erlebe ich in kürzester Zeit – alles im Zeitraffer. Und das reicht auch. Ich genieß das alles kompakt. Sei es vom Pferd fallen, einen Bauchplatscher aus drei Metern Höhe machen oder unangenehme Loopings durch die Wolken drehen. Ein Mal reicht.

Kunstfliegen war wirklich das Schlimmste. Ich mein, wie viele Loopings hält man schon aus, im Cockpit eingesperrt mit so einem durchgeknallten Kunstflieger? Und während ich mich in der Luft so fühl, als ob ich sterbe, steht Stefan am Boden und lacht darüber, wie ich am Himmel einen Looping nach dem anderen drehe. Ein echtes Erlebnis. Welcher normale Mensch hat schon die Möglichkeit, Kunstfliegen auszuprobieren? Es ist schon geil, in welche Situationen mein Job mich so bringt. Gut, ich muss auch jedes Jahr beim Turmspringen mitmachen. Das ist wirklich, wirklich schrecklich. Ich kann es nur immer wieder sagen: Da habe ich wirklich Angst und überhaupt keinen Spaß. Aber da heißt es dann eben: Augen zu und durch. Ein Job mit so viel Sonne hat eben auch schattige Seiten. Und zur sonnigen Seite gehören definitiv auch die vielen Partys, auf die ich dank meiner Fernsehfratze eingeladen werde. Da trifft man dann die Großen aus Hollywood oder Superstars wie Kylie Minogue, Sylvester Stallone oder Dave Gahan von Depeche Mode. Ein Traum! Ich find Partys super. Wenn ich auf einer Party bin und einen guten Abend erwischt habe, dann kann ich auch schon mal der totale Partyhengst sein. Aber ich bin nicht so ein Typ, der schon Wochen vor einer Veranstaltung sagt: »Oh, nächste Woche ist diese und jene Party. Da muss ich unbedingt hin.« Ich bin eher so einer, der am Tag des Events Bock hat oder nicht. Ich plane nie lange im Voraus. Ich weiß, was ich in der nächsten Stunde mache, und das reicht mir auch. Warum soll ich auch länger planen? Es ist doch viel einfacher, das zu machen, wonach einem grad der Sinn steht. So erspare ich mir auch, Dinge absagen zu müssen.

Es kommt doch hin und wieder mal vor, dass man den Arsch einfach nicht hochkriegt und lieber bei einer DVD faul auf dem Sofa abhängen will, statt rauszugehen und Partys mit seiner Anwesenheit zu beglücken. Generell bin ich aber gerne unterwegs, auch auf Veranstaltungen, wo man mich vielleicht gar nicht erwarten würde. Jedes Jahr im Mai findet in Wien meine Lieblingsparty statt. Der Life Ball. Ein sehr skurriles, aber sehr schönes Event. Hier trifft man immer durchgeknallte Leute und kann ordentlich Gas geben.

Im Jahr 2003 war ich zum ersten Mal beim Life Ball. Dort ist es Tradition, dass Promis aus der Unterhaltungsbranche als Amateurmodels neben echten, weltberühmten Topmodels für einen Designer laufen. So lief auch ich in jenem Jahr als Model, und zwar für das italienische Modehaus Missoni. Selbstverständlich hatte ich bis dahin noch nie etwas von Missoni gehört. Wahrscheinlich ging es den feinen Damen und Herren von Missoni mit mir ähnlich. Außer einem Schal hat mir auch nichts gepasst. Egal. Die gesamte Veranstaltung ist das größte Charity-Event Europas im Kampf gegen Aids. Im Prinzip ist es ein Ball. Das ganze Wiener Rathaus dreht durch und ist, so würde ich es einfach auf den Punkt bringen, fest in schwuler Hand. Ich würde sagen, es ist wie der Wiener Opernball, nur hauptsächlich für Schwule und Lesben. Anders gesagt: Der Life Ball ist eine Mischung aus Opernball und Kölner Karneval. Das trifft es, glaube ich, ziemlich gut. Die Wiener verstehen zu feiern. Das macht richtig Spaß da. Inzwischen gehe ich jedes Jahr zum Life Ball nach Wien. Es hat sich sogar schon eine kleine Clique gebildet, die sich jedes Jahr immer zwei Tage vor dem Ball im gleichen Hotel trifft, um in Wien zusammen Party zu machen. Das Schöne ist, dass auch draußen vor dem Hotel jedes Jahr die gleichen Autogrammjäger stehen, die uns dann auf Fotos vom Vorjahr unterschreiben lassen. Wiener Autogrammjäger sind ganz reizende Menschen. In Deutschland fragt ja kaum noch einer, ob er ein Foto machen darf. Es wird einfach draufgehalten. Anders der Wiener, der legt seinen ganzen Schmäh in die Stimme und fragt höflichst: »Herr Elton, könnten wir ein Foto machen, bitte?« Ein wirklich sehr nettes Volk. Das muss ich an dieser Stelle mal sagen. Und ich freu mich jedes

Mal, wenn eine Reise nach Wien ansteht. Wien ist toll und der Life Ball sowieso – eine meiner schönsten Reisen im jährlichen Event-Kalender.

Es gibt doch eigentlich nichts Cooleres, als im Hotel zu wohnen. Ich kann Udo Lindenberg da sehr gut verstehen, der fest in einem Hamburger Hotel wohnt. Man geht morgens einfach aus dem Zimmer raus, ins Restaurant zum Frühstück, kann essen, was und wie viel man will, hat einen schönen Tag, und wenn man abends nach Hause kommt, ist das Zimmer tipptopp blank geputzt. Egal wie man es verlassen hat. Natürlich fehlt einem die Familie. Das ist klar. Aber eigentlich ist so ein Hotelleben total super. Allerdings wohne ich nicht immer nur in den besten Hotels. Wir hatten auch schon ein, zwei Hotels, wo selbst ich mit meinen 1,75 m nicht ins Bett passte und mir immer den Kopf angeschlagen habe. Und was ich mit meinen fast 40 Jahren auch nicht mehr brauche, sind Hotelflure, in denen auf einmal eine Wodka-Energy-Party von 14-Jährigen abgehalten wird. Da bin ich zum Mitfeiern zu alt. Und dafür trink ich auch viel zu gern guten Wodka statt Billigfusel. Ja, die Zeiten, in denen ich mich wie im Landschulheim fühlen möchte, sind – bei aller Reiselust – vorbei.

Es muss kein 5-Sterne-Hotel sein, damit ich mich wohlfühle. Ich brauche ein Hotel ja hauptsächlich zum Pennen. Aber sauber und ruhig sollte es schon sein. Und ganz wichtig ist eine Badewanne. Mit einer schönen großen Badewanne kann mich eigentlich jedes Hotel glücklich machen. Ich bin sehr gerne in der Badewanne. Manche sagen ja, Männer baden nicht oder zumindest nicht gerne. Ein Mann geht unter die Dusche, nur Frauen liegen in der Wanne rum. Bei mir ist das anders. Die Badewanne ist doch ein super Rückzugsort. Der letzte Rückzugsort neben der Toilette. Nun hab ich schon erzählt, dass ich gerne auf's Klo gehe. Aber ganz ehrlich: in die Badewanne eben noch viel lieber. Riecht ja auch besser.

Somit ist das auch der erste Ort, den ich besichtige, wenn ich in ein Hotelzimmer komme. Erst mal die Badewanne checken und dann schauen, ob ich Pay-TV habe. Richtig cool ist es dann, wenn ich von der Badewanne aus Pay-TV schauen kann. Das hat man leider viel zu selten, würde ich den Hotelmanagern aber dringend als Rat ans Herz legen. Man kann von jedem zweiten Bad aus telefonieren, aber fernsehen – nur ganz selten.

Wenn ich so richtig Zeit habe, dann liege ich gerne auch stundenlang in der Badewanne. Immer schön heißes Wasser nachlaufen lassen, Musik hören, ein Buch lesen und richtig schön viel Schaum. Was gibt es Schöneres? Ich bin auch schon sehr oft in der Badewanne eingeschlafen. Was natürlich sehr gefährlich ist. Aber bis jetzt ist alles gut gegangen. Da helfen mir wahrscheinlich meine Wal-Gene. Die machen das Ertrinken in der Badewanne unmöglich. Aber zurück zum Thema: So kann ich super entspannen. Was ich aber gar nicht nachvollziehen kann, sind die Leute, die sich einmal im Jahr, meist im Winter, voller Freude in die Badewanne legen, um dann nach zwei Minuten vor lauter Langeweile wieder rauszusteigen, sich abzutrocknen, und die überhaupt nicht verstehen, was für ein Sinnesspektakel ihnen da entgeht. Das kapier ich nicht.

Für meine Badewanne zu Hause habe ich mir so LED-Lampen gekauft. Die haften am Badewannenrand und leuchten in unterschiedlichen Farben. Das Licht beruhigt und entspannt noch zusätzlich. Herrlich! Und um ehrlich zu sein, habe ich auch noch eine leuchtende Badeente. Irgendwas muss ja passieren in der Stunde. Also warum nicht ein bisschen Disco in der Badewanne? Feng-Shui-Disco, um genau zu sein.

Die beste Badewanne hatte ich bis jetzt im Hotel East in Hamburg. Um die Badewanne herum war eine Riesensuite, und die Badewanne war eher so ein riesengroßer runder Whirlpool, wie ich es sonst nur aus dem Pascha in Köln kenne (und schon oft bei Dreharbeiten gedacht habe, darin würde ich auch mal gerne baden). Total rund und total super eben. Meine andere Lieblingsbadewanne steht in Berlin in einer schicken Suite mit Sauna. Den Namen des Hotels nenn ich jetzt mal lieber nicht, denn dann wär die Suite ja immer besetzt. Da war ich lustigerweise zuletzt, als ich die Nacht davor in einem Jugendherbergshotel war, wo eine Wodka-Party auf dem Flur mir den Schlaf geraubt hat. Ich bin dem damaligen Aufnahmeleiter, der mir das Hotel in Berlin gebucht hat, heute noch dankbar und wünsche ihm kreischende 14-Jährige vor seine Schlafzimmertür. Aber hässliche.

Ja, so ist es im Leben. Die eine Nacht ist scheiße, und die Nacht darauf bin ich im besten Badewannenzimmer der Stadt. Es war für die »Elton läuft Marathon«-Produktion, und wir sind von diesem Billighotel in das Superhotel gefahren, weil ich auf einem Parcours des Deutschen Leichtathletik-Verband trainieren durfte.

Wenn ich heute so drüber nachdenke, muss ich sagen, ich bin stolz, dass ich das Abenteuer New-York-Marathon gewagt habe. Millionen Deutsche rätselten ja darüber, wie der moppelige Hape Kerkeling den Jakobsweg geschafft hat. Dass ich den New-York-Marathon geschafft habe, erscheint den meisten allerdings noch unglaublicher. Zu Recht, kann ich da nur sagen. Vor dem Wagnis »Elton läuft« gehörte ich schließlich zu den untrainiertesten Menschen der Welt. Ich war sportlich fit. Im Fußball. Ganz gut auf dem Platz, aber unschlagbar an der Konsole auf dem Sofa. Ich konnte rennen. Sehr schnell sogar. Auf 100 Metern habe ich schon viele überrascht, da ich da wirklich wie ein Kugelblitz mit Raketenantrieb lospresche. Nach ungefähr 101 Meter baue ich jedoch rapide ab. Vermutlich erreicht da gerade mein Herz die Information, dass gerannt wird, und vernünftig, wie es ist, streikt es spontan und verweigert die weitere Sauerstoffversorgung meiner Beine.

Ich vermute, ich bin das ungeeignetste Wesen, das jemals das Wagnis eingegangen ist, an einer Marathon-Schweißorgie teilzunehmen.

Reingeritten in diese überaus blöde Situation hatte ich mich übrigens selbst. Ich machte den Fehler, meinen Chef zu unterschätzen. Stefan trat am 30. März 2007 noch einmal gegen die Boxweltmeisterin Regina Halmich an, die ihn schon beim ersten Zusammentreffen nach Strich und Faden vermöbelt hatte. Ich wettete, dass er 6 Jahre nach dem ersten Gemetzel keine fünf Runden gegen den weiblichen Kampfzwerg durchhalten würde. Großspurig kündigte ich an, dass ich sonst am nächsten New-York-Marathon teilnehmen würde. Tja, dumm gelaufen. So bin ich manchmal, ich rede, bevor ich denke. Fühl mich da in dem Moment cool und erfasse gar nicht, was für einen Blödsinn ich da von mir gebe. Absolut unnötig, so einen Scheiß anzukündigen. Ich hätte Stefan auch auf andere Art und Weise zeigen können, dass ich nichts auf seine Boxerqualitäten an jenem Tag gab. Aber ich konnte meine vorlaute Klappe nicht halten. Stefan überstand den Kampf und ging nicht k.o., und ich stand da. Ein Mann, ein Wort. Wettschulden sind Ehrenschulden. Alles Blödsinn. Aber ich hatte die Wette vor zu vielen Zeugen verloren, als dass ich das alles mit ein paar spendierten Bierchen hätte wieder geradebiegen können. Da musste ich jetzt durch. Viele um mich herum kicherten selbst im Schlaf voller Vorfreude beim Gedanken an mich und das bevorstehende Marathon-Drillprogramm. Zu viele hatten von dieser Wette mitbekommen, die würden nicht lockerlassen, das war klar. Trotzdem hätte ich mich am liebsten gedrückt. Ich fand laufen echt voll blöd. Aber dann kam irgendwie ein Sponsor mit ins Boot. Plötzlich hatte ich einen Werbedeal. Und der machte den Gedanken »Ich bin mal eben laufen« für mich doch schon um einiges reizvoller. Da bin ich ehrlich: Ohne Nike hätte ich wohl freiwillig auf die Einlösung meiner Wettschuld verzichtet.

Die Deutsche Sporthochschule Köln wollte mir in meiner Not auch helfen und bot an, mich bei meinem Training zu unterstützen. Doch schon nach kurzer Zeit trat sie von diesem Angebot wieder zurück. Sie bescheinigte mir absolute Marathon-Untauglichkeit und riet mir von einer Teilnahme dringend ab. Man wollte nicht dafür verantwortlich sein, wenn ein Hamburger Dickerchen sein Leben in den Straßen des Big Apple aushaucht – niedergestreckt in seiner eigenen Schweißpfütze. Ganz ehrlich, Sportwissenschaft hin oder her: Ich glaube, zu viel Wissenschaft tut auch nicht gut. Was sollte das denn jetzt? Ich lass mich doch nicht ausbremsen, wenn ich mir erst mal was vorgenommen habe. Und schließlich wollte Nike ja auch was fürs Geld sehen. Also, unterschätzen lasse ich mich nicht. Wenn ich etwas anfange, dann bringe ich es auch zu Ende. So viel war klar. Ich quälte mich also Tag für Tag mit Blasen in den Laufschuhen über die Feldwege in meiner Umgebung im Bergischen Land. So richtig Spaß habe ich daran leider nie entwickelt. Erst als ich, als erste große Herausforderung, an einem 10-Kilometer-Lauf in Otterndorf an der Nordsee teilnahm. Das ist der Heimatort meines Vaters. Da war ich schon ein bisschen stolz auf mich. Aber das war es dann auch. Stolz ja – Spaß nein. Viel mehr als diese eine Trainingseinheit gab es nicht. Die Option »Tod in der eigenen Schweißpfütze« war damit also immer noch nicht ganz aus der Welt. Aber dafür musste ich nach New York. Von Jork nach New York war mein großes Ziel. Ich war davor noch nie im Big Apple, und was kann es schon Schöneres geben, als Manhattan laufend für sich zu entdecken? Tja, vieles. Sehr vieles. Aber meine Aufgabe lautete, diese gut 42 Kilometer zu schaffen. Irgendwie…

Nun gibt es ja einiges, was man erwähnen kann, wenn man an die ersten Eindrücke einer Stadt denkt. Köln ist hässlich, und die Menschen trinken aus sehr kleinen Gläsern. Istanbul hat gar nicht so viele Kopftücher, wie man erwartet. Und Hamburg ist die schönste Stadt der Welt. Kaum in New York angekommen stelle ich erstaunt fest, dass alle, wirklich alle Menschen in Hip-Hop-Klamotten dämlich aussehen. Auch im Herkunftsland dieser Subkultur. Unfassbar, wie viele da in diesen übergroßen, albernen Klamotten die Straßen bevölkern. Da drin sieht wirklich niemand gut aus. Und ja, selbst in New York gibt es diese weißen Pickelgesichter, die wie in Deutschland durch die Gegend schlurfen, als wären sie Eminem persönlich. Unfassbar, diese Kiddies von heute. Ansonsten gibt es sehr viele Männer in Anzügen. Mit spießigen kleinen Aktenköfferchen. Verrückte Welt… Aber naja, das waren eben meine ersten Eindrücke von New York. Da war ich also nun und wurde vom Organisationskomitee des New-York-Marathons mit Latz samt Startnummern versorgt. Dort traf ich zum ersten Mal meine Konkurrenten: Familienväter, die noch mal etwas Abenteuerliches erleben wollen und sich nicht trauen fremdzugehen. Durchtrainierte Sportstreber, die sich trauen fremdzugehen und auf der Suche nach einer sportlich durchtrainierten Alten sind. Und Kenianer ohne Ende. Schon da war mir klar, dass einer von denen gewinnen wird. Es sei denn, sie würden sich unter den Latz noch überdimensional große Hip-Hop-Klamotten anziehen. Dann könnten sie vielleicht ins Stolpern geraten.

Naja, zurück zu mir. Ich hatte mir nur ein einziges Ziel für meinen ersten und wahrscheinlich auch letzten NY-Marathon gesetzt: die 42 Kilometer unter acht Stunden zu schaffen. Denn acht Stunden nach dem Start kommen schon die Reinigungswagen, um die Strecke zu säubern. Diese Reinigungswagen spülen dann alles in die Gosse, was da auf der Strecke noch rumliegt: Pappbecher, verlorengegangene Startnummer-Lätzchen, ausgelutschte Orangen von den Streckenposten und traurig schnaufende Versager-Schlappschwänze. Ich hatte also gute Chancen, von den Reinigungswagen eingeholt zu werden. Eine schauderhafte Vorstellung. Aber es scheint so, als hätte mir die Angst Flügel verliehen. Geholfen haben mir mit Sicherheit aber auch die ganzen deutschen Au-pair-Mädchen und Austauschstudenten, die am Straßenrand standen und mich angefeuert haben. Aber das Schönste war, dass mich sogar die Amis mit meinem Namen bejubeln konnten. Denn ich war der einzige Marathon-Teilnehmer, der statt der

Nummer seinen Namen auf seinem Lätzchen stehen hatte. Das hat mich echt motiviert. Ich war nicht nur eine Nummer unter vielen. Sondern der einzige mit einem Namen. Trotzdem war's zum Kotzen.

Dieser Marathon war das Ätzendste, was ich je gemacht habe. Nicht weil ich Angst hatte, es nicht zu schaffen – ich hatte einfach keinen Bock. Man kann doch so viel Schöneres an einem Tag in New York machen. Cool war es lediglich in den Straßenzügen, die durch das von Latinos geprägte Brooklyn oder durchs schwarze Harlem gingen. Da war wenigstens Stimmung: Trommeln, Tanzen, Singen – Party am Straßenrand. Hier machte es Sinn, den Namen auf dem Latz zu tragen. Da war was los. Das restliche New York hatte, glaub ich, gar keinen Bock auf diesen Marathon und präsentierte sich eher lustlos. Ein bisschen mehr Begeisterung hätte ich mir von der Stadt schon gewünscht, denn schließlich kommen jährlich Millionen von Menschen aus dem In- und Ausland hierhin. Und das mit Sicherheit nicht für diese 42 Kilometer, sondern für das New-York-Gefühl. Ja, und das hat irgendwie gefehlt. Ich mein, selbst ich habe alles gegeben und den ersten und definitiv einzigen Marathon meines Lebens geschafft. 5 Stunden und 30 Minuten war ich unterwegs und landete knapp hinter den Kenianern auf Platz 34.310. Die Sporthochschule Köln war sicher begeistert und hat sich für mich gefreut, dass ich an nur einem Tag bewiesen habe, dass in meinem Fall all deren Berechnungen für die Katz waren bzw. sind. Es macht also nicht in jedem Fall Sinn, Gelder in die Forschung zu stecken. Lohnt sich nicht immer. Ich allein habe ganz auf mich gestellt bewiesen, dass untrainierte dickliche Jungs trotz ca. 100 Kilo Lebendgewicht sehr wohl einen Marathon laufen können, ohne dass das Ganze danach zwangsläufig auf dem Friedhof enden muss. Und noch was habe ich bewiesen: Eine kleine Kugel wie ich kann es sogar 7 Sekunden schneller schaffen als die supersportliche Katie Holmes. Ja, ich lag schon exakt 7 Sekunden halbtot im Ziel auf dem Boden, als die Frau von Tom Cruise und die Mutter von Klein-Suri schweißgebadet ankam. Tja, Scientology macht einen eben auch nicht schneller. Naja, als sich mein Puls dann langsam von ca. 300 auf normal gesenkt hatte, feierte ich meinen Erfolg erst mal mit einer Flasche Bier, die mir meine Jungs gut gekühlt mitgebracht hatten. So richtig genießen konnte ich es allerdings nicht, was aber nicht daran lag, dass ich in meinem Zustand besser kein Bier getrunken hätte. Nein, die sittenstrengen Amis wiesen mich unverzüglich darauf hin, dass Alkohol in der Öffentlichkeit verboten sei. Kein Problem. Ich packte meine Flasche in eine alberne braune Papiertüte, wie ich es aus amerikanischen Spielfilmen kannte, und schon war alles wieder gut.

In Köln waren sie nach diesem bestandenen Marathon unfassbar stolz auf mich. Ich hatte es wirklich allen gezeigt. Bis heute verstehe ich nicht, dass es mich nicht gepackt hat, dass es mir persönlich eigentlich so gar nichts gegeben hat. Es war halt eben so. Das habe ich bisher kaum jemandem erzählt. Ich hatte einfach gar keinen sportlichen Ehrgeiz entwickelt und es nur getan, weil es getan werden musste. Warum sagen immer alle, dass man süchtig werden kann vom Laufen und man nach einigen Malen wie auf einen Trip kommt? Ich habe nichts von alledem erlebt. Wenn ich heute noch ganz selten mal laufe, dann weil ich mir einfach denke, ich kann doch nicht nur für diesen einen Tag in New York trainiert haben. Es tut mir doch auch gut. Das denke ich, spüre es aber nicht. Für meine Leistung in New York habe ich mich natürlich trotzdem ausgiebig feiern lassen. Bier in der Papiertüte in New York und eine schöne Siegesfeier in Köln mit Freunden. Das Leben kann so herrlich sein. Nicht immer brauch ich dazu Alkohol, aber oft ist es mit Alkohol ein klein wenig lustiger. Von meinem Lieblingsbarspiel Whisky-Bingo erzählte ich bereits. Einer der Hauptgründe, weshalb Hotelbars neben Badewannen in meinem Leben nicht ganz unwichtig sind. Ich bin wirklich ein großer Freund von schönen Abenden in Hotelbars und neckischen Barspielen in leicht angeheitertem Zustand. Ohne die Hotelbar und ihr gut gekühltes Eis wäre mir hin und wieder schon ein wunderschöner Abend entgangen. Mit Eiswürfeln kann man Leute bewerfen – das ist ganz lustig. Man kann sie den Rücken entlang gleiten lassen – das ist noch ein bisschen lustiger. Aber man kann noch ganz andere Dinge mit ihnen machen. Ich saß mit ein paar prominenten Freunden und ein paar coolen Leuten leicht spaßtrunken im Kreis. Ein Eiswürfel nach dem anderen machte die Runde und zwar »knutschend« von Mund zu Mund. Klingt abgefahren und ist es auch. Fast sensationell sogar! Ich kann ja jetzt nicht alle Prominenten beim Namen nennen, aber es hätte sich schon gelohnt, da an der richtigen Stelle im Kreis zu sitzen. Ich hatte einen eher schlechten Platz. Ich saß bei diesem Spiel zwischen meiner Frau und Bürger Lars Dietrich. Das heißt, mit der einen kannte ich das Gefühl schon, und mit dem anderen wollte ich es noch nie teilen. Aber an diesem Abend musste ich es teilen. Blieb mir ja auch nix anderes übrig. So war das Spiel! Bürger Lars hingegen hat sich, glaube ich, richtig gefreut. Wenn ich mir nämlich heute die Bilder von diesem Abend anschaue, sieht das Ganze wirklich so aus, als hätte er es genossen. Kann ich gut verstehen. Muss toll sein, mich zu küssen.

Mit Promis feiern ist immer lustig. Aber auch nicht anders als früher mit meinen Kumpels. Sind doch alle die gleichen Pappenheimer, wenn es um's Feiern geht. Aber Promis haben den Vorteil, sie feiern nicht nur gern und gut, sie können auch prima umsonst feiern. Ja, für manche ist genau das der springende Punkt. Die kommen erst so richtig in Partylaune, wenn sie nichts bezahlen müssen. Dabei haben die es doch! Aber es geht noch absurder. Manchmal werden wir sogar dafür bezahlt, dass wir feiern! Es gibt einige Promis, die sogar davon leben, auf Partys zu erscheinen. Verrückt! Aber sind das eigentlich wirklich Promis, oder arbeiten die nur als Promi? Ich weiß es nicht. Wenn ich mal wieder einen treffe, dann frag ich vielleicht einfach mal, welche Berufsbezeichnung sie sich selbst geben. In Society-Kreisen kennt man sich da jedenfalls aus und sicher auch in »der« In-Disco in Bochum. Ich war dort zum ersten Mal im Herbst 2009, ich war für eine Veranstaltung im Ruhrgebiet und wollte noch etwas feiern danach. Ich hing mit einem der erfolgreichsten deutschen Technomusiker rum, und wir bekamen den Tipp, doch mal in die absolute In-Disco Bochums zu fahren. Ich mag spontane Ideen und hatte auch Bock darauf. Natürlich waren wir schon etwas zu alkoholisiert, um noch selber fahren zu können, aber mein Partykumpane hatte zum Glück eine große Posse am Start, da war einer noch fahrtauglich. Wir quetschten uns also zusammen in einen Wagen, und ab ging's in die angebliche Top-Disco Bochums.

Eine Disco in Bochum muss nicht wirklich groß sein, denn

sonst wäre sie ja mit hoher Wahrscheinlichkeit immer leer. Leere Discos sind, und das ist allgemein bekannt, nicht so gut für die Partystimmung. Aber vor allem noch viel schlechter fürs Geschäft. Und entscheidet sich ein Betreiber, eine In-Disco zu führen, dann kann er auch nicht jeden als Gast in seinen Laden lassen. Irgendwie muss sich der In-Faktor ja generieren. Berücksichtigt man all diese Umstände, dann hat unsere In-Disco an diesem frühen Sonntagmorgen alles richtig gemacht. Gleich zu Beginn wurden wir von einem Betrunkenen, der noch besser aussah als die Partyveranstalter-Ikone Michael Ammer, begrüßt. Die Begrüßung war herzallerliebst. Er verbeugte sich und begoss sich dabei. Aber nicht vor Lachen, weil ich mal wieder so lustig war, sondern weil er beim Verbeugen nicht an die Riesenpulle Schampus in seinem Arm gedacht hatte. So kippte also der komplette Flascheninhalt über seinen geilen, solariumgebräunten Body. Naja, auf jeden Fall bot uns das Besser-als-das-Original-Michael-Ammer-Double, freundlich wie er ist, sofort an, in die VIP-Area zu wechseln. Na klar! Die Party konnte also losgehen. Aber so winzig, wie dieser Club war, genau genommen 10 mal 10 Meter, war die sogenannte VIP-Area nur einen Schritt weit entfernt. Ich musste lediglich einen Ausfallschritt nach links machen. Das ist kein Scherz. Hätte ich mich mit jemandem unterhalten wollen, der kein VIP-Gast ist, hätte ich einfach einen Schritt nach rechts machen müssen. Ist das nicht Luxus? Unglaublich! Naja, jedenfalls kippten wir einen nach dem anderen und hüpften in der Masse rum. Aber schon wenige Zeit später bemerkten wir, dass es doch schon recht spät bzw. früh am Morgen war und wir gar nicht mehr so jung und fit waren, wie wir kurz vorher noch dachten. Also quetschten wir uns durch das Gedränge und verschwanden raus zum Auto. Mein Begleiter war so müde, dass er auf dem Rücksitz sofort eingepennt ist. Sein Schlaf war echt amüsant. Alle zwei Minuten schreckte er auf und brüllte, wie man es sonst nur von seinen unzähligen Top-20-Techno-Scheiben kennt: »Immer geradeaus, immer geradeaus fahren.« Danach schlief er sofort wieder friedlich ein. Nicht immer sind Partys so schön wie in der Bochumer In-Disco. Aber das kann man ja auch nicht erwarten. Ich habe auch schon Partys erlebt, auf denen ich mich wirklich gebauchpinselt gefühlt habe. Ich sage nur Innsbruck und »WOK-WM«. 2006 waren wir in der schönen kleinen Stadt in Österreich zu Gast. Eines Abends zog es mich in die Innsbrucker In-Disco Nachtschicht. Kaum war ich dort, wurde ich hofiert wie ein Gott. Es wurde sofort ein kleiner Bereich für uns abgesperrt, wir wurden zu allem eingeladen – einfach so. Das war wirklich ein toller Abend und ich konnte verstehen, warum es auch Spaß machen kann, sich fürs Feiern bezahlen zu lassen.

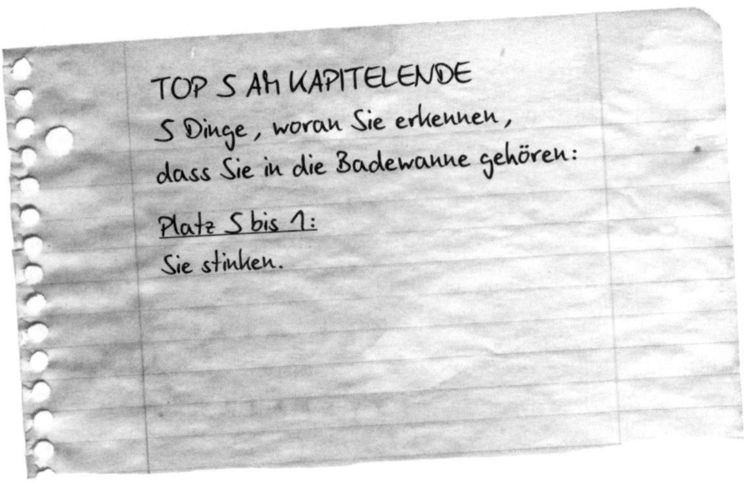

All inclusive

Einmal im Jahr habe ich einen Pflichttermin. Und der heißt: auf nach Scheeßel zum Hurricane Festival. In der Zeit nehme ich keine anderen Termine an. Da hat mein Management klare Ansage, dass nichts wichtiger ist als drei Tage Rock 'n' Roll auf einer Wiese im Norden. Oft werde ich gefragt, warum mir das so wichtig ist, was da in mir vorgeht und worin der Zauber liegt, sich ein Wochenende lang den Wahnsinn eines Musikfestivals zu geben. Die Antwort ist dann immer gleich genial und simpel: Ich fahre da schlicht und einfach hin, um mit meinen Kumpels ein paar Tage Spaß zu haben. Hier treffen zwei meiner Welten aufeinander. Die alten Kumpels aus meiner Heimat und meine besten Jungs, die mich Tag für Tag in Köln umgeben. Und das Schönste daran ist, dass die Kölner und die Jorker ziemlich gleich ticken und sie an diesen Tagen ein Motto eint: Spart Wasser! Trinkt Bier! Zum Frühstück, zu Mittag und zum Abendessen. Einfach den ganzen Tag. Und zwischendurch wird gegrillt. Aber selbst da darf das geliebte frische Bier nicht fehlen. Das Ganze wird dann noch von richtig guter Musik untermalt – einfach traumhaft. Was hab ich da nicht schon für großartige Bands gesehen! Aber darauf kommt es ja gar nicht unbedingt an. Ich muss nicht jede Band gesehen haben, oft reicht es auch einfach, sie nur zu hören! Auf dem Hurricane spielen ca. 70 Bands an drei Tagen, da kann man unmöglich alle sehen oder mögen. Das wäre ja verrückt. Genauso gut wie das Musikerlebnis ist einfach die Tatsache, mal mit den Jungs unterwegs zu sein. Wir lungern die meiste Zeit vor unserem neuen Zuhause, unserem stattlichen, spießigen Mietwohnmobil, rum. Camping ja – Zelten nein. Ich werde ja auch nicht jünger. Und seitdem ich mein Einkommen durch grandiose Siege in den »TV total«-Pokersendungen ein wenig steigern konnte – da ich einfach ein begnadeter Spieler bin oder meine Gegner meistens unglaublich schlechte Spieler sind –, leiste ich mir zum Hurricane inzwischen gerne diesen Luxus. Also bauen wir jedes Jahr unsere eigene kleine Wagenburg in Scheeßel auf. Denn mittlerweile reisen auch die befreundeten Nordlichter immer mit ihren Wohnmobilen an und gesellen sich um mein kleines Haus auf Rädern herum. Ja, meine Jungs sind auch alt geworden. Früher haben wir zu viert im Zweimann-Igluzelt gepennt und uns gegenseitig mit diversen Körperfunktionen und Ausdünstungen beeindruckt und überboten. Spätestens seitdem ich Vater bin, habe ich aber so viel erlebt, gesehen und gerochen, dass mich ein simpler Furz nicht mehr amüsieren kann. Sexuell habe ich mich auch festgelegt. Also gibt es keinen vernünftigen Grund mehr, mit Männern in einem engen, kleinen Zelt und kaum Platz für mehr als 2 Schlafsäcke zu übernachten. Die Rechnung ist mittlerweile ganz einfach: Das Geld, das ich nach zwei Nächten auf einer Isomatte für Krankengymnastik, Massagen, Chiropraktiker und Erkältungsmedizin ausgebe, stecke ich doch lieber gleich in ein beheiztes Wohnmobil mit ergonomisch geformter Schlafgelegenheit.

So hat sich vieles gewandelt in den letzten 20 Jahren. Vom Pennen im Dreck zur Luxus-Wagenburg. Das Einzige, was bleibt, ist das Hurricane-Festival als unser gemeinsamer Pflichttermin. Immer mit dabei ist mein guter Kumpel Frau Hanßen. Dazu kommen ein paar Surfer-Girls aus Bremen, denen ich bis heute nicht verraten habe, dass man in Scheeßel gar nicht surfen kann. Und natürlich der Holger – »Mr. Eagle Eye«. Hin und wieder lassen sich auch mal Mono und Kai, der eigentlich immer Rücken hat, auf dem Hurricane blicken. Dann könnte man eigentlich auch von einem alljährlichen Versehrtentreffen sprechen.

Aber zurück zum Thema: Was macht man denn da den ganzen Tag? Grillen, Bier trinken und Uno spielen. Es wird auch schon mal gepokert. Aber da haben die anderen verständlicherweise nicht so oft Bock drauf, weil ich immer gewinne. Würde man sie jetzt danach fragen, würden sie vermutlich was anderes behaupten. Aber das können sie ja in *ihren* Büchern behaupten, wenn sie mal eins schreiben. In *meinem* gewinne ich ständig. Abgesehen davon ist Poker aber auch, wenn man es ernsthaft betreibt, im Gegensatz zu Uno ein sehr anspruchsvolles Spiel. Und nur schwer mit unserem ersten Hurricane-Gebot »Durchtrinken!« zu vereinbaren. Ja, und das ist eben wichtiger als pokern. Denn wenn man durchtrinkt, gibt es erstens keinen Kater, und zweitens erträgt man vieles einfach leichter. So ein Festival ist außerhalb unserer Wohnmobilidylle nämlich eigentlich nur laut, dreckig, voll und meistens nass und matschig. Kurz gefasst: Im Prinzip ist es scheiße. Doch trotzdem macht es nun mal höllischen Spaß. So kann man einmal im Jahr drei Tage lang seinen niedersten Instinkten freien Lauf lassen. Es ist doch ein ganz anderes Gefühl, drei Tage mit den Jungs und guten Bands durchzufeiern, als sich zu Hause im Garten zum

Grillen zu treffen. Wie komisch Nachbarn aber auch gucken können, wenn man sich einfach mal mit nem Kotelett in der Hand auf den Gartentisch stellt und brüllt. Wenn man sich dazu noch eine Band ins Beet stellen würde, wäre es aus mit dem harmonischen Miteinander. Also verlagern wir unser Woodstock light lieber jedes Jahr direkt nach Scheeßel.

Die beste Band beim Hurricane waren bis jetzt sicher die Foo Fighters. Die Strokes waren aber auch nicht schlecht. Der Bandname klingt irgendwie wie eine Kapelle, die sich Gottschalk gerne in seine unsäglichen Sixties-Revival-Shows einladen würde. Aber sie sind wirklich top. Manchmal wäre ich ja auch gerne ein kleiner Rockstar. Doch so richtig geklappt hat es mit der Rockstar-Karriere nie. Als Ersatz dafür spiel ich mindestens zweimal im Monat mit meinen Jungs »Guitar Hero Rock Band«. Eine geniale Erfindung. Ohne seine gesamte Kindheit mit skurrilen Musiklehrern verbracht zu haben, kann man mit Plastikgitarren, Gummischlagzeug und ein wenig Übung eine ganze Band auf die Beine stellen und ordentlich abrocken! Die richtigen Knöpfe zur richtigen Zeit gedrückt, im passenden Takt auf die Schlagzeugpads gehauen, und man holt die geilsten Songs aus der Konsole. Wenn man dann noch jemanden dabeihat, der ein bisschen singen kann, ist die Illusion perfekt! Das macht richtig Spaß, ist aber leider nur ein Spiel. Ich weiß, andere sagen: »Wie crazy!« Nun bin ich bald 40 und führe mich auf wie ein 6-jähriges Kind, das Mamas Bürste nimmt und zu Hause vor dem Spiegel singt. So hat man das früher gemacht. Heute macht man das mit der Konsole. Und auch noch als alter Mann. Ist das nicht abgefahren, wie viel Spaß man mit Musik haben kann?

Ganz dicht ist das vielleicht wirklich nicht. Aber es kann im Leben ja nicht immer alles ganz dicht sein. Damit kenn' ich mich ja ganz gut aus. Dieses Jahr war es in Scheeßel jedenfalls klasse, weil zeitgleich zum Festival auch die Fußball-WM in Südafrika stattfand. Natürlich haben wir da auch einen Fernseher mitgenommen. Das haben wir auch bei der letzten EM schon so gemacht. Das machen wir alle zwei Jahre. Und in den Jahren dazwischen ist zur Sicherheit auch einer mit an Bord. Man will ja nichts verpassen. Zur WM und EM gibt es auf dem Festival zwar auch Public Viewing, aber wie gesagt, außerhalb unserer Altherren-Komfort-Camping-Residenz ist es gern mal dreckig und siffig – also nichts für uns. Dann doch lieber den eigenen Fernseher am Wohnmobil haben. Nahe dran am eigenen Bier, am eigenen Grill und unweit vom eigenen Bett. Da kommen dann aber auch mal Leute vorbei, die mit uns schauen. Fremde, die zufällig vorbeilaufen und mich mit dem obligatorischen »Ey Eltooooon, können wir ein Foto machen?« begrüßen. Aber das nervt beim Hurricane überhaupt nicht. Wirklich nicht – solange sie Bier oder Grillmaterial mitbringen. Und wenn das nicht automatisch läuft und sie nur fragen: »Können wir mitgucken?«, dann hak ich einfach mit einem freundlichen »Was habt ihr denn dabei?« nach. Spätestens dann krieg ich die gewünschte Antwort. So einfach verständigt man sich auf dem Festivalgelände. Fußball gegen Bier. Ist das nicht schön? So ein Musikfestival ist eben auch das große Festival von Nehmen und Geben.

Irgendwie sind diese Tage mit meinen Jungs aber auch immer so eine Energie-und-Gute-Laune-Tankstelle für das kommende Jahr. Solche gemeinsamen Auszeiten sind wichtig. Gerade wenn man zusammen arbeitet. Drei Tage, in denen man einfach mal zusammen feiert, nicht über den Job spricht und froh ist, dass man sich hat. In der Fernsehbranche ist es meist stressig. Da streitet man sich hin und wieder auch mal. Und diese Festivaltage schweißen wieder zusammen. So kann man in unserem harten und doch oft auch nervenaufreibenden Business die nächsten zwölf Monate wieder prima zusammen wuppen. Schade, dass das Hurricane nicht für alle meine Jungs Platz hat in meiner Wagenburg. Aus Tradition bin ich da vor allem mit meinen Aufnahmeleiter-Jungs Kai und Tim. Die sind beim Campen absolut spitze. Denn wenn man wie die beiden aus dem Sauerland kommt, ist man durch Schützenfeste und Langeweile ans Trinken und Tiereverspeisen gewöhnt. Am Grill selbst hat an diesen Tagen aber der Olaf das Zepter in Form einer Grillzange in der Hand. Olaf arbeitet als Requisiteur beim Fernsehen. Dieses Jahr konnte er aber leider nicht mitkommen, weil er just zu dieser Zeit Papa geworden ist. Das war ein ganz großes Problem diesen Sommer. Zum einen, weil Olaf immer unser Wohnmobil gefahren ist, das hatte noch nie jemand anderes gemacht. Und zum anderen, weil es immer Olaf war, der sofort nach Ankunft auf dem Campingplatz den Grill angeschmissen hat. Aber das ist noch nicht alles. Denn vor allem war Olaf unser Versorgungs- und Equipment-Beauftragter. Also alles, was man so braucht, hat Olaf rangeschafft. So wie er das aus der Requisite kennt. Einen Pavillon muss man mitnehmen, einen Grill, einen Flammenwerfer, ein Stromaggregat, Campingmöbel, Satellitenschüssel, Fernseher und so weiter und so fort. Man könnte jetzt vielleicht denken, ich sei ein verwöhnter Luxus-Arsch, der Requisiteure missbraucht und als billige Arbeitskraft zum Rockfestival mitschleppt, um selbst keinen Finger rühren zu müssen. Aber: Der Olaf macht das freiwillig. Der tickt so. Der ist Mr. Orga himself. Der hat daran so viel Spaß, dass er uns diesen Sommer sogar alles zusammengestellt hat, obwohl er nicht mal mit ist. Und da bin ich saufroh drüber! An dieser Stelle: DANKE, OLAF! Für uns ist das einfach zu mühsam. Und nur er hat wirklich auf dem Schirm, was man so alles mitnehmen und wissen muss. Das geht los bei Sachen wie: Wo steht der Grill, wo ist der Flammenwerfer, wo ist die Ersatzgaskartusche, wie viel Kabel braucht man, wo sind die Stützen für das Wohnmobil, damit es nicht wackelt, und überhaupt, wo ist das Wohnmobil? Und da ich Widder Aszendent Faultier bin, sag ich doch nicht Nein, wenn einer gerne Sachen macht, die ich nicht machen kann, will oder muss. Ich nehme doch auch nicht meinem Zahnarzt den Bohrer, den ich gerade im Hals hab, aus der Hand und sage: »Mahen Sie ma Ause, ich an as auch alleine!« Also warum sollte ich bei Campingvorbereitungen so bewährte Grundsätze über Bord werfen? Und trotzdem, wenn ich jetzt noch mal so überlege, muss ich doch sagen, war ich schon etwas sauer, dass der Olaf gerade zu diesem Zeitpunkt Vater geworden ist. Hurricane ist Pflichttermin, egal was passiert. Und so schwer ist es ja nun nicht, bei der Familienplanung ein wenig die Termine zu checken und die Geburtstage der eigenen Kinder möglichst weit vom Hurricane entfernt zu legen. Das wird doch jetzt jedes Jahr ein Problem werden. Ja, wir haben den Olaf schon vermisst, aber was soll man machen …

Immerhin war ein bisschen mehr Platz im Wohnmobil mit einem Mann weniger. Da schlafen wir ja sonst zu viert oder auch schon mal zu fünft drin. Hinten zwei Betten, vorne können zwei Mann schlafen und dann noch einer vorne im Alkoven. Also die Jungs schlafen da drin. Denn jetzt wird es richtig absurd: Auch wenn so ein Wohnmobil mit Dusche, Klo und allen Annehmlichkeiten schon was Schönes ist, schlafe ich trotzdem oft in meinem Familienvan. Der hat eine Standheizung, die ich regeln kann, je nachdem wie warm ich es haben will. Da hab ich meine Ruhe. Der Einzige, der schnarcht, bin ich, und wenn man sein Auto nachts selbst bewacht, ist die Versicherung auch viel billiger. Okay, Letzteres war gelogen – sollten sich die Versicherungen aber als Tarifoption mal überlegen. Wenn man da was sparen kann, würde ich das glatt machen. Ich bin nämlich auch gerne mal knauserig.

Oder zumindest bin ich keiner, der gerne sein Geld für unnütze Dinge ausgibt. Damit meine ich beispielsweise, dass ich mir nie eine teure Uhr kaufen würde. Das gibt mir nichts. Das brauch ich nicht. Ich brauch keine Rolex, keinen Armani und auch keinen Mercedes. Ich habe keine Rolex, weil ich im Allgemeinen Uhren überhaupt nicht mag und teure Uhren daher noch viel weniger. Ich habe mich immer geweigert, mir von so einer blöden Uhr unter die Nase reiben zu lassen, dass ich schon wieder zu spät bin. Und das Letzte, was ich tun würde, ist, für so ein penetrantes Ding dann auch noch Tausende von Euros auszugeben, nur damit da Rolex draufsteht. Zu spät komme ich dann trotzdem noch. Ich bin nur ärmer und bekomme wegen der einseitigen Belastung aufgrund des hohen Gewichts der Uhr auf Dauer einen Beckenschiefstand, den ich nur mit einer zweiten Rolex am anderen Armgelenk verhindern könnte. Und da hört der Spaß ja wohl auf. Und überhaupt ist die Anschaffung von Luxus doch Stress.

Da muss man dann shoppen und bummeln und sich informieren, nein, das ist nichts für mich. Das ist beim Autokauf genau das Gleiche. Da will ich auch nicht ewig Preise vergleichen und Probe fahren. Ich finde, ein Auto muss praktisch sein, nicht allzu scheiße aussehen und mich und meine Familie sicher von A nach B bringen. Der Rest ist doch egal. Ich fühle mich in einem größeren Mercedes oder BMW am Steuer auch gar nicht richtig wohl. Irgendwie komme ich mir da fehl am Platze vor. So ein Auto ist doch für viele auch immer eine Botschaft. Wenn einer Porsche fährt, hat er entweder einen Kleinen, seine Midlife-Crisis oder beides. Und würde ich in einem großen BMW vorfahren, würden die Leute doch entweder sagen: »Oh, der Elton macht jetzt einen auf dicke Hose!«, oder: »Wahrscheinlich passt er nicht mehr in einen Kleinwagen!« Daher fühle ich mich in solchen Schlitten immer scheiße. Nicht anders war das allerdings, als wir noch einen Beetle hatten und ich damit durch die Gegend gekurvt bin, gerade mit dieser scheiß Blumenvase vorne drin. Da fühlte ich mich nicht minder scheiße. Meine Frau fuhr aber lieber den großen Familienwagen, weil sie öfter mit den Kindern unterwegs war als ich. Stimmt und macht Sinn. Aber sie war es auch, die diesen Beetle unbedingt haben wollte. Und sie sieht samt Blümchen im Cockpit auch hinreißend darin aus. Aber dann musste ich darin rumgurken. Na toll. Ich sehe mich ja eher so als Golf-Typ. Ist ja auch das Auto meiner Generation. Der Golf – das bin doch ich als Auto: solide, beständig und gutes Mittelmaß. Da fühl ich mich wohl drin. Aber so ein dicker Benz als Privatauto wäre nichts für mich. Ich lasse mich ja gerne mal darin rumchauffieren, wenn ich zu irgendwelchen Veranstaltungen gefahren werde.

Da kann ich es mir dann hinten gemütlich machen. Aber selber fahren, so eine Riesenkarre, nein danke. Aber immer wieder wollen Leute mir diese Wagen regelrecht aufdrängen. Wenn ich mir zum Beispiel irgendwo einen Mietwagen bestelle, dann sind die Leute in den Stationen immer ganz überrascht, dass der Herr Alexander Duszat, der da kommt, eigentlich der Elton ist. Oder umgedreht. Und dann passiert es häufig, dass ich beiseite genommen werde und man mir flüsternd ein Upgrade anbietet. »Herr Elton, ich kann Sie upgraden auf einen BMW oder einen Mercedes. Was hätten Sie denn gerne?« Wenn ich dann sage, ich würde gerne bei meinem bestellten Golf bleiben, stoße ich auf pures Unverständnis. »Aber Sie müssen nichts dazubezahlen! Das geht einfach so!« Da gucken die anderen Kunden dann schon mal, wenn der Dicke aus'm Fernsehen irgendwann lautstark auf seinen Golf besteht und immer wieder ruft: »Ich möchte kein kostenloses Upgrade!«, während der eingeschüchterte Autovermietungsangestellte leise vor sich hinjammert: »Ich wollte Ihnen doch nur einen Gefallen tun!« Einen Gefallen tut mir jeder, der mich nicht zwingt, eine riesige Luxuskarosse steuern zu müssen.

Aber zurück zu den Jungs, die das sicher anders sehen würden. Ich schlaf also im Minivan und die Jungs im Wohnmobil. Sie haben es lieber kalt im Wohnmobil. Das ist nichts für mich. Und ich erspar mir ihr Geschnarche. Auf Ohrstöpsel habe ich nämlich keinen Bock. Tim hatte sich für unsere letzte Tour im Internet Ohrstöpsel für 25 Euro bestellt. »Das müssen ja Wahnsinnsteile sein«, hatte er gedacht. Verständlich. Warum sonst sollten zwei simple Schaumstoffpfropfen 25 Euro kosten, die man in jeder Apotheke für 3 Euro kriegen kann? Vermutlich weil sich da ein paar Internethändler gedacht haben, dass sie bei jedem Deppen, der das bestellt, mal locker 22 Euro Gewinn machen. Und einer ist da auf jeden Fall drauf reingefallen.

Ja, ich liebe mein Hurricane Festival. Ich mag die Belanglosigkeit des Alltags und das bekloppte Miteinander. Trinkend und kalauernd in der Gegend rumhängen – einfach der Hammer! Unfassbar, über was man sich da so amüsieren kann. Man wirft sich weg, wenn der Pavillon der Nachbarn vom Wind fortgerissen wird, stundenlang. Das ist beste Unterhaltung. Klingt null lustig, ist es aber. Man muss nur dabei sein.

Womit ich jetzt aber nicht meine, dass wirklich jeder dabei sein muss. Ich lege zum Beispiel keinen Wert auf Festivaltouristen, also Leute, denen eigentlich völlig wurst ist, welche Bands spielen, und die nur hinfahren, weil ein Festival gerade in ist und sie vor Ort gesehen werden wollen. Solche Spezialisten hatten wir dieses Jahr leider direkt neben uns. Eine Horde neureicher Schnöselkids kam da mit nem gesponsorten Energy-Drink-Mobil samt Riesenflatscreen und fetter Anlage an und hat uns schön die Idylle versaut. Die haben sich nicht eine Band angesehen oder sonst irgendwie an dem Festival teilgenommen. Man könnte sagen, das klingt verdammt nach mir und meinen Jungs. Die paar Bands, die wir uns anschauen, machen den Unterschied nicht aus. Aber, und das möchte ich an dieser Stelle betonen: Wir sind keine Polohemdkragenschnösel. Wir sind wahre »Festival-Junkies« und haben uns unsere Hurricane-Berechtigung hart erarbeitet. Drei Tage lang sind die Festivaltouristen nur um ihr Spaßmobil rumgehampelt, haben sich mit Wodka-Energy abgefüllt und aufgepasst, dass ihre Schnösel-Pullis symmetrisch über ihren Schnösel-Polos hängen, ohne die aufgestellten Schnöselkragen zu verbiegen. Alles eigentlich kein Problem – wenn sie die ungeschriebene Festival-Etikette beachtet hätten: 1. keine nervige, Festivalunpassende Dudelmusik 2. als »Neue« brav bei den Festivalnachbarn und -stammgästen vorstellen und dabei 3. auf den einen oder anderen offensichtlich im Überfluss vorhandenen Wodka-Energy-Drink einladen.

Dann sind die alten Festivalhasen milde gestimmt, und sollte von denen dann mal einer ein Buch schreiben, wird man darin vielleicht gar nicht oder wenigstens positiv erwähnt. Aber es kommen ja noch einige Hurricanes, und dies ist sicher auch nicht mein letztes Buch. Wenn ihr versteht, was ich meine. Ich werde jedenfalls auch nächstes Jahr wieder in Scheeßel feiern. Ist ja schließlich ein Pflichtermin. Die anderen Pflichttermine heißen dann nur noch Bundesliga, Champions League, Fußball-EM und -WM. Und dank meines Jobs war ich sogar 2002 bei der Weltmeisterschaft in Japan und Südkorea persönlich vor Ort. Wahnsinn, wie lange das nun schon wieder her ist. Ich sollte lustige »TV total«-Einspielfilme für die Sendung in Deutschland produzieren. Bei dieser WM habe ich auch Sasha kennengelernt. Das war eine abgefahrene Geschichte. Wir waren unterwegs in Miyazaki, der Stadt, in der die deutsche Nationalmannschaft während der WM gewohnt hat. Der DFB hatte sämtliche Pressevertreter zu einer gemeinsamen Stadtrundfahrt eingeladen. Und da waren dann auch so Leute wie Thomas Helmer und Sasha dabei. Sasha als Pressevertreter? – Ganz einfach, er hat 2002 den offiziellen WM-Song von Sat.1 »This is my time« gesungen. Eine ganz gute Nummer. Er war gerade ein bisschen auf dem Weg vom Schmusesänger zum Rocker light. Ging ganz gut ab, der Song. Wir haben uns nach der Stadtrundfahrt dann alle für den Abend verabredet, um zusammen in eine Karaokebar zu gehen. Die gibt es in Japan an jeder Ecke, und Karaoke-Singen ist dort Volkssport Nummer 1, oder besser gesagt: Volkshobby. Also war klar, dass ich und mein Team da auch mal kräftig mitmischen wollten.

Um möglichst vielen sangeswütigen Japanern das Karaoke-Vergnügen gleichzeitig zu ermöglichen, war die Bar wie ein Puff in unzählige kleine Kabinen unterteilt. In jeder war eine Karaokemaschine und genau Platz für fünf Leute. Optimal für unser Team, denn wir waren auch zu fünft und haben direkt angefangen zu singen und zu trinken. Nach und nach wurde es jedoch immer voller bei uns und damit auch enger. Die anderen Gruppen hatten bemerkt, dass bei uns irgendwie mehr abzugehen schien. So gesellten sich im Laufe des Abends auch der Helmer mit seinem Team und dann der Sasha zu uns. So waren in dieser Fünf-Personen-Kabine plötzlich an die zwanzig Leute. Dicht an dicht – und dafür, dass wir hauptsächlich Männer waren, vielleicht etwas zu eng. Aber lustig. Der Vorteil an diesen Kabinen ist: Man bezahlt in diesem Karaoke-Puff nur die Kabine und kriegt dann den ganzen Abend Freigetränke. Das heißt also, wenn man nur mit einer Person da drin ist, kostet das genauso viel, wie wenn man mit 5 Personen drin ist. Ob die Betreiber das nach unserem Aufenthalt geändert haben, weiß ich nicht. Wir haben bestimmt 30 Mal hintereinander »The Piano Man« von Billy Joel gesungen. Bis einer dann im Gedränge irgendwann aus Versehen Whisky-Cola in die Karaokemaschine gekippt hat und wir das Gesangsbordell fluchtartig verlassen mussten.

Seit dem gemeinsamen Karaoke-Abend sind Sasha und

ich eigentlich sehr eng und gut befreundet. Aber was heißt »eigentlich«? Wir sind befreundet! Punkt. Was ist »eigentlich« eigentlich für ein Wort? Es sagt doch überhaupt nichts aus. »Kommst du eigentlich auch?« Es reicht doch zu sagen: »Kommst du auch?« Was soll das Wort »eigentlich« eigentlich? Was heißt denn das? Unter Umständen? Vielleicht? Das ist doch nur ein Füllwort. Das braucht doch kein Mensch. »Isst du das gerne?« »Ja, eigentlich schon.« Was bietet mir das Wort an Info? Gar keine. Ich glaube, es ist lediglich so eine Art Hintertürchen, das man sich in Sätzen offen lässt.

Wenn man zum Beispiel gefragt wird: »Hast du Freitagabend schon was vor?«, dann kommt es extrem auf das Gegenüber an, das die Frage stellt. Die Hintergedanken und die mögliche Antwort sehen bei einer schönen Frau, die die Frage stellt, oder dem Chef sicher ganz unterschiedlich aus. Je nachdem von wem man gefragt wird, sagt man: »Nein! Wieso?« oder »Ja, eigentlich schon.« Bei der schönen Frau ist alles klar, da kann man sich dann verabreden. Beim Chef erfährt man mit der Antwort »eigentlich schon« nicht in jedem Fall, um was es geht, und es könnte ja außer Überstunden auch etwas Gutes sein. Cleverer ist es daher, zum Chef zu sagen: »Eigentlich noch nichts!« Das bietet ihm dann die Möglichkeit zu sagen, um was es geht, und das Hintertürchen ist dank »eigentlich« trotzdem noch offen. Denn sagt der Chef etwas wie »Da ist Turmspringen!«, dann nutzt man gekonnt dieses Hintertürchen, indem man sagt: »Ja, wie gesagt, eigentlich noch nichts. Aber meine Frau hatte da was angedeutet!« Und schon steht man nicht als Lügner da, wenn man nicht zum Turmspringen kann. Man sagte ja »eigentlich« noch nichts. Ob das Wort von seinem Schöpfer aber so gedacht war? Keine

Ahnung. Und irgendwie benutzt es ja sowieso jeder, wie er will. Aber eins ist gewiss: Wenn man erst mal angefangen hat, sich über dieses Wort Gedanken zu machen, und es immer analysiert, sobald es fällt, stehen die Chancen, darüber wahnsinnig zu werden, eigentlich ganz gut.

Neulich kam mein Sohnemann nach einem »Geschäft« erstaunlich schnell zurück an den Tisch. Zum Essen. Und ich hörte mich fragen: »Hast du dir eigentlich die Hände gewaschen?« Und er sagte: »Eigentlich ja!« Und ich: »Wieso ›eigentlich‹?« Und er: »Na, weil man das so macht!« Entweder hatte ich den Satz falsch betont oder er ihn bewusst falsch verstanden. Ich wollte wissen: »Wieso **eigentlich**?« und nicht »**Wieso** eigentlich?«. Ich hab ihn noch mal zum Händewaschen geschickt, aber dieser Satz und seine Bedeutung bei unterschiedlicher Betonung ließ mir keine Ruhe. Und irgendwann blieb ich bei »**Wieso** eigentlich?« hängen. »Wieso wäscht man sich eigentlich nach dem großen Geschäft die Hände?« Also der Gedanke dahinter ist mir schon klar, allerdings deckte ich beim Nachdenken etwas Widersinniges auf.

Die Leute sitzen auf dem Klo, tun, was getan werden muss, und wischen sich dann mit Klopapier so sauber, wie's geht. Im Idealfall bleibt zwischen Fingern und zu reinigender Stelle stets Toilettenpapier, wenn möglich sogar Feuchtes. Da man aber dennoch so nah an unappetitlicher Stelle war und Bakterien und Keime ja gewiefte Springer und Kletterer sind, wäscht man sich anschließend aber auf jeden Fall die Hände. Stopp! Nachdem man sich aber den Popo abgewischt hat und zum Entfernen eventuellen Drecks zum Waschbecken geht, macht man was? Richtig, man zieht sich an. Man zieht die Unterhose hoch, steckt das Hemd rein, zieht die Jeans hoch, macht den Gürtel zu. Ahhh!!! Und alles mit den kontaminierten Flossen. Das heißt doch, alles, was man an den Fingern hatte, hat man am Waschbecken längst in den Klamotten! Oh Gott! Und damit laufen die Leute dann den ganzen Tag rum. *Eigentlich* muss man entweder mit runtergelassener Hose zum Waschbecken schlurfen, sich die Hände waschen und dann anziehen oder direkt nach dem Händewaschen die Klamotten in eine dann auf allen Klos vorhandene Wasch-Trocken-Kombination schmeißen. Das dauert vielleicht etwas länger, wäre aber die hygienisch verantwortungsvollere Herangehensweise. Fakt ist, so wie es momentan alle machen, ist es eigentlich absurd, und eigentlich bräuchte man sich nach dem Sie-wissen-schon-was nicht unbedingt die Finger zu waschen. Man muss sich nur umziehen. Aber keine Sorge, Sie können mir ruhig die Hand geben. Als zivilisierter Bürger wasche ich mir natürlich trotzdem die Hände. Es könnte ja immer sein, dass ein Kamerateam mal wieder einen Test mit versteckter Kamera macht, wer sich wäscht und wer nicht, und dann steh ich schön blöd da.

Und beim Pinkeln ist es ja genauso absurd. Also, wenn man sich theoretisch auf die Hände gepinkelt hätte, was man ja nicht unbedingt tut, dann macht man sich auch die Hose schon wieder zu, bevor man sich die Hände wäscht. Dann ist doch aber auch alles an der Hose und daran abgewischt. Wasch ich mir nun deswegen die Hände nach dem Pinkeln nicht? Nein. Ich wasche meine Hände trotzdem. Sie wissen schon, das Kamerateam. Aber es kommt ja angeblich auch vor, dass Männer noch einen Tropfen nach dem Pinkeln in die Hose bekommen. Wie heißt es so schön: Da kannste schütteln, da kannste klopfen, in die Hose geht der letzte Tropfen.

Was macht man denn dagegen? Ist das okay, dass alle Männer mit Pipi im Schlüpper durch den Tag laufen? Das sollte RTL mal testen. Es soll ja auch Leute geben, die tupfen mit Toilettenpapier ab. Muss ich mal ausprobieren. Ist mir aber, glaub ich, zu blöd. Vor allem am Pissoir auf öffentlichen Toiletten kann ich mir das gar nicht vorstellen. Man kann da ja auch kein Papier hineinwerfen, und es liegt ja auch keines bereit. Also alles nicht so einfach.

Aber generell bin ich ja inzwischen sowieso zum Sitzpinkler mutiert, obwohl ich lieber in ein Pinkelbecken pinkle. Also, wenn ich auf einer öffentlichen Toilette bin und die Auswahl habe, dann entscheide ich mich immer für das Pissoir. Zuhause habe ich keins, und weil ich meine Frau liebe (und selber nicht putzen will), sitze ich da, obwohl es im Stehen schon einfacher ist und mehr Spaß macht. Ja, pinkeln kann auch Spaß machen. Zum Beispiel unter der Dusche. Man kann duschen und gleichzeitig pinkeln und so Wasser sparen. Natürlich sag ich das jetzt nur so, aber ich hab das mal gelesen. Umweltexperten empfehlen, in der Dusche zu pinkeln, um Wasser zu sparen. Ob dieser Rat auch gilt, wenn man nach dem Sport in der Mannschaftsdusche zusammen duscht, weiß ich jetzt nicht. Würde ich aber nur dann raten, wenn man so viel getrunken hat und der Hämoglobinwert so hoch ist, dass man transparent pinkelt. Dann sieht man es nicht so und kriegt keine Klassenkeile, falls die Mannschaftskameraden noch keine Umweltschutzpinkler sind. Das Thema Klo ist wohl irgendwie ein großes Thema bei mir. Seltsam. Ich wisch auch immer zuerst die Klobrille ab, bevor ich mich setze, selbst bei mir zu Hause. Das ist so eine Zwangshandlung von mir. Bevor ich mich setze, einmal mit dem Klopapier gründlich drüberwischen. Dann fällt das Papier in die Schüssel, und das hat auch noch den Vorteil, dass sich die folgenden Platsch- und Poltergeräusche in Grenzen halten. Es wird alles von einer dünnen schwimmenden Papierinsel aufgefangen. Es gibt doch nichts Schlimmeres, als wenn es Platsch macht und man merkt, wie irgendwas aus der Schüssel zurück an den Hintern spritzt. Ist es dann passiert, spüle ich auch sofort. Das ist wichtig. Wegen der Geruchsentwicklung. Gerüche find ich doof. Da schäm ich mich – auch für andere. Ich bin ein Fremdschämer. Wenn ich zum Beispiel nach jemandem auf Toilette gehe und es riecht ganz schlimm, und ich hab gesehen, wer vor mir war, dann finde ich das eine peinliche Situation. Mag ich gar nicht.

Wenn ich zum Beispiel auf Klo muss, egal wie dringend, kann ich erst loslegen, wenn ich weiß, dass alle anderen Leute raus sind. Ich habe einfach zu sehr Schiss, unangenehme Geräusche von mir zu geben. Das bringt mich manchmal in blöde Situationen, wie neulich am Frankfurter Flughafen. Ich geh also auf's Klo, setzte mich und bin mal wieder voll in meinem Geruchswahn drin, sodass ich sofort spüle, dass die in den Nebenkabinen bloß nichts von mir zu riechen bekommen. Anschließend will ich das Geschäft noch in Ruhe zu Ende bringen. Aber man sollte all dies unbedingt sein lassen am Frankfurter Flughafen, wenn man keinen Bock hat, Desinfektionsmittel in den Hintern gespritzt zu bekommen. Kaum hatte ich nämlich gespült, begann sich nicht nur die Brille zu drehen, sondern in meinen Rücken drückte sich so ein langer Desinfektionsarm, der die Brille mit Desinfektionsmittel besprühen wollte. Aber wie gesagt, auf der Brille saß mein Hintern, und so bekam der alles ab. Dabei wollte ich nur nett zu den Kabinennachbarn sein ... So wirklich entspannt ist das also in öffentlichen Toiletten nicht. Wer hat das nicht schon erlebt? Man sitzt in der Kabine, und draußen am Pinkelbecken fängt plötzlich jemand an zu rülpsen, zu husten, zu spucken. Manche rufen noch komische Erleichterungsschreie wie: »Yeah«, »Uohhh« oder »Ööhhh«. Und wenn es ganz gut läuft, bekommt man da auch noch die ganze Palette der besten Furzgeräusche zu hören. Das nervt mich total. Ekelhaft. Dann doch lieber in der Kabine sitzen und bescheuerten Männergesprächen lauschen. Hat sich neulich in Köln im Kino genau so zugetragen.

Kommen zwei Jungs auf die Toilette, die sich offensichtlich über die Erlebnisse der vorangegangenen Nacht unterhalten. Sagt der eine: »Weißt du, war alles voll cool mit ihr. Die hat mich schon in Auto geil an Schwanz gefummelt. Voll krass war die drauf, die Schlampe. Aber hat mich dann echt abgefucked bei der bitch zu Hause. Weißt du. Hat mich nicht rangelassen. Mann, ey. Was baggert die mich so an, und dann fahr ich umsonst da mit. Voll kacke draußen gewohnt in Poll hat sie. Und sie wollte mit Gummi machen. Hatte aber nichts da. Hab ich gesagt kein Problem. Wir können es ohne machen. Weil hab ich mal noch gar nie ohne gemacht. Aber heute können wir doch Ausnahme machen, weil wir grad so geil sind. Hat sie nicht gewollt. Ey, ich hab echt gekotzt, voll die Schlampe.«

Haargenau dieses Gespräch musste ich mir anhören. Das sind dann die Momente, in denen ich gern nicht der Elton wäre. Da könnte ich dann schnell aus der Kabine gehen, weil man sich so ein Prachtexemplar von Mann doch gern mal anschauen möchte. Kann ich leider nicht. Ich hab kein Bock auf: »Ey, Eltoooon, du Pisser, was machst du denn hier auf dem Klo?«.

Die Toiletten in Japan mag ich gerne. In die hab ich mich während der WM 2002 damals wirklich verliebt. Die sind sehr modern und kommen all meinen Problemen sehr entgegen. Die WC-Schüsseln sind noch viel moderner als am Frankfurter Flughafen, und in den Nachbarkabinen sitzen nur freundliche Japaner. Alle lösen hier in meinem Sinne die Geruchsprobleme. Denn die Kabinen sind mit Druckknöpfen unterschiedlichster Art ausgestattet. Einmal drücken, und schon riecht es gut. Auch vor unangenehmen Darmgeräuschen brauch ich in Japan keine Angst zu haben. Der Japaner an sich muss nicht mehr dasitzen und denken: »Okay, gleich kommt's mit einem lauten Knall, und alle hören es.« Einmal drücken, und schon übertönt herrlichstes Vogelgezwitscher alles andere.

Jetzt müsste der Japaner nur noch den Knopf erfinden für die Videocam, die einem auf Knopfdruck die peinlichen Männergespräche vom Pinkelbecken live in die Kabine überträgt. Dann wäre das japanische Klo, das im Übrigen auch noch über angewärmte Brillen verfügt, für mich perfekt.

TOP 5 AM KAPITELENDE

5 Dinge, woran Sie erkennen, dass Sie zum Campen geboren sind:

Platz 5:
Ihnen wächst ein Zelt auf dem Rücken.

Platz 4:
Sie haben einen Flaschenöffner am Schienbein.

Platz 3:
Sie befestigen Ihr Hotelbett mit Heringen.

Platz 2:
Bei Ihnen zu Hause schläft der Hund im Bett – und Sie in der Hundehütte.

Und auf Platz 1 der Dinge, woran Sie erkennen, dass Sie zum Campen geboren sind: Sie müssen nur einmal die Woche kacken.

Probier's mal mit Gemütlichkeit!

Der kleine dicke Elton – so nennt mich nicht nur Sonya Kraus. Was ist mit meinem Körper? Ich bin ja nicht dick zur Welt gekommen. Und auch als Erwachsener hatte ich sogar schon mal Idealgewicht. Das waren damals 76 Kilo. Bei einer Größe von 1,75 m doch auch ganz in Ordnung. Und so lange ist das noch gar nicht her. Bis zum Jahr 2000 war mein Body-Mass-Index im grünen Bereich. Aber mit der Jahrtausendwende bin ich einfach dicker geworden. Vielleicht hat mein Körper die Millenniumswende nicht verkraftet. Während bei allen Computern der befürchtete Supergau ausblieb, ging die Jahrtausendumstellung an meinem Stoffwechsel nicht spurlos vorbei. Das war, bevor ich zu »TV total« kam und noch beim Fernsehen in Hamburg gearbeitet habe. Es ist nun mal leider so, dass sich fast alle Medienleute ungesund ernähren und daher immer dicker und unansehnlicher werden. Man sitzt den ganzen Tag am Schreibtisch, bewegt sich kaum und hat keine Zeit mehr für Sport oder um zu kochen. Auf der Speisekarte steht daher täglich Fast Food. Mal eben ne Pizza bestellen, Döner holen und zwischendurch mal was Süßes aus'm Automaten. Da muss man ja zwangsläufig fett werden. Der Job beim Fernsehen ist also ganz klar schuld an meinem Übergewicht. Vorteil ist allerdings, dass wir Fernsehleute kreativ sind und es uns deshalb nie an Ausreden fehlt. Ein Teufelskreis. Aber mit meinem Problem bin ich ja Gott sei Dank nicht allein. Fast alle, die ihr Gesicht in die Kamera halten, werden früher oder später dick und fett. Ich könnt jetzt Namen aufzählen, aber das würde den Rahmen sprengen. Außerdem wüsste ich gar nicht, bei wem ich anfangen sollte. Man muss ja nur den Fernseher einschalten und sieht einen Dicken nach dem anderen. Bei manchen fällt es vielleicht mehr auf als bei anderen – aber dicker sind doch viele im Laufe der Jahre geworden.

Früher, als ich noch im Hamburger Hafen gearbeitet habe und noch ein ganz normal arbeitender Mensch war, da war ich nicht so dick. Aber da musste ich auch noch körperlich ran. Da habe ich schwere Kisten geschleppt, so 15 Kilo das Stück, mit lauter Putzlappen drin. Ich weiß auch nicht, warum es Putzlappen waren, und schon gar nicht, warum die so schwer waren. Aber jetzt kann ich wenigstens sagen, Frauen haben recht, wenn sie behaupten, putzen sei anstrengend. Zumindest wenn die Putzlappen so schwer sind wie die in der Kiste. Naja, jedenfalls war ich Schiffsausrüster für ein Ingenieurbüro. Das war körperlich echt heftig. Klingt ganz schön blöd, wenn man in seiner Vita stehen hat: Musste Kisten mit Putzlappen auf Schiffe bringen. Aber das war eben so. Komischer Job. Aber im Gegensatz zu heute war es dafür auch eine Nine-to-five-Tätigkeit, und die Wochenenden waren stets frei. Da hatte ich also Zeit zum Tennis- oder Fußballspielen – eben Sport im Allgemeinen. Freizeit in der Fernsehwelt ist auch super. Da futtert man Pizza und sitzt am Schreibtisch. Also das Gleiche wie während der Arbeitszeit, denn als Redakteur hat man so gut wie keine Freizeit. Vor allem nicht am Wochenende. Das TV-Business macht eben keine Pause. Also arbeitet man, futtert und nimmt beachtlich zu. Sicher könnte man dem mit einer Diät oder weniger essen entgegenwirken, und ich habe da auch schon mal drüber nachgedacht, dass ein paar Kilos runter müssen. Man müsste das ja nur mal planen. Aber wie ich schon erwähnte, lebe ich lieber für die nächste Stunde. Pläne schmeiß ich spätestens nach 60 Minuten wieder über den Haufen. Das war schon immer so. Aber erst recht, seitdem ich angefangen habe, mein Gesicht in die Kamera zu halten. Aber spätestens zu dem Zeitpunkt, als ich beim Raab gelandet bin, hätte ich ja mal aufhören können so zu futtern, um endlich wieder gut oder zumindest in angemessenem Maße ansehnlich auszusehen. Das sollte doch im Bereich des Möglichen sein, oder?

Es gibt Leute, die würden alles tun, wenn sie wüssten, dass sie demnächst vor der Kamera stehen. Zähne bleichen, Bodywaxing, Fettabsaugung, irgendwelche Implantate. Wahnsinn.

Mutter hat schon oft gemeint, dass ich, wenn ich schon nicht abnehmen will, wenigstens mal schöne Klamotten tragen könnte. Sie fragt mich oft, ob es denn immer ein T-Shirt sein muss, das so eng ist, dass sich die Plauze drunter abzeichnet. Da hat sie eigentlich recht. Ich würde ja viel mehr im Trend liegen, wenn ich T-Shirts tragen würde, aus denen mein Bauch unten schön raushängt. Was mir da manchmal in der Fußgängerzone an unverpacktem Bauchfleisch entgegenkommt – das ist nicht mehr feierlich. Ich mein, dessen Besitzerinnen sind oftmals gerade erst 14, und schon müssen sich deren Kinder für sie schämen. Entschuldigen Sie bitte. Aber bei dem, was modisch heute so angesagt ist, ist es doch wirklich besser, wenn ich weiter in meinen ollen T-Shirts rumlaufe. Ich liebe diese Shirts, auch wenn sie hauteng sind. Für Letzteres kann ich zudem nichts, denn ich trage die größte erhältliche Größe. Falls Sie das dennoch zu eng finden, beschweren Sie sich bitte beim Designer.

Naja, jedenfalls will ich mir auch nicht weiter Gedanken über mein Outfit machen müssen. Das kann doch auch eine elende Sackgasse sein. Man muss sich doch nur mal Thomas Gottschalk anschauen. Der Arme muss sich seit 30 Jahren überlegen, was er anzieht, um die Leute wieder mal zu überraschen. Das kann auf Dauer nicht gut gehen und tut es ja auch nicht. Aber es ist egal, denn es ist eben Thomas Gottschalk. Und ein klein bisschen nehme ich mir dieses Recht auch. Denn ich bin eben der Elton. Was wäre denn auch die Alternative? Moderatorenfuzzis in schwarzen Boss-Anzügen gibt es doch schon genug. Und wenn ich mir die Fernsehbranche aktuell so anschaue, dann bin ich auch nicht mehr ganz allein. Es gibt wieder jemanden, der trotz bescheidenem Klamottengeschmack erfolgreich und beliebt ist. Ich freu mich für den Kollegen Peter-»Raus aus den Schulden«-Zweegat. Das kann selbst ich erkennen, dass Peter Zwegat die hässlichsten Anzüge im deutschen Fernsehen trägt. Und auch mit seinem Erfolg hat sich das nicht geändert. Die Leute mögen ihn – und zwar genau deswegen. Würde vielleicht auch komisch aussehen, wenn er da im 4000-Euro-Armani-Anzug auflaufen und den Leuten die Cornflakes von der Ausgabenliste streichen würde. Und so ähnlich ist es ja bei mir auch. Die Leute wollen mich knuddeln, und darum trag ich Knuddel-Wear. Und Klamotten sind ja wohl nicht alles. Sie sollen in erster Linie zweckmäßig, witterungsgemäß und leicht verfügbar sein. Wenn ich morgens aus der Dusche komme, greife ich in den Klamottenschrank und ziehe das oberste T-Shirt an, das auf dem

Stapel liegt. Dazu die oberste Jeans. Und mein Outfit ist perfekt.

Problematisch wird es allerdings, wenn meine Schwiegermutter mal ein paar Tage bei uns zu Besuch ist. Denn Schwiegermutter wäscht jeden Tag und bügelt auch jeden Tag. Diese Tätigkeit stellt sie selbst in fremden Haushalten nicht ein. Also wäscht und bügelt sie auch bei uns jeden Tag. Und so kommt es dann, dass ich jeden Tag immer das gleiche T-Shirt trage, weil es ja immer wieder obenauf liegt. Wenn Schwiegermutter nicht zu Besuch ist, wird auch nicht so oft gewaschen, und die Chancen meiner restlichen Garderobe, an die Öffentlichkeit zu gelangen, steigen immens. Für meine Frau ist meine Mode-Ignoranz wohl weniger schön. Manchmal ist sie sogar sauer, weil ich nicht so viel Wert auf mein Äußeres lege. Wobei ich hier noch mal erwähnen muss, dass man im Fernsehen immer 10 bis 20 Kilo dicker aussieht. Also ganz so schlimm hat es meine Frau dann auch wieder nicht getroffen. Wer mich schon mal in natura zu Gesicht bekommen hat, wird Ihnen das bestätigen. Aber meine Frau sagt immer, wenn ich so dick und unstylisch aussehe, fällt das doch auf sie zurück. Was sie damit wohl meint? Was hat sie denn mit meiner Optik zu tun? Sie macht mich doch nicht dick. Ich esse doch viel mehr außerhalb. Sie behauptet, sie bekomme immer zu hören, wie sie es nur schaffe, mich so aus dem Haus gehen zu lassen. Na, ich gehe halt einfach. Und wer sich jetzt Szenen vorstellt, in denen ich mich in T-Shirt und Jeans zur Tür kämpfe, während meine Frau versucht, mich mit einer Hand festzuhalten und mir mit der anderen ein Jackett überzustreifen, irrt sich. Meine Frau mag mich meistens so schludrig, wie ich bin. An ihrer Stelle würde ich mir da nicht so einen Kopf machen. Es ist auch nicht gut, wenn Frauen sich zu viel über Männer aufregen. Mir sind Klamotten eben nicht so wichtig. Ich finde trotzdem, dass ich immer ganz okay aussehe. Das muss reichen. Gut, manchmal ist mein Dreitagebart fünf Tage drüber, aber es hat sich noch nie jemand beschwert. Und wenn, würde ich es erfahren. Im Fernsehen gibt es ja für alles und jeden diese tollen Marktforschungen. Da wäre mir längst was zu Ohren gekommen, wenn ich etwas ändern müsste. In einer Studie kam mal heraus, dass ich damals bekannter war als Gerhard Schröder. Wohlgemerkt, als er schon Bundeskanzler war! Aber jetzt, während ich so drüber nachdenke, würde ich mich selbst dann nicht ändern, wenn sich dieser Wunsch nach einer optischen Veränderung aus einer Studie über mich ergeben würde. Täglich rasieren, abnehmen, Krawatten binden. Das wäre ja alles nicht nur nicht ich, sondern obendrein auch noch wahnsinnig anstrengend und würde Unmengen an Zeit kosten, die man prima vor der Konsole oder im Bett verbringen könnte. Also scheiß auf Krawatte und Co. Im Fernsehen bin ich so oder so, und bei meinen Fans bin ich ja, gerade weil ich nicht so viel Wert auf diese Oberflächlichkeiten lege, beliebt. Ich will mir gar keine Gedanken über mein Outfit machen und auch weiterhin jeden Dienstag zu »Blamieren oder Kassieren« diese braunen Schuhe zu diesem roten Anzug anziehen. Und das, ohne zu denken: »Das passt doch nicht und wieso bekomme ich nicht mal etwas Schöneres?« Das sollen ruhig andere denken. Mir ist es sowas von egal. Ich habe schon früher immer angezogen, was Mutter mir rausgelegt hat. Dann kann ich auch jetzt das anziehen, was mir die Damen vom Kostüm rauslegen. Ich will auch nichts

Neues ausprobieren. ›Bewährtes bewahren‹ ist mein Motto. Und andere dürfen gern ihre eigenen Mottos haben. Und die lauten meist: »Quäle dich im Fitnessstudio!« Oder: »Lass dich von einem Personal Coach quälen.« Aber auch: »Trage nur teure schwarze Designer-Anzüge!« – Das alles ist völlig okay. Jeder so, wie er mag. Schließlich ist bei uns Promis die »Personality« das Kapital. Die Leute mögen uns doch für unsere Haltung, für das, was wir anscheinend so darstellen. Und meine Haltung ist eben: Probier's mal mit Gemütlichkeit! Ich mach keinen Sport, ich ess, was ich will, und ich zieh mich lieber lässig an. Mich will doch auch niemand als gut aussehenden Sonnyboy sehen. Das würde doch gar nicht funktionieren. Dafür gibt es doch Simon.

In meinem Job werde ich ja oft genug mit Sachen konfrontiert, die ich so nicht machen würde. Oder wo andere sich fragen: »Mein Gott, wieso macht der das? Ist der Elton so mutig? Oder einfach nur bescheuert?« Ich würde nie von selbst auf die Idee kommen, gegen Arthur Abraham in den Boxring zu steigen, um mir freiwillig ein paar auf die Mütze geben zu lassen, geschweige denn, einen Eiskanal im Wok runterzufahren. Andere sind da total heiß drauf. Ich bin es nicht. Ich mach das nur für mein Publikum mit, weil sie sich freuen, mich zu sehen. Wie schön wäre das, wenn mir die Sachen nicht immer so viel Angst machen würden.

Aber im Nachhinein bin ich trotzdem immer stolz auf mich und froh, wenn ich wieder bei einem verrückten Event mitgemacht und es dann auch geschafft habe. Oft sogar einigermaßen erfolgreich. Das ist schon ein tolles Gefühl. Warum ich mich aber im Vorfeld immer erst überreden lassen muss, bleibt allen ein Rätsel. In der Hinsicht bin ich vielleicht so ein leichter Masochist, der sich immer erst in eine Geschichte hineinprügeln lassen muss. Aber wenn's dann zum Höhepunkt gekommen ist, empfindet er plötzlich auch Lust an der Sache. Klassiker war zum Beispiel das Springreiten. Ich hab es ja überhaupt nicht mit Pferden und wurde beim Training so oft abgeworfen, dass ich schon dachte, die Tiere hätten eine Elton-Allergie. Irgendwann habe ich dann aber ein Pferd bekommen, das den zu gehenden Weg schon automatisch kannte. Man hätte dem Tier wahrscheinlich auch einen Kühlschrank auf den Rücken binden können. Selbst der hätte auf diesem Gaul den Parcours gemeistert. Wüsste ich es nicht besser, würde ich sagen, man hat das Pferd auch noch unter Drogen gesetzt – vielleicht aber auch mich –, denn plötzlich war alles ganz einfach. Da war ich echt froh, denn eigentlich kosten mich solche Sachen immer sehr viel Mut und Überwindung. Ich sag immer erst mal: »Nee, das mach ich nicht. Das könnt ihr komplett vergessen, ihr Vollidioten.« Dann reden die immer zehn Minuten auf mich ein, und dann mach ich es doch. Wahrscheinlich will ich unterbewusst nur, dass sie aufhören, unentwegt auf mich einzuquatschen. Und der Klügere gibt ja bekanntlich nach. Tatsächlich aber mache ich auch vieles, wenn ich erst eine Weile damit konfrontiert worden bin, weil sich dann plötzlich mein innerer Schweinehund meldet. Neben Unwohlsein in der Magengegend bellt es in meinem Bauch also auch ganz laut, mein kleines liebes Herz pumpt ein bisschen schneller, und ich sehe Schlagzeilen in meiner ganz persönlichen Kopf-Boulevardzeitung: »Der Elton – ein Teufelskerl« oder »Elton schlägt Boxweltmeister«. Dann merke ich, dass sich meine Mundwinkel ein bisschen nach oben schieben, ich leicht am Grinsen bin und mir bewusst werde, dass ein Mann tun muss, was ein Mann tun muss. Watt mutt, dat mutt. Ich kann also auch Spaß daran entwickeln, mich für mich ganz allein zu überwinden, um wieder eine neue Seite an mir zu entdecken, auf die es sich lohnt, stolz zu sein. Und so gibt es vielleicht nichts, was ich nie machen würde. Man muss nur lange und penetrant genug auf mich einquatschen. Das kommt davon, wenn man nicht richtig argumentieren lernt. Liegt das an der Erziehung? Hat meine Mutter hier was falsch gemacht?

Eine Sache gibt es übrigens, die ich doch so schnell nicht machen werde. Fallschirmspringen. Dazu können sie mich nämlich nicht überreden, da ich schlicht und einfach 10 Kilo zu schwer bin, um einen Tandemsprung überhaupt machen zu dürfen. Wieder so etwas, was ich meinem Körper zu verdanken habe. Und wieder so ein Grund für mich, definitiv nicht abzunehmen. Mal ganz ehrlich, ich glaube, Menschen wie ich sind nicht dafür gemacht, schlank zu sein. Es würde mich viel zu sehr anstrengen, eine schlanke Figur zu bekommen, und es würde so was von gar nicht meinen Lebensgewohnheiten entsprechen. Ich esse nun mal gern und gerne viel. Und unsere Welt macht es mir ja auch einfach. Jeder unserer Supermärkte ist voll mit Waren, die man essen kann. Wir leben in einem Land, da finde ich alles, was ich will. Und ich will nun mal eben viel. Auch die meisten unserer Lokale haben immer geöffnet und bieten warme Küche an. Also warum genau sollte ich dieses Angebot nicht nutzen, zumal ich es super finde? Das wäre doch Missachtung des guten Service und der Freundlichkeit in unserem Land. Man kann immer und überall an jeder Ecke futtern. Selbst an Orten, die eigentlich nichts mit Essen zu tun haben, kommt man heute bei Hunger ohne Hunger wieder raus. Ganz Deutschland ist übersät mit Tankstellen, die auch Restaurant oder zumindest Bistroshop sind. Die Zeiten, in denen man dort keine Lebensmittel bekam, sind längt vorbei. Es riecht da nicht mehr nach Benzin, es duftet zumindest nach Laugenbrezel und im Idealfall nach Schnitzel und Pommes. Ich fahr doch heut viel öfter auf einen Snack oder eine Bockwurst an die Tanke als zum Tanken. Es wird mir schlichtweg sehr, sehr einfach gemacht, mich gut zu ernähren. Ich muss nicht ewig anstehen, um was zu essen zu bekommen. Ich muss nur in den Laden gehen und zugreifen. Die Zeiten der Jäger und Sammler sind vorbei. Einfach den Wagen füllen, die Bankkarte zücken, und alles ist gut. Wir müssen keine Messer wetzen, keine Bogen spannen oder Schrot in den Lauf füllen. Wir müssen nicht rennen, kriechen, kämpfen und tagelang auf ein Mammut warten. Die Zeiten sind vorbei. Warum also all das, was sich die Menschheit mühsam erkämpft hat, wieder in Frage stellen, nur um abzunehmen? Nein, das wäre falsch. Die Evolution des Menschen ist weiter fortgeschritten. Nahrungsaufnahme ist einfach geworden, und das ist genau mein Ding. Sammeln, suchen, jagen ist nicht meine Generation. Mühsam ernährt sich das Eichhörnchen, zum Glück bin ich keins. Ich glaube wirklich einen Weg gefunden zu haben, mich so zu akzeptieren, wie ich bin. Und ich glaube, das merkt man auch.

Heute war ich beispielsweise zu einem Casting eingeladen. Ja, auch das muss man als alter Medienfuzzi noch manchmal machen. Auch wenn man seit über 10 Jahren im Geschäft ist, muss man sich immer wieder auf's Neue beweisen und überzeugen. Heute kann ich es aber sogar nachvollziehen und verstehen. Ich war beim Casting für den großen alten ZDF-Klassiker der Fernsehunterhaltung. Nein, es war nicht »Wetten, dass ...?«. Die würden mich ja auch ohne Casting nehmen, wenn ich mir die Haare lang wachsen lassen und blond färben würde. Ich war beim Casting von »1, 2 oder 3«. Wer kennt die Sendung nicht? »1, 2 oder 3, du musst dich entscheiden, drei Felder sind frei. Plopp, Plopp, dass heißt Stopp, nur noch einen Hopp, dann ist es vorbei. Und willst du dieses Spiel gewinnen, musst du viele Bälle bringen. 1, 2 oder 3, nur noch einen Hopp, dann ist es vorbei. Und ob ihr wirklich richtig steht, das seht ihr, wenn das Licht angeht.« So oder so ähnlich ging der Song, den Moderator Michael Schanze damals geschmettert hat. Geschmettert ... Auch so ein großartiges Wort, das heute keiner mehr benutzt (oder redet man so noch über Bon Jovi?). Aber zurück zu »1, 2 oder 3«. Der kleine, große Klassiker des ZDF braucht also einen neuen Moderator, und ich darf zum Casting. Für mich ein Traum, eine Show für Kinder zu moderieren. Ich hoffe nur, ich muss nicht singen wie Michael Schanze damals. Denn das wäre schlimm, und die Kinder würden sich sicher in ihrer Konzentration gestört fühlen. Aber der Job des Moderators bei »1,2 oder 3« macht mich schon total an. Schließlich habe ich die Show als Kind immer geschaut und wusste immerhin schon mal, dass die richtige Antwort 1, 2 oder 3 sein wird. Nicht schlecht für mich damals.

Irgendwann jedenfalls flatterte bei meinem Manager das Angebot für mich ins Haus, dass man mich gern zu einem Casting als Moderator für »1,2 oder 3« dabeihaben wollte. Solche Angebote bekommt das Management ja zahlreich auf den Tisch. Ich will gar nicht wissen, was da alles angeboten wird.

Ich bin froh, dass ich da Leute habe, die eine Vorauswahl treffen und wissen, was für mich gut ist und was eben nicht. Ich würde da wahrscheinlich wahllos rangehen, aber hinter allem sollte doch ein Plan, ein Konzept, nennen wir es eine Strategie, stehen. Mein Management weiß am besten, was ich kann, was mich interessiert und vor allem, was gut für mich ist, um voranzukommen und keine falschen Entscheidungen zu treffen. Man fällt zu leicht Entscheidungen, die in unserer Branche ganz schnell das Ende bedeuten können. Ich würde also zum Beispiel nie einen Ring vom Nachttisch meiner Geliebten klauen, ohne zuvor mit meinem Management darüber zu beraten. Die würden mir schon sagen, dass ich dann ganz schnell schlecht in der Boulevardpresse dastehe und vielleicht nicht so schnell wieder eine Sendung bekomme. Da kann ich mich voll drauf verlassen. In meiner Zeit ohne Management war ich nur der Praktikant, aber seitdem ich Leute habe, die hinter mir stehen und Visionen entwickeln, geht es immer weiter bergauf. Auch »1, 2 oder 3« ist sicher ein Meilenstein in meiner Karriere, mein erster Job beim ZDF, ein wunderbarer Einstieg mit einem Klassiker der Unterhaltung. Auch wenn ich generell nicht so gern zu Castings gehe, hat mein Management doch hier alles richtig gemacht, als sie auf mich zukamen und fragten, ob ich nicht Lust hätte, »1, 2 oder 3« zu moderieren. »Klar, natürlich, gerne«, habe ich geantwortet und war im gleichen Moment überrascht, was ich da sagte. Ohne drüber nachzudenken, hab ich mir das in diesem Augenblick offensichtlich zugetraut. Doch davor stand das Casting. Ich hasse Castings, weil ich befürchte, dass die Leute beim Casting dann erkennen, dass ich gar nicht so gut im Moderieren bin. Das sollen die aber nicht wissen. Schließlich sind meine Vorbilder die Showmaster der alten Schule. Leute wie Peter Frankenfeld, Harald Juhnke oder Peter Alexander. Alles richtige Entertainer, die singen, tanzen und moderieren können. Das waren echte Showmaster. Die gibt es ja heute gar nicht mehr. Vielleicht hat tatsächlich einer wie Florian Silbereisen das Zeug dazu. Der ist zwar schlecht im Witzemachen, aber schlechte Witze macht er richtig gut. Damit macht er aber genau das, was sein Oldie-Publikum gerade noch so mitbekommt und nachvollziehen kann. Allerdings glaube ich, dass er viel besser sein könnte, er müsste nur ein bisschen offener für ein neues Publikum, bessere Autoren und vor allem für andere Musik sein. Ich glaube, dass er definitiv das Talent hat, ein ganz Großer zu werden. Er hat vieles, was ich nicht habe. Aber ich hab auch vieles, was er nicht hat. Ich denke da nur an den ersten Platz bei der Wahl zum schauerlichsten Style 2008, der gute Florian hat es nämlich nur auf Platz 2 geschafft. Immerhin, aber gewonnen habe ich.

Aber das mit dem Moderieren werd ich doch wohl auch noch hinkriegen. In manchen Momenten zweifle ich da aber etwas an mir. Ich bin mir eben nicht so sicher, ob ich wirklich gut genug dafür bin. Daher winde ich mich immer um Castings herum. Ich habe keinen Bock darauf, abgewiesen zu werden. Und daher mache ich eine Show lieber nicht. Und wenn man mir »Wetten, dass ...?« anbieten würde? Nein, Castings machen mir echt Angst. Da gehe ich lieber weiter als Gast oder Kandidat in den »Großen 80er-Jahre-Test« bei RTL2 zu Sonja Zietlow und habe ansonsten meine Ruhe.

Bei »1, 2 oder 3« war es aber irgendwie anders. Da war das Casting für mich okay. Etwas in mir hat sofort »Ja« gesagt. Vielleicht ist das ja so ein »Das begleitet mich ja schon aus Kindertagen«-Ding. Ich war bereit für das Casting. Bereit, mich zu stellen. Ich hatte unglaublich Bock und wollte das sehr gerne machen, vor allem, weil es eine Sendung mit Kindern ist. Ich mag Kinder sehr gerne. Ich finde, Kinder sind richtig coole Zeitgenossen. Und das Schönste an ihnen ist, dass sie mich irgendwie mögen. Ich weiß nicht, warum. Ich wollt früher auch mal Kindergärtner werden oder Schulbusfahrer. Morgens um 6 eine Tour und mittags noch eine und dann frei. Herrlich. Das war mein absoluter Traumberuf. Und nun war ich kurz davor, endlich mit Kindern zu arbeiten. Aber erst mal musste ich ein echtes Show-Casting, in dem die komplette Show mit Testkindern aufgezeichnet wurde, überstehen. Soll ich verraten, wer mit mir im Kampf um den Moderationsjob bei »1, 2 oder 3« war? Nein, das macht man natürlich nicht, schließlich waren es lauter prominente Kollegen. Oder fast zumindest. Denn auch ich war ja im Spiel. Irgendjemand beim ZDF muss so einen Narren an mir gefressen haben, dass ich neben diesen ganzen Moderationsprofis eine Chance bekommen sollte. Ich hatte also Glück, und mein Traum, mal etwas mit Kindern zusammen zu machen, konnte weitergeträumt werden. Ich muss zugeben, ein bisschen war es auch der Traum, mal was Eigenes, Neues, losgelöst von meinem angestammten Sender zu machen. Einfach einen weiteren Schritt zu gehen – weg vom Praktikanten.

Also ging es nach München zum Casting. Ich war natürlich sehr aufgeregt. Ein paar Tage vorher habe ich das Sendebuch bekommen. Da steht der ganze Ablauf der Show drin – was wann und wie passiert und was ich alles erzählen, moderieren und welche Fragen ich stellen soll. Alles ist perfekt von der Redaktion vorbereitet, sodass ich das als Moderator nur ablesen und diese Sätze mit meiner »Personality« füllen muss. Die Texte sind für alle Casting-Teilnehmer die gleichen. Man unterscheidet sich eigentlich nur durch die Art, wie man etwas rüberbringt. Nun ist mein Problem, dass ich mir keine Texte merken kann. Und weil das so ist, habe ich mir das Textbuch erst gar nicht angeschaut. Wozu auch? Macht ja keinen Sinn, wenn ich mir eh nichts merken kann.

»Das kann ja was werden mit dem Elton«, denken sich meine neuen Kollegen beim ZDF jetzt sicher, ist aber nicht ganz so schlimm. Sie werden meine Art von Humor schon noch kennenlernen.

Tatsächlich habe ich mir dann doch das Showbuch durchgelesen, und weil ich nicht so gut im »Merken« bin, weiß ich umso besser, wie man sich Stichwörter macht. Ich würde fast sagen, dass ich mich für meine Verhältnisse sogar sehr intensiv mit dem Buch beschäftigt habe. Ich wollte wirklich gut vorbereitet sein. Dazu gehört auch, dass ich schon am Vorabend angereist bin, um am nächsten Tag fit und ausgeschlafen in die Probesendung gehen zu können. Ich hatte die Info, dass meine Rivalin, eine befreundete Kollegin, mit der mich das gemeinsame Management verbindet, auch schon in der Stadt sein sollte. Sie sollte zusammen mit Merit unterwegs sein. Merit ist lustigerweise unsere gemeinsame Managementkoordinatorin. Für unser Management war es also Dank des Castings ein ganz aussichtsreicher Tag. Zwei von fünf potentiellen Moderatoren hatten sie unter Vertrag. Das ist ein bisschen besser und erfolgversprechender, als Lotto spielen. An der Stelle fällt mir allerdings auf, dass man mich allein nach München hat reisen lassen. Wieso hat die befreundete Kollegin an diesem Tag eine Reisebegleitung bekommen und ich nicht? Werden da etwa Unterschiede gemacht? Werden wir nicht alle gleich behandelt? Glaubt mein Management, dass Frauen ihr Ziel ohne Reisebegleitung nicht erreichen? Was für ein Chauvinismus. Ist natürlich alles Blödsinn, ich bin einfach von woanders angereist, und in München war Merit dann für uns beide da. Das war zumindest der Plan. Zunächst. Jedenfalls habe ich dann bei Merit angerufen, weil ich mit ihr und der Kollegin an dem Abend etwas essen gehen wollte. Muss man doch ausnutzen, wenn man schon in der gleichen Stadt ist, die Chance sich bietet, dass das Management bezahlt, und man der Kontrahentin noch schnell was ins Essen mischen will. Ich rufe also Merit an, und da erfahre ich, dass die beiden erst am nächsten Tag anreisen würden. Toll, nun saß ich da. Das ZDF hatte uns nicht irgendein tolles Hotel in München gebucht. Nein, ich hing da in Ismaning in so einem Landgasthof fest. Ismaning ist voll außerhalb von München. Ich würde es mal als kleines TV-Industriegebiet bezeichnen, wo einfach gar nichts los ist am Abend. Da sitzen nur noch die Pförtner rum, und ansonsten sagen sich hier Eichhörnchen und Igel gute Nacht. Bevor ich aber auch früh schlafen gehe, denk ich mir halt: Besser alleine etwas essen gehen als gar keinen Spaß am Abend. Ich bin dann also ins Restaurant, setz mich hin, und hinter mir höre ich, kaum dass ich mich an den Tisch gesetzt habe, einen Typen rufen: »Ey Elton.« Na toll, das hat mir jetzt noch gefehlt. Allein in Ismaning und dann auch noch Proleten im Rücken, die mich nicht in Ruhe essen lassen wollen – oder schlimmer noch: hoffen, dass ich mich total freue, wenn sie sich auf ein Bier zu mir setzen. Der arme Elton so ganz allein. Aufstehen und gehen? Umdrehen und winken? Ich bin nervös an diesem Abend, kann nur an das Casting denken und habe keine Lust auf Fremde. Ich hab erst mal gar nicht drauf reagiert. Aber es ging weiter. »Elton, Elton, komm doch mal rüber.« Auch das noch. Das ist dreist. Rübergerufen werde ich ja ganz selten. Die Leute drängen sich auf. Das bin ich gewohnt, das ist okay und Teil meines Jobs, und ich habe wirklich meist Lust auf Kontakt. Aber nicht heute, und an den Tisch beordert werden schon mal gleich gar nicht. Ich hab mich nicht umgedreht, was dem Typen aber auch egal war. Er ist dann aufgestanden und hat mir auf die Schulter geklopft. Ich kochte vor Freude. Was mach ich jetzt? Ich schaute über die Schulter, und wer lächelt mich da an? Der Produktionsleiter von »1, 2 oder 3«, der gerade mit anderen netten Menschen vom ZDF beim Essen saß. Was ein Glück! Er bat mich, doch zu ihnen an den Tisch zu kommen. Ich habe die Einladung natürlich angenommen und mich zu ihnen an den Tisch gesetzt. Wer weiß, wofür es gut sein könnte. Es war ja kein Aufnahmeleiterkumpel, kein Requisiteur da, keine Rivalin zum Vergiften. Also warum nicht mal mit wichtigen Menschen den Abend verbringen? Es wurde dann ein sehr nettes und amüsantes Dinner. Man kann sagen, ich habe mich auf der Karriereleiter praktisch hochgegessen. Es gab lecker Eisbein und Weißbier, typisch bayerisch halt. Das war natürlich mein Abend, mein Spiel. Mit dem, was ich alles gegessen habe, konnte ich sehr gut Eindruck bei den beiden schinden. Meine Frau konnte stolz auf mich sein.

Am nächsten Morgen war dann das Casting. Ich glaub, ich war als Vierter an der Reihe. Vor mir war meine befreundete

Kollegin dran. Ich saß in der Zeit allein in meiner Garderobe. Und da sollte ich wohl auch bleiben. Wir sollten nicht sehen, was die Konkurrenten im Studio machen. Aus diesem Grund gab es in unseren Garderoben auch keine funktionstüchtigen Monitore. Anders gesagt, die Monitore hätten schon funktioniert. Um aber zu verhindern, dass wir uns per Hauskanal Bilder aus dem Studio anschauten, hatte die Redaktion alle Kabel an den TV-Geräten in unseren Garderoben entfernt. Da ich aber nebenberuflich Detektiv und vor allem nicht blöd bin, habe ich mich in allen Räumen, die ich betreten konnte, auf die Suche nach irgendwelchen Kabeln gemacht. Ich glaube, es war der achte Raum, den ich durchforstete, als ich endlich fündig wurde. Natürlich habe ich das Kabel auch angeschlossen. Ich war selten so geil drauf, die Frau im Fernsehen zu sehen. So konnte ich doch schon mal sehen, was mich im Studio erwartete und wie die Stimmung ist. Ich war übrigens sehr beeindruckt von dem, was die Kollegin da gemacht hat. Mir war klar, das würde ich nie so hinbekommen. Ich glaube, mit ihr mithalten könnte ich nur, wenn sie von Abführmitteln geplagt moderieren müsste. Das hat ja nun leider nicht geklappt. Schöne Scheiße. Mehr als zehn Minuten konnte ich aber leider nicht schauen, da ich in meiner Garderobe dann von einem Aufnahmeleiter gestört wurde, weil ich mich auch langsam auf den Weg ins Studio machen musste. Man kann natürlich sagen, dass ich mir da einen kleinen Vorteil erschlichen habe. Aber ich nenne es einfach mal ›bestmögliche Vorbereitung‹. Und das kann man ja wohl von einem erwarten, der sich auf den Weg ins Studio macht, um die größte ZDF-Show nach »Wetten, dass …?« zu ergattern. Also musste ich so handeln. Große Shows verlangen großen Einsatz.

Dann war es also Zeit für meine Chance. Nun musste ich die ZDF-Oberen auch im Fernsehstudio überzeugen und beweisen, dass ich mehr kann, als Eisbein essen.

Das Thema meiner Show war Licht. Am Anfang sollte ich mit den Kindern eine kleine Lichtperformance machen. Jedes der etwa 50 Zuschauerkinder hatte eine Taschenlampe in der Hand. So zumindest war laut Sendebuch der Plan. Ich sollte also reinkommen und sagen »Studiolicht aus – Taschenlampen an«. Das Studio war dunkel, und die Kinder saßen da wie blöd. Die Redaktion hatte vergessen, die Taschenlampen zu verteilen. Ich dachte: »Scheiße!«, und habe mir überlegt, das könnte ja auch ein Test sein, ein Teil des Castings, um zu checken, wie ich denn in so einer Situation reagieren würde. Hinter den Kulissen wurden die Lampen organisiert, und ich hab mich so lange mit den Kindern unterhalten. Und zusammen haben wir die Show schön über die Bühne gebracht.

Irgendwann kam dann der Anruf, dass ich den ZDF-Oberen wohl ganz gut gefallen habe, dass ich eine Art Favorit sei und die Pilotsendung jetzt in die Marktforschung gehen würde. Das heißt, das, was wir aufgezeichnet hatten, wurde Kindern in vier verschiedenen Städten gezeigt, und die mussten dann sagen, wer gut ist und wer doof. Anscheinend bin ich auch da ganz gut angekommen, denn ein paar Wochen später veröffentlichte das ZDF eine Pressemeldung:

Elton goes »1, 2 oder 3«

Ab Herbst präsentiert Elton die Kinderquiz-Show »1, 2 oder 3« (ZDF tivi) und wird den drei Kandidaten-Teams auf humorvolle Art und Weise auf den Zahn fühlen.

Liest sich super. Ich hatte den Job und freute mich total. Mit Kindern arbeiten, das ist toll. Kinder sind ehrgeizig und schlau und haben damit alles, was ich nicht habe. Ich glaube, ich kann ein gutes Vorbild für die Kinder sein. Eine Art negatives Beispiel. Ein wichtiges Element der Show ist ja, zwischen den Feldern hin und her zu springen, sich zu bewegen. Andernfalls sehen die Kinder später aus wie ich. Wenn ich unterwegs bin, kommen ja ständig Kinder auf mich zu und fragen mir Löcher in den Bauch. Zeit, den Spieß mal umzudrehen! Ich freue mich. Kinder sind halt ehrlich. Und manchmal hören die auch auf das, was man sagt. Kinder sind, das kann man so sagen, die ehrlichsten Zuschauer, die es gibt. Wenn denen was nicht passt oder die etwas scheiße finden, dann sagen die das auch. Wenn ich heute irgendwo in einer Show zu Gast bin, dann ist das doch alles Heuchelei pur. Bussi Bussi hier und Bussi Bussi da und »Ach schön, dass du auch wieder da bist«. Beim »Perfekten Promi-Dinner« sitzen »Promis« an einem Tisch und müssen sich erst einmal einander vorstellen. Wie prominent können die schon sein? Aber sie finden sich super! Kinder sagen: »Nein, du bist doof«, und dann bist du halt doof und Punkt. Kinder essen Pizza, Pommes, spielen und sind dickköpfig. Man kann sagen, Kinder sind genau wie ich. Also freu ich mich auf »1, 2 oder 3«.

Ich habe übrigens auch zwei Kinder. Die sind eh die besten. Ich lieb die beiden über alles. So eine unfassbare Bereicherung meines Lebens und so sinngebend. Irgendwie ist immer alles egal, wenn ich in die Augen meiner beiden schaue. Man denkt da ja nicht immer drüber nach, was für ein Glück Kinder sind. Aber es ist einfach so. Die geben Halt, die geben Ruhe, die mag ich einfach ganz, ganz arg. Da es aber mit Sicherheit irgendwann den Moment geben wird, dass die beiden diese Zeilen auch lesen (und wenn ich sie dazu zwinge), möchte ich an dieser Stelle sagen, dass Kinder einem auch den letzten Nerv rauben können. Es ist überhaupt nicht toll, wenn man früh am Morgen durch Rumgespringe im Bett geweckt wird, wenn blöde Kinderspielsachen wirklich überall in der Wohnung rumliegen, wenn man ständig Windeln wechseln muss oder einfach nerviges Geschrei zu ertragen hat. Und ich habe jetzt schon Mega-Angst vor den schlimmen Bands, die die beiden mal hören werden, wenn sie anfangen, sich für Musik zu interessieren. Ich gehe fest davon aus, dass sich meine Kinder ihre Zimmer mit Postern von irgendwelchen DSDS-Vollspacken oder Popstars-Trinen vollkleistern werden. Wenn ich Glück habe, werden es Raab-Casting-Gewinner so wie Lena. Die kenne ich dann persönlich, und da können sich meine Kinder das Sammeln des Bravo-Starschnitts in Lebensgröße sparen. Ich nehme die Castingstars dann einfach mit nach Hause, und die sollen, wenn sie nicht grad auf Tour oder im Studio sind, einfach im Zimmer meiner Kinder rumstehen. Das müsste doch drin sein. Ein bisschen Fan-Betreuung kann doch nicht schaden.

TOP 5 AM KAPITELENDE

5 Dinge, woran Sie als Mann erkennen, dass Sie tief im Innern noch ein Kind geblieben sind:

<u>Platz 5:</u>
Ihre Lieblingsabteilung bei Ikea ist die mit den bunten Bällen.

<u>Platz 4:</u>
Sie malen nach Zahlen – auf dem Lottoschein.

<u>Platz 3:</u>
Sie werden immer noch in der Pause verprügelt – jetzt von Ihren Arbeitskollegen.

<u>Platz 2:</u>
Wenn Sie Brüste sehen, werden Sie hungrig statt geil.

Und auf <u>Platz 1</u> der Dinge, woran Sie erkennen, dass Sie tief im Innern noch ein Kind geblieben sind:
Ihre Frau ist rot, hat eine Antenne auf dem Kopf und sagt immer »Winke, winke«.

Ungefickt nach Haus geschickt

Eine Luxuslimousine steht vor der Tür, ein inniger Kuss zur Verabschiedung für meine Frau. Die Kinder schlafen noch. Ich muss mal wieder los, weg von zu Hause. Manchmal freu ich mich, wenn es auf Reisen geht. Manchmal aber auch nicht. Heute nenn ich es Freude total. Im Auto habe ich nur einen Gedanken: Ich will meine Thrombosespritze und dann, entgegen jeder Vernunft, schön ein Bier draufschütten! Ich weiß, man soll keinen Alkohol trinken, wenn man Medikamente nimmt. Aber ich bin ja kein leichtgläubiger Mensch. Also habe ich mal im Internet recherchiert. Wofür gibt es denn Suchmaschinen? Und da habe ich dann gefunden, dass Alkohol in Maßen sogar gut gegen Trombose sein soll. Also bitte, da habe ich ja mit meinem Bierchen und dem Trombosemittel gleich doppelt vorgebeugt. Wie dem auch sei. Ich weiß, es ist bescheuert, aber ich schlaf mit einem Bier im Flieger einfach besser ein. Und im Schlaf bekomm ich die Zeit schneller rum. Ich mag es einfach nicht, wach im Flugzeug zu sitzen. Mit Bier wird die Reise viel entspannter.

Ich frag mich, ob die Thrombosespritze in den Bauch muss oder ob man die nicht auch in einen Cocktail oder so mischen kann! Das würde den Flug doch auch sehr entspannt vergehen lassen. Oder würde ich vielleicht länger schlafen, als der Flug überhaupt dauert? Wesentlich länger? Das wäre schlecht. Denn heute geht es zu Hugh Hefner nach

Los Angeles auf eine Party in seiner Playboy Mansion. Ein Männertraum. Organisiert wird das Ganze von einer schwäbischen Firma, die lauter deutsche Partypeople nach L. A. einfliegen lässt, um irgendein neues Produkt vorzustellen. Dekadent. Einfach mal schön zu einer Party einfliegen lassen. Ich hab meinen Kumpel Kai eingeladen mitzukommen. Meiner Frau wollte ich das einfach nicht zumuten. Genau wie ich war auch Kai ganz schön nervös. Schließlich war er seit über einem Jahr Single, der Arme. Krass lange. Geht das überhaupt? Naja, mal schauen, ob er bei den ganzen Bunnys schwach wird. Ich glaub, ich hab ihn einfach mitgenommen, weil er derjenige mit dem größten sexuellen Notstand in meinem Freundeskreis ist. Der soll gefälligst all die Phantasien ausleben, die ich als glücklich verheirateter Mann und all die anderen Jungs aus dem Freundeskreis in ihren Beziehungen nicht dürfen. Auf Kai lastet also die ganze Verantwortung. Ich will wenigstens Geschichten hören, wenn ich ansonsten nur schauen darf. Wahnsinn, ich flieg zu einer Party bei Hugh Hefner!

Am Check-in-Schalter am Flughafen Düsseldorf guckt die freundliche Dame zunächst ganz normal bescheuert wie alle, die im ersten Moment nicht wissen, wo sie mich einordnen sollen, wenn sie mich erblicken. »Sie kommen mir irgendwie bekannt vor«, heißt es dann immer. Das ist ja schon mal schön. Sie schaut sich meinen Ausweis an und lächelt mich dann erleichtert an: »Ihr Nachname kommt mir auch so bekannt vor.«

»Ich habe keinen Nachnamen, unter dem man mich kennen könnte, gute Frau.«

Sie schaut mich verdutzt an, ist aber erleichtert, als ich ihr meine Bonuskarte vorlege, auf der neben meinem Namen auch noch der Künstlername Elton steht. Alexander »Elton« Duszat liest sie, und da klingelt es auch bei ihr. Sie hat mich erkannt, ich bin ein Promi. Das bekommt dann auch Kai zu spüren. Der darf jetzt auch am Business-Class-Schalter einchecken, weil er mein Kumpel ist. Fliegen durfte er allerdings nur Economy Class. Der Arme. Hab ich ihm eigentlich den Flug ausgegeben oder die schwäbische Firma? Wer auch immer, sparsam sind wir anscheinend beide.

Für mich wird es langsam Zeit, mir vor dem Abflug die Thrombosespritze zu setzen. Eine Flughafentoilette muss her! Zusammen mit Kai mache ich mich auf die Suche. Kai will dabei sein und filmen, wie ich mir die Spritze setze. Er meint, das könnte man doch mal auf meine Homepage stellen, das würde die Leute bestimmt interessieren. So, Klo gefunden. Zusammen quetschen wir uns in eine Kabine. Die Tür bleibt auf, da es zu zweit auf dem Klo zu eng ist. Außerdem braucht Kai ja auch Platz, um mich filmen zu können. Die Spritze sieht martialisch aus. Ein ganz modernes Ding mit so einem Federmechanismus! Ich kremple mir den Ärmel vom Pulli hoch. Und es klappt. Kai fällt darauf rein: »Ich dachte, die Spritze kommt in den Bauch?« – »Ach ja, Macht der Gewohnheit«, antworte ich und freue mich, dass ich meinen blöden Spruch platzieren kann.

Die Suche nach einer geeigneten Bauchfalte verlief relativ unproblematisch. Schließlich ist ja reichlich Auswahl vorhanden. Ich rammte mir das Ding in den Bauch. Als Kai mich dann allerdings fragte, ob es nicht sinnvoll gewesen wäre, mir die Packungsbeilage vorab durchzulesen, wurde ich schon recht sauer. Das kann man ja auch mal vorher fragen. Im

Jahr 1 nach Michael Jackson finde ich es aber auch irgendwie unnötig. Es wird ja kaum so schnell den nächsten Prominenten erwischen. Zwischen Elvis und Michael lagen ja auch 30 Jahre. Und zudem hätte ich in der Reihung überhaupt nichts verloren! Geblutet hat es nach der Spritze nur wenig. Glück gehabt. Blöd nur, dass ich plötzlich bemerkte, dass wir die Attraktion der Toilette waren. Sieht man ja nicht alle Tage, dass sich ein Promi auf einer öffentlichen Toilette eine Spritze setzt und sich dabei auch noch filmen lässt. Wobei es ehrlich gesagt nicht mein erstes Filmerlebnis auf öffentlichen Bedürfnisanstalten war. Wir hatten vor Jahren mal eine Rubrik, die hieß »Show am Klo«. Da habe ich Männern am Pissoir Fragen gestellt, und sie durften so lange antworten, wie sie pinkeln konnten. Für ein anderes Spiel versteckten wir Autoquartettkarten in einer Kabine. Und wenn einer in die Kabine ging, hab ich mit ihm durch den Türschlitz am Boden Quartett gespielt. Schön war auch das Tippspiel, ob sich einer die Hände wäscht oder nicht. Ekelhafte Show war das.

Zurück zum Flughafen. Nach unserem Toilettenbesuch gingen wir nach draußen. Kai ist starker Raucher und musste vor so einem Flug nach Übersee noch mal kräftig Dreck inhalieren. Auf einmal kam dann ein Mann auf uns zu. »Darf ich stören?«, fragte er. Natürlich durfte er. War ja eh zu langweilig, Kai nur beim Rauchen zuzusehen. »Michael K.«, sagte er. Mehr nicht. Ich hatte keine Ahnung, was der Gute von mir wollte. Kai schon. Michael K. ist ein sympathischer »Blamieren oder Kassieren«-Gewinner, meinem kleinen Ratespiel in »TV total«. Und hier stand nun sein Vater vor uns und dachte, es reicht, wenn er den Namen seines Sohnes als Codewort verwendet, damit ich weiß, mit wem ich es zu tun habe! Toll, was manche Menschen mir so alles zutrauen. Nach dem üblichen Gequatsche und Fotomachen haute Vater K. wieder ab. Oder anders gesagt, wir flüchteten rein ins Flughafengebäude. Ich stand ja da wie ein Trottel da draußen vor dem Flughafen. Ganz schön bloßgestellt von Kai, der gleich was mit dem Namen anfangen konnte. Aber wer sich keine Frauennamen merken muss, weil da grad nichts läuft, der merkt sich eben die Namen von Show-Kandidaten. Auch ein Hobby.

Als Nächstes brauchte ich einen Plastikbeutel für meine Flüssigkeiten, die ich sonst nicht mit an Bord nehmen durfte. Das nervt ja so was von. Als wenn das irgendeinen Terroranschlag verhindern würde. Am Automaten kosten die Dinger einen Euro. Wollen die mich verarschen? Die müssen doch umsonst verteilt werden. Das regt mich genauso auf wie die Frechheit, dass ich keine Flasche Wasser durch den Sicherheitscheck mitnehmen darf und direkt hinter dem Security-Bereich eine neue Flasche für 5 Euro kaufen muss. Alles Abzocke. Wenn einer zockt, dann ich. Aber das ist ein anderes Thema. Anscheinend habe ich mich bei Kai derart darüber ausgelassen, dass es auch noch jemand anders mitbekommen hat. Denn wie aus dem Nichts taucht plötzlich ein Fan auf, der zwei Beutel für mich am Automaten gezogen hat. »Da! Du verdienst ja nicht genug!« Na also, es geht doch. Vielen Dank an dieser Stelle. Die nächste Tüte geht auf mich. Ich hab ja nichts gegen Shoppen am Flughafen. Irgendwie muss man die Zeit ja rumkriegen. Ich freute mich riesig, als ich dann auch noch einen Laden mit lustigen Logo-T-Shirts im Duty-Free-Bereich entdeckte. So was mag ich. Da musste ich zugreifen. In diesem Laden gab es vier Motive zur Auswahl! Ich entschied mich für Brandt-Zwieback und

Heidi, schwankte aber noch zwischen Bärenmarke und Ahoi-Brause. Ich nahm das optisch Süßere von beidem. Also die Ahoi-Brause natürlich in der XL-Variante. Erst später merkte ich, dass der Schnitt äußert komisch war und ich besser XXXL hätte kaufen sollen. Dann gingen wir noch schön frühstücken und genossen einen leckeren Caramel Macchiato. So langsam wurden wir schon ganz schön aufgeregt. Lustigerweise setzte sich dann ein drolliges Rentnerpärchen an den Tisch neben uns. Als die Bedienung fragte, was sie gern hätten, sagte die Oma ohne Umschweife: »Ich hätte gern zwei Pils.« Darauf die Bedienung: »Kleine?« Die Oma wirkt leicht überfordert und antwortet schließlich: »Für Opa.« Ein paar Minuten später brachte die Bedienung zwei riesengroße Pils. Herrlich. Und das am frühen Morgen. So wie Opa werde ich sicherlich auch mal. Prost.

Während Opa sein Pils genoss, überlegte ich, ob ich nach meiner Spritze wirklich wagen sollte, auch eins zu trinken. Ich las noch mal den Beipackzettel. Da wird sogar auf die Gefahr einer Amnesie hingewiesen. Aber diese Warnung habe ich gleich wieder vergessen. Den netten Opa habe ich trotzdem erst mal alleine trinken lassen. Kai hat an meine Vernunft appelliert.

Vor dem Flug musste ich noch mal auf's Klo. Zum Pinkeln und um meine Kontaktlinsen reinzumachen, damit ich im Flieger besser schlafen kann. Ist so eine dumme Angewohnheit von mir. Ich könnte ja einfach auch die Brille zum Schlafen abnehmen. Mach ich zu Hause ja auch so. Aber da habe ich einen Nachttisch am Bett, und im Flugzeug weiß ich nicht, wohin mit der Brille. Ich gebe zu, es ist eine komische Angewohnheit, Linsen zum Schlafen reinzumachen, ich könnte ja einfach auch nur einen Nachttisch mit ins Flugzeug nehmen.

Zurück am Gate fragte mich dann ein Amerikaner einfach nach der Uhrzeit. Er will einfach nur wissen, wie spät es ist, sonst nichts. Es ist wunderbar, nicht erkannt zu werden. Einfach mal das Gefühl alltäglicher Fragen genießen. Ich freu mich auf die paar Tage in Los Angeles. Da kennt mich niemand. Ich wette, nicht mal Thomas Gottschalk. Da wird sich nur jeder denken: »Der kommt nicht von hier, so wie der rumläuft.« Ja, schön ich selbst sein. Alles machen, was ich will. Ich kann mich nackt auf dem Sunset Strip ausziehen. Dem Namen alle Ehre machen. Allerdings genieße ich bei den US-Cops ja keinen Promi-Bonus und entscheide mich daher, mich wohl doch besser nicht in der Öffentlichkeit nackig zu machen. Das ist im prüden Amerika wohl eher verpönt. Auf Verhaftung oder gar Klapsmühle hab ich keinen Bock. Da geh ich schon in Köln nicht hin. Ich schwelge in Gedanken und freu mich auf die Anonymität in L. A., da tippt mir Herr K. wieder auf die Schulter. Er fliegt mit seiner Rentnerkumpels-Reisegruppe zufällig auch nach Los Angeles. »Hallo, Herr G.«, ich war ganz stolz, dass ich mir den Namen habe merken können. Er sagt nichts und glotzt nur blöd. Also nenn ich ihn weiter so, auch wenn Kai mich gleich wieder beiseitenimmt und mich verbessert. Herr K. will ein Bier ausgeben. Ich stürze meins so schnell wie möglich runter. Ja, da haben sie alle gestaunt. Herr K. ist damit übrigens schuld, dass sich in meinem Körper nun doch Thrombosespritze und Bier mischen.

Zum Glück flog ich ja Business Class. Weit weg von Herrn K., der hinten in den Flieger einsteigen musste. Im Flieger hatte ich dann meine Ruhe, auch wenn ich nicht wirklich durchschlafen konnte. Das Bier hat nichts geholfen. Gerade mal 5 Stunden konnte ich dösend überbrücken. Als ich Kai in L. A. mein Leid klagte, hatte er nur wenig Mitgefühl. Er meinte, bei ihm in der Economy Class wäre schlafen gar nicht möglich gewesen. Er erzählte mir was von ungemütlich. Tja, selbst schuld. Er wollte ja unbedingt ohne Spritze und Bier über den Atlantik fliegen. Aber er muss ja immer alles besser wissen. In meinen Wachphasen habe ich einen Film geschaut. Den Titel habe ich vergessen. Natürlich. Nebenwirkungen Amnesie. Das stand ja schon auf dem Beipackzettel. Dabei hatte ich ja nur das eine Bier mit Herrn K. getrunken. Okay, erwischt. Im Flugzeug hab ich mir noch einen Gin Tonic gegönnt. Ich weiß, das hätte ich nicht machen sollen. Aber Christina, die Stewardess, hatte mich so nett gefragt.

Gegen 16 Uhr Ortszeit L. A. sind wir dann gelandet. Und weil ich so ein toller Fluggast war, gab es zum Abschied von Christina kurz vor der Landung noch ein Glas Champagner mit lecker Erdbeeren. Lecker war aber auch der Geruch in der Flughafenhalle. Überall duftete es nach Pancakes. Das ist Amerika. Herzlich willkommen. Welcome to the USA.

Bei der Einreise fragte mich der Zollfahnder nach Früchten. Ich hatte die Erdbeeren aus dem Champagnerglas alle aufgegessen und nicht als Erinnerungsstück in meinen Koffer gepackt. Ich durfte also einreisen und musste nicht nach Guantánamo Bay. Glück gehabt. Nach etwa einer Viertelstunde Warten und Pancakes-Geruchbombardierung fuhr dann eine schwarze Stretchlimo vor. Im Fenster hatte die sogar ein Schild mit meinem Namen drauf – »Mr. Alexander

Duszat«. Wahnsinn. Das war also meine Limo. Den Kai nahm ich natürlich trotzdem mit. Der Fahrer stellte sich vor als Clyde. Wie Bonnie und Clyde. Das kann man sich ganz leicht merken. Er sollte uns ins Hotel bringen! Das SLS Beverly Hills! Ein Traum!

Ich bin seit neuestem Mitglied in so einem Hotel-Bonuspunkte-Club. Leider hatte ich meine Clubkarte nicht mit nach L. A. genommen. Das ist für mich aber lange noch kein Grund, auf meine Bonuspunkte zu verzichten. Ich war mir sicher, die freundliche Dame an der Rezeption könnte mich auch anhand meines Namens finden. Sie fragt mich nach meinem Wohnort. Ich antwortete: »Köln«. Oder musste ich in den USA »Cologne« sagen? Mal abwarten, ob sie etwas findet. Sie tippt und klickt und tippt und klickt und sagt dann etwas, was sich so anhört: »I have only Overräss!« Ich muss lachen. Das ist sehr lustig. Ich stehe in L. A. und die nette Dame findet mich tatsächlich. Mit »Overräss« meinte sie nämlich meinen Wohnort Overath. Was muss ich Vollidiot auch Köln sagen? Ich wohne in Overath. Und nicht in Köln. Auch in L. A. macht man da Unterschiede. Während die Dame da jedenfalls noch beschäftigt war, fragte ich sie, für was denn die Buchstaben SLS im Namen des Hotels stehen. Ein bisschen Smalltalk. Einfach irgendwas labern. Sie klärte mich auf, dass jeder daraus machen könnte, was er wolle! So hängt im Hotel eine große Tafel, auf der die besten Redewendungen zusammengefasst worden sind! Ich entschied mich für »Silly Little Sings«, weil überall bekloppte oder so ultra moderne Designgegenstände rumstanden. Auch in meiner Junior Suite, die ich mir mit Kai teilte.

Wir wollten den Abend relaxed angehen lassen. Also warfen wir uns erst mal auf's Bett und chillten ein bisschen, bevor wir später in eine Bar neben dem Hotel gingen. Auch hier war alles vollgestopft mit »silly little sings«. Überall Lampen, Stühle und Sofas. Ich mag einfach keine Sofas mit Kuhfellbezug und Stühle mit Elchgeweih-Armlehnen. So was find ich scheiße. Auch die Tische nerven mich. Denn auf jedem einzelnen stand ein »Reserviert«-Schild. Die sind doch bekloppt! Wenn ich einen Platz will, nehme ich mir den. Also ließ ich ein Schild unauffällig verschwinden. Wir saßen noch keine Minute, schon kam ein hektischer Sicherheitsmitarbeiter angerannt und raunzt uns an: »Are you with Mitch?« Ich verneinte, und er überlegte offensichtlich, wie er uns am besten rauswerfen konnte. Vielleicht hat mein St.-Pauli-Outfit an diesem Abend auch einfach etwas unter dem offiziellen Dresscode der Bar gelegen? Naja, aber wir flogen nicht raus, und nach ein paar Minuten kam dann schließlich auch eine Bedienung, um unsere Bestellungen aufzunehmen. Sehr ungewöhnlich war allerdings, dass sie auch gleich meine Kreditkarte mitnahm! Danach kamen zwar die Drinks, aber die Kellnerin sah ich nicht wieder. Ich hatte schon etwas Angst um meine Kreditkarte. Also frage ich mal nach. Es stellt sich raus, dass es hier so üblich ist, die Karte zu behalten, bis der Gast die Bar verlässt. Es sind wohl schon zu viele St.-Pauli-Fans abgehauen. Kein Wunder bei Preisen von 10 Dollar für ein Bier und 22 für einen Gin Tonic. Viel zu krass! Naja, aber auch wenn es etwas preiswerter gewesen wäre: Der Laden war einfach nicht unser Fall, und so machten wir uns nach unseren Drinks auf in den Silver Reign Gentleman's Club. Das muss ein guter Laden sein, schließlich ist es eine Empfehlung, die ich von einem L.A.-Insider bekommen habe. Aber ich bin ja nicht blöd. Bevor ich mich in meinem Pauli-Shirt in einen weiteren Laden chauffieren ließ, bat ich den Concierge im Hotel, mal eben telefonisch im Gentleman's Club zu erfragen, ob es dort einen Dresscode geben würden. Die Antwort lautete: »Es gibt eigentlich keinen Dresscode. Shorts sind allerdings nicht so gern gesehen!« Shorts hatten wir beide keine an. Also nichts wie hinein ins Taxi auf die Rückbank eines nicht so nett aussehenden russischen Taxifahrers. Mit ihm düsten wir abseits der großen Straßen durch das nächtliche L. A., immer schön durch enge dunkle Seitenstraßen. Wir hatten ein echt seltsames Gottvertrauen, bis uns Kollege Oleg schließlich nach einer Fahrt für knapp 25 Dollar am Silver Reign absetzte. Der Tipp des L. A.-Insiders schien voll ins Schwarze getroffen zu haben. Der Club lag in einer dunklen Seitenstraße – oder wie nennt man die Farbe, die auf der Farbskala kurz vor Pechschwarz kommt? Wir hatten echt ein bisschen Schiss. Naja, ich eher weniger. Ich rede hier natürlich nur von Kai. Doch der Türsteher wirkte netter als die Gegend, in der er arbeitete. Jedenfalls erfuhren wir von ihm, dass im Club noch Happy Hour ist und der Eintritt gerade mal 10 Dollar kosten sollte, »fully nude service« inklusive. »Na, wenn das nicht noch ein schöner Abend wird!« Man konnte die freudigen Comic-Gedankenblasen vor unseren Köpfen geradezu sehen. Es macht Pling vor meinem Schädel und Plop über Kais Scheitel, wir mussten grinsen und wussten beide, warum. Schien ein Spitzentipp zu sein. Im Club gab es allerdings keinen Alkohol. Eine sehr merkwürdige Getränke-Politik, die die Amis da in ihren Clubs praktizieren. Aber bitte. Es kam aber noch schlimmer. Denn während ich mir überlegte, ob ich mir eine Cola oder eine Fanta bestelle, schaute ich mir den Laden mal genauer an. In was für einem abgeranzten, abgefuckten Schuppen sind wir denn da gelandet? Nur mal angenommen, dass sich hier eine »fully nude«-Lady zu einem Typen setzt und sich auf einen Drink einladen lassen will. Was bestellt die dann? In Deutschland ganz klar einen Champagner. Aber das ist ja unbestreitbar Alkohol. Also lassen sich die Damen hier auf eine Diet Coke einladen? Und was kostet die dann? Ich bestellte eine Cola und bat die nette Bedienung, uns die nötigen 1-Dollar-Noten als Wechselgeld rauszugeben, um sie den Ladys in den nicht vorhandenen Schlüpper zu stecken! Ich war echt gespannt auf das, was noch kommen sollte. Ich traute dem Laden einfach nicht. Einen ähnlichen Laden habe ich mal in Berlin mit meinen Autoren besucht. Wir waren beim ersten Bundesvision Song Contest auf Tour durch alle Bundesländer, um für »TV total« Filmchen zu drehen. In jedem Land hatte ich eine andere Aufgabe. In Berlin war es die, einen Tag lang im Berliner Friedrichstadtpalast zu arbeiten und eine Rolle in einem Musical einzustudieren. Einen Bischof sollte ich spielen. Ich weiß noch, dass ich purpur angezogen war und sehr schlimm aussah. Auch viele Jahre nach der Wende erschien mir im ehemaligen Prunk-Varieté-Theater der DDR noch alles absolut DDR-mäßig organisiert zu sein. Das war unfassbar. Alle an der Show beteiligten Künstler kamen aus osteuropäischen Staaten, und die wenigen Deutschen, die im Theater arbeiteten, hatten mit Sicherheit beim Zubettgehen noch zu Margot Honecker gebetet. Das war wirklich wie eine Reise in die Zeit vor der Wiedervereinigung. Eine Ostsippe vor dem Herrn. Schlimm war das. Aber nicht ganz so schlimm wie der Tabledance-Schuppen, in den wir dann am Abend nach der Show gegangen sind.

Der Laden war direkt um die Ecke vom Friedrichstadtpalast, und wir wollten eigentlich nur ein Feierabendbier trinken. Die Frauen, die da tanzten, waren so furchtbar, dass wir unser Bier mit dem Rücken zu ihnen tranken. Nur einer meiner Jungs schaute sich die Show wirklich an. Und das will was heißen. Eigentlich steht er nicht so auf das, was er da an der Stange zu sehen bekommt. Aber er hat es sich gegeben. Fachmännisch bemerkte er dann auch treffend: »Mein Gott, sind die hässlich hier.« In seiner gewohnt liebenswerten Art allerdings so laut, dass nicht nur wir das zu hören bekamen. Merkwürdigerweise blieb das aber ohne Konsequenzen, die Damen schienen es gewohnt zu sein. Nun ja, in L. A war er zum Glück nicht dabei. Ich musste an ihn denken, als sich die erste Dame im Gentleman's Club an der Stange zu schaffen machte. Zum Glücke saßen wir weit genug weg von der Bühne. So konnte ich mir noch einreden, dass Schönheit über die Distanz verloren geht. Sie sah wirklich nicht gerade gut aus, obwohl sie, wie am Einlass versprochen, »fully nude« war. Leider. Gleiches galt für die zweite Tänzerin, die kurz darauf die Bühne betrat. Die gefiel uns noch weniger, was als Anlass genommen wurde, den Club wenige Minuten später zu verlassen. So standen wir wieder draußen auf der pechschwarzen Straße und warteten auf ein Taxi. Inzwischen war ich mir sicher, dass sich die Ladies im Club nicht auf eine Diet Coke einlassen würden. Sie bestellen ganz sicher eine normale Coke XXL. Gegenüber vom Gentleman's Club entdeckte ich einen Staples-Büromarkt, der 24 Stunden geöffnet hat. Eine gute Geschäftsidee. Ich kann mir durchaus vorstellen, dass in diesem Viertel viele Menschen mal mitten in der Nacht tierisch Bock auf eine Packung Büroklammern haben. Der Laden brummt bestimmt. Wahrscheinlich haben die bei Staples auch einen »fully nude service«. Und wenn nicht, auch egal. Ich werde mich demnächst auch als L. A.-Insider ausgeben und dies einfach behaupten. Das Taxi kam und im Hotel wartete unser Bett. Wenigstens das war gemütlich. Doch bevor ich schließlich schlafen ging, checkte ich noch eben meine Mails und schickte allen meinen Freunden eine Empfehlung für den Staples-Markt, den sie unbedingt besuchen sollten, wenn sie demnächst mal in L. A. sein sollten.

Irgendwann schlief ich jedenfalls ein und musste einen schnarchenden Kai neben mir ertragen. Ätzend! Aber ich bin ja selbst schuld. Ich denk halt immer, es ist cool, sich mit dem besten Kumpel ein Zimmer zu teilen. Ist es auch – aber nicht in jeder Situation. Ganz selten beim Schlafen, aber immer zum Labern. Das auf jeden Fall. Und so konnten wir uns, wenn wir nicht gerade schnarchten, schön die Vorfreude auf unsere erste Party in der Playboy Mansion teilen.

Nächster Morgen: Nach dem Duschen gingen wir erst mal lecker amerikanisch frühstücken. Ich liebe Scrambled American Eggs mit Bratkartoffeln und Speck. Dazu ein lecker Sandwich mit Hühnchen, Kaffee, Orangensaft und Früchten. Nur Grillen ist besser. Aber das wäre morgens einfach zu hardcore! Nach dem Frühstück ging es zu einer Sightseeing-Tour. Auf nach Hollywood! Wir fuhren mal wieder Taxi – für 25 Dollar. Anscheinend kostet jede Fahrt in L. A. so viel. Naja, jedenfalls machten wir die klassische Touri-Tour: Hollywood Boulevard, Chinese Theatre, Kodak Theatre, und natürlich führten wir uns am Walk of Fame wie typische Touris auf. Ich könnte wetten, diese bescheuerten abfotografierten Sterne schaut sich zu Hause kein Mensch mehr an. Wie langweilig die doch eigentlich sind, aber wenn man schon danebensteht, dann fotografiert man es eben. Ein paar Sterne sind übrigens noch frei. Ich kann es also noch schaffen. Weiter ging's im Touri-Programm: Wer Walk-of-Fame-Sterne fotografiert, der geht auch ins Wachsfigurenkabinett von Madame Tussauds. Also, wenn man die Dame schon mal in London besucht hat, dann ist ihr L.A.-Ableger recht enttäuschend. Es sind kaum Figuren da, und die Atmosphäre ist ziemlich komisch. Was sich aber ändert, wenn man die wahren Qualitäten von Madame Tussauds L. A. erkannt hat. Hier ist es nämlich viel, viel lustiger, weil man alle Figuren richtig anfassen kann. Nach anfänglichem Zögern hatten wir bemerkt, dass kaum Überwachungspersonal vorhanden war und man tatsächlich mit den Figuren anstellen konnte, was man wollte! So machten wir sehr lustige, möglichst anzügliche Fotos – ganz besonders mit den weiblichen Figuren. J.Lo, Jennifer Aniston, Kylie – ja, mit allen. Außerdem stellte ich fest, dass auch dem »echten« Elton John die St.-Pauli-Kappe sehr gut steht. Das musste gefeiert werden. Wer hätte das gedacht. Da trägt man jahrelang den gleichen Namen und dann plötzlich auch noch die gleiche Mütze. Zeit für ein Bier. Schließlich ist ja schon 12 Uhr mittags. In Deutschland ist da schon Abend, und mein Körper ist noch auf deutsche Zeit gepolt. Da kann man schon mal um 12 Uhr die Korken knallen lassen. Prost Elton! Ich entschied mich für einen schönen Platz draußen in der Sonne direkt am Boulevard. Kai behauptet bis heute, dass ich in diesem Moment meine erste Autogrammstunde in den USA für deutsche Touris geben wollte. Ich versichere jedoch, dass ich einfach nur ein bisschen Passanten beobachten wollte. Schöner Nebeneffekt sollte sein, dass Kai durchaus ein bisschen Farbe vertragen konnte, bevor er am Abend zum Partyhengst bei Hugh Hefner werden sollte. Kai grillte also ein bisschen, und ich amüsierte mich über die beiden Mädels, die zweimal an uns vorbeiliefen, wohl nur um sicherzugehen, dass ich es wirklich bin und keine Figur aus dem Wachsfigurenkabinett, die zum Biertrinken nach draußen auf die Straße gesetzt wurde. Schließlich standen sie in sicherer Entfernung so 100 Meter von meinem Tisch entfernt und lächelten blöd süß. Ich winkte sie an den Tisch, damit sie und wir nicht weiter auf das unvermeidliche Foto warten mussten. Anschließend zogen wir dann weiter ins Hooters, um ein bisschen was zu essen. Wirklich. Die gleiche Idee hatte ganz offensichtlich auch Herr K., den wir dort freudestrahlend mit seiner Rentnercombo wiedertrafen. Die Lage war aussichtslos. Es gab kein Entkommen. Die Rentner waren schon feuchtfrivol am Feiern, so dass uns nichts anderes übrig blieb, als auch auf Bier umzusteigen, statt zu essen. Irgendwie mussten wir uns die K.-Minuten ja erträglich gestalten. Wie viele Menschen leben eigentlich in Los Angeles? War dieses Wiedersehen nicht eine Art Sechser im Lotto? Für Herrn K. also Grund zur Freude, weshalb er auch im Hooters zahlreiche Fotos von uns schießen ließ. Glücklicherweise aber auch mit ein paar Hooter-Mädels, die entweder komische Vornamen wie »Princess« trugen oder gar keinen hatten und sich einfach »McKenzie« nannten! Als wir genauso angetrunken waren wie Herrn K.'s Reisegruppe, machten wir uns wieder auf den Weg zum Hotel. Komischerweise kostete das Taxi diesmal 25 Dollar. Lustig, dieses Los Angeles. Im Hotel schlug ich Kai eine Runde Pool-Action vor, statt angeheitert im Zimmer rumzuliegen. Schließlich war es erst

14 Uhr Ortszeit. Aufgrund der Zeitverschiebung hatten wir also noch eine lange Partynacht vor uns. Das bedeutete, wir würden noch lange auf den Beinen sein. Daher war ich von der im Hotel angebotenen Fußmassage auf dem wirklich schönen Sonnendeck begeistert. Mit einem Mojito machte die sogar noch mehr Spaß. Um mich herum rauchten derweil dicke braungebrannte Amerikaner ebenso dicke Zigarren. Irgendwie tat das da jeder. Man hätte fast meinen können, es sei eine Pflicht, wenn man sich dort am Pool aufhalten möchte. Aber ich bin ja Nichtraucher.

Nach vier Stunden am Pool hatten wir dann auch genug, uns einen ordentlichen Sonnenbrand geholt und für 200 Dollar Mojito in uns reingeschüttet. Oben im Zimmer rannte Kai wie ein Verrückter auf's Klo. Als er dann wieder rauskam, fragte er verwundert, ob ich denn nicht pissen müsse bei all dem Bier und den Mojitos. Ich grinste und sagte: »Nein, ich hab den Nachmittag über mindestens dreimal in den Pool gemacht.« Kai glaubt so einen Schwachsinn natürlich und schaute mich angewidert an. Während er seine E-Mails checkte, ging ich auf's Klo und legte mich dann in die Badewanne, um mich anschließend für die Girls der Playboy Mansion in Schale zu werfen.

Die Rübe hatten wir dann doch schon mehr als nur angeheitert. Im Magen hatten wir bis dahin allerdings immer noch nichts. Denn außer dem Frühstück hatten wir nichts gegessen. Eine Stunde später kam dann der Fahrservice, der uns zur Party des Jahres bringen sollte. Wir stiegen standesgemäß in einen Rolls Royce ein. Playboy Mansion, wir kommen! Kaum angekommen trafen Kai und ich sofort auf bekannte Gesichter. Die Kollegen von der ProSieben-Lifestyle-Sendung »red!« waren vor Ort. Natürlich hatte uns der schwäbische Partyveranstalter nicht ohne Grund eingeladen. Er wollte PR, also lächelte ich in die Kamera und erzählte irgendeinen Blödsinn, während 20 leicht bekleidete Damen an mir vorbeiliefen. Eine von ihnen stellte sich als »Morgan« vor. »Guten Morgan«, sagte ich und sie fand mich unheimlich lustig. Wie leicht diese Mädels doch zu beeindrucken sind! Dann sollte doch auch Kai es schaffen, hier endlich eine geeignete Frau für sich zu finden, oder? Nach ein paar weiteren »Guten Morgan«-Witzen ging es auf ins Heilige Land. Hinein in den Traum aller, nennen wir es beim Namen, Wichser. Der erste Eindruck war umwerfend. Die sagenumwobene Grotte, ein unfassbar geiler Pool, ein Zigarrenstand, und überall Bars und Mädchen an Pole-Stangen! Ich war nicht der Einzige, dem das gefiel. In einer chilligen Outdoor-Lounge saßen mehrere Partypeople aus Deutschland, und ich setzte mich dazu. Kai holte sich in der Zeit was zu essen. Erstaunlicherweise hatte ich plötzlich gar keinen Hunger mehr und blieb beim Gin Tonic. Kai kehrte mit Spätzle zurück. Spätzle in Los Angeles. Der schwäbische Partyveranstalter hatte echt an alles gedacht. Nur die wirklich attraktiven Frauen hatte ich noch nicht entdeckt. Das muss man sich mal geben. Da ist man im Inner Circle aller Männerträume, mitten in Hefners Playboy Mansion, und es ist nicht annähernd so spannend, wie man sich das im Kopfkino so zusammendenkt. An dieser Stelle noch mal vielen Dank an meine Frau, dass sie mir vertraut, wenn ich erzähle, dass ich mit Kai auf eine schwäbische Spätzleparty nach Los Angeles fliege. Sie hat nie gesagt, dass ihr das nicht passt. Sonst wäre ich natürlich nicht geflogen.

Dann meinte der Veranstalter, es wäre Zeit für einen Rundgang. Da waren Kai und ich natürlich mit am Start, um die Mansion mal näher abzuchecken. Vor allem nachdem sich Miss April (oder August oder Oktober?) bereit erklärt hatte, uns alles mal zu zeigen. Ich hatte wirklich ihren echten Namen und ihren Monat vergessen. Aber das muss man mir verzeihen. Sie war eben der erste Schuss, der uns an diesem Abend begegnete. Ihr Miss-Titel stammt aus dem Jahr 2004. Das konnte ich mir merken. Reicht ja auch. Sind ja nur 12 Hefte, die ich da durchblättern müsste, um sie zu finden.

Unsere Führung begann im Privatzoo von Herrn Hefner, wo es Papageien, Affen und auch echte »Bunnies« gibt. Durch den Park kamen wir zum Tennisplatz, der von drei monströsen Satellitenschüsseln umrandet ist. Herr Hefner ist angeblich ein großer Box-Fan und kann mit dieser Satellitenanlage rund um die Uhr Boxkämpfe aus aller Welt empfangen. Kann ich nachvollziehen, dass man so etwas braucht, um sich in der Mansion nicht zu langweilen. Ich würde mir die Zeit ja eher im Gamehouse der Mansion vertreiben, wenn ich sonst nichts zu tun hätte. Das Gamehouse folgt nach einem weiteren Walk durch den Park am anderen Ende der Tennisanlage. Dort gibt es eine Handvoll Playboy-Themen-Flipper, Old-School-Videospiele und einen Billardtisch. Alles, was ein Mann sich wünscht. Ein bisschen veraltet und abgenutzt. Aber das galt ja auch für all die Bunnies, die mir bisher an diesem Abend begegnet waren – außer Miss April (oder August oder Oktober?) 2004. Am hinteren Ende des Gamehouse entdecke ich eine Tür. Miss Irgendwas 2004 wollte meine Frage, was sich dahinter verbirgt, allerdings nicht so recht beantworten. Sie meinte, dahinter sei »another playroom with a lot of mirrors«. Wenn die Türe verschlossen sei, so wie jetzt gerade, sei das Zimmer offensichtlich besetzt, und man dürfe nicht stören. Interessant. Da fiel mir ein, dass ich den Gastgeber des Abends, Herrn Hefner, immer noch nicht getroffen hatte, und ich kombinierte: keine schönen Frauen auf der Party, kein Hugh Hefner bisher gesichtet und eine ominöse verschlossene Tür ... Wenn das mal nicht bedeutete, dass er sich da grad am Vergnügen war! »Nicht stören« – das ist für mich doch nur ein Ansporn, es zu tun. Ich klopfte an die Türe und meinte, ein »come in« gehört zu haben. Also riss ich die Tür, ohne zu zögern, auf. Da saß da ein junger Mann auf einem Sessel und beobachtete zwei attraktive, nackte Blondinen beim Aneinanderreiben und Rummachen. Da entschied ich mich, der Aufforderung »come in« doch nicht zu folgen. Kurz schauen war okay, aber dann schnell weg. Da hätte Kai mal lieber anklopfen und reingehen sollen! Der darf doch. Traute sich aber natürlich nicht. Also gingen wir mit unserer kleinen Sightseeing-Truppe weiter Richtung Grotte. Von der weltberühmten Playboy-Grotte war ich dann jedoch etwas enttäuscht. Im Prinzip ist die Grotte ein Whirlpool mit einem Kuppeldach aus gefakten Steinen. Die gefühlte Temperatur liegt bei 60 Grad Celsius, und nicht mal eine Blondine präsentierte sich im Wasser. Ein tolles Ende unserer Tour. Denn ins Haus selbst durften wir nicht. Erst nach 23 Uhr, denn um diese Zeit würde Hugh Hefner bereits schlafen. Kein Wunder, dass wir ihn auf der Party nicht entdeckten. Schließlich hatten wir schon 22:50 Uhr. Während ich dachte, er vögelt noch irgendwelche geilen Blondinen, machte sich der Partyhengst-Opi schon bettfertig. Bei der Party kann man aber auch nur schlafen gehen. Denn so richtig in die Gänge kam die nicht. Das lag unter anderem daran, dass die etwa 100 anwesenden, spärlich bekleideten Damen doch sehr wie Transen wirkten. Mit Lorielle London hätte ich auch zu Hause feiern können. Irgendwie hatte ich mir das alles anders vorgestellt. Am besten gefallen hatten mir bis dahin die in die Jahre gekommenen Flipper im Gamehouse. Also beschlossen wir, dorthin zurückzugehen. Aber erst noch kurz auf's Klo, aufs Dixi-Klo. Ja, da standen tatsächlich Dixi-Klos auf dem Gelände. Ich sage es noch mal, die schwäbischen Gastgeber haben an alles gedacht. Und wer will denn schon, dass die Klospülung in der Villa den guten Opa Hefner aus dem Schlaf reißt? Das will man ja nicht riskieren. Anschließend flipperten wir ein paar Runden und suchten uns dann ein lauschiges Plätzchen mitten im langweiligen Partygeschehen. Leider blieb das Plätzchen nicht lange so lauschig, da die schwäbischen Vorstände plötzlich mit uns feiern wollten. Mit in der Runde war auch der weltberühmte Pornostar Ron Jeremy, der angeblich »Auto-Fellatio« beherrscht. Irgendwas muss er ja haben, um es zu seinem Weltruhm gebracht zu haben. Schön ist was anderes. Einfach mal googeln. Unmöglicher Typ. Finden die Schwaben übrigens nicht.

Noch schlimmer war aber ein ebenfalls aus Süddeutschland stammender und jetzt in L. A. residierender DJ – ein selbst ernannter ›Godfather of House‹! Dieser doch recht attraktive junge Mann versuchte den ganzen Abend hinter das Geheimnis meines ›unfassbaren Erfolges bei Frauen‹ zu kommen – wie er es nannte. Interessant zu hören. Ist das so unglaublich, dass Frauen mich vielleicht nett finden? Naja, da war wohl wer neidisch auf den kleinen Elton! Ja, dies ließ er durchblicken: »Die mögen dich doch, weil du so klein, dick und süß bist«. Stimmt ja auch, aber was geht das diesen DJ an? Nichts. Er gab aber nicht auf und wirkte wie ein investigativer Journalist auf Drogen, was mich allmählich echt zu nerven begann. Wer mich nervt, dem verrate ich das Geheimnis meines Erfolges auch nicht. Nicht nur weil er nervte und unsere Wodka-Flasche leer gesoffen hatte, sondern vor allem halt auch, weil ich es nicht kenne. Selber schuld, der DJ.

Die Party kam indes ein bisschen in die Gänge, was auch daran lag, dass Tommy Lee, Pamela Andersons Ex-Mann, sein DJ-Set antrat. Besser gesagt, ein anderer Typ hat aufgelegt, und Lee hat auf irgend so einem Gerät ein paar Knöpfe gedrückt und ein bisschen auf den Laptop geguckt. Auch so kann man sein Geld verdienen. Der Party hat es jedenfalls gut getan, denn immerhin fingen 20 Unterwäsche-Tanten an, zu seiner Musik zu tanzen. Das war einigermaßen schön anzusehen. Viel gehört von der Musik hat man jedoch nicht. Dies lag an den Dezibel-Begrenzern, die die Vermieter der Playboy Mansion in die Verstärker eingebaut hatten. Man sagt ja, Lautsprecher können noch lauter werden als Toilettenspülungen, und deswegen ist es schon sehr weitsichtig, diese Begrenzer einzubauen. Irgendwann drehte Tommy Lee aber so auf, dass die Begrenzer den Geist aufgaben. Ja, und die Boxen auch. Totenstille. Die Musik war plötzlich aus. Herr Lee meinte wohl, man habe ihm den Saft abgedreht, und dampfte wutschnaubend ab. Ich glaube, das war inszeniert, weil ihm die Party schlicht zu blöd war. Vielleicht war es aber auch ein Schlussgag made in Hollywood. Fünf Minuten später ging jedenfalls das Licht in der Parkanlage an. Ein Uhr morgens, Zeit aufzuhören, bevor der Rentner zum Frühsport Gebrauch von seinem Park machen würde. Alles Verarschung irgendwie. Zum Abschied habe ich dann doch noch einen 70-Jährigen entdeckt, der mit zwei Dumpfbacken-Blondinen in einer Limousine in die Nacht verschwand. Wenigstens ein kleiner Mythos, der sich mir bestätigte.

Am Ausgang fanden wir es lustiger und spannender, statt in ein Taxi in einen Bulli zu steigen, der abfahrbereit am Tor der Mansion wartete. Keiner wunderte sich, als wir Platz nahmen, und so harrten wir der Dinge, wohin die Fahrt nun gehen würde. Wir landeten zusammen mit einer uns fremden Gruppe am Beverly Hills Hotel, irgendwo im Nirgendwo. Ein wenig rat- und planlos standen wir inmitten deutschsprachiger Kollegen, die nur von der schwäbischen Firma sein konnten. Sie erkannten uns allerdings erst im hell beleuchteten Straßenbereich vor dem Hotel. Voller Vorfreude auf das, was nun kommen könnte, fragte mich der Kollege Oberschwabe plötzlich, warum ich eigentlich so einen Schlag bei Frauen hätte. Alles klar. Hier sollte also alles wieder von vorne beginnen? Ich sehnte mich zurück zu meinem DJ.

Die Schwaben luden uns noch zu sich an den Pool ein. Das klang schon verdammt verlockend. Mitten in der Nacht. Angetrunken. »Elton, du schwule Sau, let's have fun«, schrie mir dann irgendwer viel zu laut ins Ohr und klopfte mir dabei viel zu fest und verschwitzt auf die Schulter. Okay, doch kein Bock. Also machten wir uns auf den Weg zu unserem Hotel. Polnische Verabschiedung. Einfach weg.

Leider hatten wir keine Taxinummer, und auch das iPhone konnte nicht so schnell weiterhelfen. Wichtig war es trotzdem, schnell wegzukommen, also liefen wir erst mal orientierungslos ins Dunkel der Nacht von dannen. Einfach weg von den Schwaben. An der nächsten Kreuzung trafen wir dann glücklicherweise eine hübsche junge Frau, die genau das machte, was wir nach dieser Party in der Playboy Mansion auch wollten. Sie stand einfach da und versuchte bei der Taxizentrale einen Wagen zu bestellen. Sie war die Frau mit der Nummer, die wir nicht hatten, und es kam noch besser. Sie musste genau in unsere Richtung. Das nenn ich mal Zufall. Megan Last war ihr Name, und sie bestritt hartnäckig, mit James Last verwandt zu sein. Verständlich! Sie war trotzdem ein sehr nettes Mädel, und das nicht nur, weil sie uns mitnahm, sondern weil sie auch versprach, uns eine Mail mit wirklich guten L. A.-Insidertipps zu schicken. Für das nächste Mal. Zum Abschied gab ich ihr 25 Dollar. So viel kostet ja jede Taxifahrt in L. A., und zudem, so meinte Kai, sei das auch ein ganz guter Preis für die einzige Nummer dieser Playboy-Mansion-Nacht, auch wenn es nur die eines Taxiunternehmens war.

So richtig rund ist meine Mission »Elton bringt Spaß ins Leben des Junggesellen Kai« also nicht gelaufen. Von wegen »Land der unbegrenzten Möglichkeiten«. Ich hab Kai das nie gesagt, aber wenn er nicht mal in Amerika, in der Playboy-Mansion, zum Schuss kommt, dann sehe ich echt schwarz für den Armen. Das ging mir durch den Kopf, als wir am nächsten Tag am Flughafen wieder in der Schlange zum Security-Check standen. Ich überlegte, wie ich ihn aufmuntern könnte, und wollte ihm gerade anbieten, mir gegen das Schienbein zu treten oder mir sonst irgendwie Schmerzen zu seiner Erheiterung zuzufügen, da bekam ich Panik. Denn beim Thema Schmerzen fiel mir ein, dass ich vergessen hatte, mir meine Thrombosespritze zu setzen. Nur weil der Rückflug wesentlich unspannender und ohne Vorfreude ist, hindert das doch mein Blut nicht daran, trotzdem Gerinnsel zu bilden. Und mein Dilemma war, dass ich die Spritze noch im Handgepäck hatte, sie ja aber aufgrund der Sicherheitsbestimmungen schlecht mit durch die Kontrolle nehmen konnte. Da hätte ich ja doppelt gegen die Vorschriften verstoßen. Ein scharfer Gegenstand und dann noch Flüssigkeit. Na gute Nacht. Das bedeutet doch in den USA bestimmt direkt Guantánamo. Die Schlange am Security-Check war jedoch ellenlang. Hätte ich mich da wieder rausgekämpft, die Spritze gesetzt und neu angestellt, hätte ich womöglich den Flieger verpasst. Also setzte ich alles auf eine Karte und bereitete mich vor, den dummen, deutschen Thrombosekranken zu spielen. Natürlich entdeckten sie im Röntgengerät meine »Waffe«, und ein großer, kräftiger Sicherheitsbeamter kam mit meiner Tasche auf mich zu: »Entschuldigen Sie, Sir!« Ich wollte schon meine Hände hinter dem Kopf verschränken, wie ich das aus amerikanischen Filmen kenne, da holte er eine kleine Plastiktüte hervor und gab sie mir. »Die Flüssigkeit müssen Sie in diesen Beutel packen.« Das war alles. Die Spritze durfte ich behalten und konnte sie mir nun wahlweise in den Bauch oder dem Piloten in den Hals stechen. Oder, alternativ, als richtig guter Freund, auch eine Stewardess mittels Spritze zum Sex mit dem armen Kai überreden. Aber sowohl Flugzeugentführungen als auch Nötigung sind nicht so mein Ding. Schon gar nicht, wenn ich dabei Gefahr laufe, Thrombose zu kriegen. In der Toilette am Gate durfte Kai mir dann zur Feier des Tages die Spritze in den Bauch jagen. Mein Leben war gerettet und Kai irgendwie doch noch zum Stich gekommen.

TOP 5 AM KAPITELENDE

5 Dinge, woran Sie erkennen, dass Sie auf einer guten Party sind:

Platz 5:

Sie spielen Strip-Poker und ein All In wird grundsätzlich gecallt.

Platz 4:

Sie behaupten den ganzen Abend, dass Sie gehen, wenn Sie Ihre Hose gefunden haben.

Platz 3:

Es gibt Essen.

Platz 2:

Auf dieser Party ziehen Sie los mit ganz großen Schritten und Erwin fasst der Heidi von hinten an die Titten – und nicht an die Schulter, was sich im Übrigen auch viel besser reimt.

Und auf Platz 1 der Dinge, woran Sie erkennen, dass Sie auf einer guten Party sind: Sie rufen »come in«.

Schimpansen im Wohnzimmer

Ich sitze rum und wechsle zwischen Videotext, Internet und Fernsehnachrichten. Was ist denn nun? Können wir fliegen oder nicht? Die Koffer sind gepackt. Schwiegermutter war da, und alle T-Shirts sind frisch und gebügelt. Ich bin bereit und will los. Ich freu mich auf ein paar Drehtage mit Charlotte Engelhardt und mit den Jungs. Das hatten wir lange nicht mehr. Es muss eine Ewigkeit her sein, dass ich mit meinen »TV total«-Autoren unterwegs war. Alle Drehs waren immer nur in Köln, die Standards, nichts Besonderes. Schade eigentlich. Und jetzt, wo es endlich mal wieder so weit ist, muss dieser unaussprechliche Vulkan in Island Asche in den Himmel pusten.

Stunde um Stunde wird das Flugverbot verlängert, und Schwiegermutter will fast schon wieder Wäsche waschen, weil sie meint, meine sauberen T-Shirts seien inzwischen bestimmt auch voller Asche. Natürlich. Im Koffer und bei blauem Himmel über Deutschland sauen so T-Shirts sich gerne mal über und über mit Asche ein. Wer kennt sie nicht, die rauchenden und saufenden T-Shirts, die man in gepackten Koffern mit sich rumträgt. Die armen T-Shirts, voll die Kettenraucher. Aber was soll man auch sonst machen im Koffer? So groß ist das Freizeitangebot da ja bekanntlich nicht. Das einzig Gute an der Situation, dass ich auf gepackten Koffern und sinnigerweise wie auf Kohlen sitze, ist, dass das

Wetter schön ist und am Nachmittag Pauli spielt. Also werfe ich den Grill an, schiebe den Fernseher auf die Terrasse und schaue abwechselnd in die Glotze und in die Glut. Aufsteigender Rauch kann auch sein Gutes haben, denke ich mir und wende die Nackensteaks. Ich glaub, meine Frau ist froh, dass ich nicht fliegen kann. Endlich haben wir ein paar Tage zusammen, das hatten wir lange nicht. Zur Zeit steht wirklich viel in meinem Terminkalender, und ich weiß kaum, wo mir der Kopf steht. »TV total«, »Elton reist« und »1, 2 oder 3«. Habe ich irgendwann in diesem Buch mal behauptet, dass ich gern auch mal ein bisschen faul bin? Ich bin es. Aber ich bin ganz offensichtlich sogar zu faul, mir zu viel Arbeit vom Hals zu halten.

Ich bin einfach ein netter Typ, könnte ich mir jetzt einreden, und sage deswegen zu allem Ja und Amen. Tatsächlich liegt es aber daran, dass alles so geil ist, was auf dem Plan steht, und ich leider schnell den Überblick verliere, was es für mich zeitlich bedeutet, wenn ich all die schönen Dinge mache. Zum Glück habe ich da tolle Leute um mich rum. Mein Management, das mir alles vom Hals hält und mein berufliches Leben für mich perfekt durchplant. So perfekt, dass ich selbst in Zeiten größten Stresses alles auf die Reihe bekomme. Nicht zuletzt aber schaffe ich das alles nur, weil ich zu Hause meine Frau habe. Sie hält mir wirklich den Rücken frei, und mein großes Glück ist, dass sie aus der gleichen Branche kommt und den Irrsinn, den Schwachsinn und den Wahnsinn meines Jobs daher sehr gut kennt. Ohne sie würde es nicht gehen. Ich kann mir sowieso nicht vorstellen, wie man sein Leben allein meistern kann. Ich bin froh und glücklich, eine Partnerin an meiner Seite zu haben, die mir, so kitschig es klingt, ein Heim bereitet. Ja, so sehe ich das wirklich. Diese oberflächliche Medienwelt kann man nur aushalten, wenn man zu Hause wieder auf den Boden geholt wird. Ist es nicht so, dass die wirklich Erfolgreichen im Showgeschäft alle ein glückliches Leben haben? Eine tolle Beziehung? Ich glaube ja. Ich weiß nicht, wie ich wäre, wenn ich all das nicht hätte. Es wäre ja schon mal spannend, sich selbst zu erleben, wie man die Bodenhaftung verliert. Das Problematische und Blöde daran ist nur, dass man wohl den Moment, in dem man unausstehlich wird, nicht mitbekommt und dann die Kontrolle über sich selbst verliert.

Es gibt eine Situation in den ganz frühen Tagen meiner Karriere, da konnte ich erahnen, wie es sein könnte abzuheben. Ja, ich habe mich genau ein Mal so ein bisschen wie ein Volltrottelarschpromi gefühlt. Es war am Anfang meiner Zeit bei »TV total«. Ich war im österreichischen Seefeld unterwegs, um eine Hotelausgabe von »Bimmel Bingo« zu drehen. Nachts verschlafene Hotelgäste durch Klopfen an der Türe wecken, das war der Plan. Unser Partner war ein 5-Sterne-Hotel, und wie die Österreicher eben so sind, waren die superlieb und wollten uns alles recht machen. Zum ersten Mal in meinem Leben sollte ich eine Wunschliste abgeben, die das Hotel bei meinem Aufenthalt beachten wollte. Man kennt das ja von den großen Stars. Madonna residiert nur in weiß gestrichenen Garderoben, Mariah Carey braucht 1.275 verschiedene Sorten Wasser zur Auswahl, Elton John will seinen eigenen Luxus-Toilettenwagen, der Papst küsst nur sauberen Boden, und ich? Woher sollte ich das denn wissen? Was will Elton? Hätte ich noch einen Deal mit Burger King, würde ich jetzt sagen, eine Burger-King Filiale in meiner Garderobe, aber nein, so wirklich hatte ich natürlich erst mal keine Wünsche. Aber cool war es schon, so eine Liste auszufüllen. Also habe ich mir mal Gedanken gemacht, was sich ein echter Elton so alles wünschen würde. Wir waren ganze drei Tage im Hotel, also fand ich es angemessen, zwei Kisten Astra-Bier aus Hamburg zu bestellen, dazu original französischen Ricard und den echten und einzigartigen selbst gemachten Hackbraten meiner Mutter. Den hatte ich übrigens gestern auch zum Mittagessen. Der ist einfach sehr lecker. Außerdem habe ich mir eine Spielkonsole ins Zimmer bestellt und darum gebeten, einen Fernseher mit Pay-TV im Badezimmer zu haben. Die Liste haben wir abgeschickt und hatten sie eigentlich fast schon wieder vergessen. Wochen später kommen wir in Seefeld am Hotel an, und alle vom Team haben ihre Zimmerschlüssel bekommen. Ich nicht. »Ja, Herr Elton«, bekomme ich zu hören, »Ihr Zimmer ist noch nicht fertig, da wird gerade noch die Spielkonsole eingebaut.« Ich dachte, ich hör nicht richtig. Wie peinlich. In diesem Moment wäre ich am liebsten im Boden versunken. Da haben die doch tatsächlich in die Suite noch eine Konsole eingebaut. Unfassbar. Wie arschig bin ich da wohl rübergekommen, als die meine lustig gemeinte Liste erhalten haben. Ich wollte mich gerade bedanken und entschuldigen zugleich, da fährt so ein Hotelservice-Wagen an mir vorbei. Was entdecke ich darauf? Die zwei Kisten Astra, die ich bestellt hatte. Ohne Scheiß, mir war selten etwas so peinlich. Ich wusste genau, dass es damals nicht sonderlich leicht war, das Bier zu besorgen, denn südlich von Hannover gab es das Bier nicht. Die Hotelleute hatten das Bier wirklich direkt aus der Brauerei einfliegen lassen. Seit damals gibt es übrigens im Astra-Merchandising ein T-Shirt, das sie sich extra für mich haben einfallen lassen: »Astra, ich besorg's dir.« Auf der einen Seite war das total süß vom Hotel, und ich habe mich sehr geehrt und geschmeichelt gefühlt, aber gleichzeitig bin ich mir eben auch wie ein Riesenarschloch vorgekommen. Ich hatte fast Angst, in meine Suite zu gehen, weil ich befürchtete, dass ich Mutters Originalküche aus Jork nachgebildet vorfinden würde mit einem frisch gebackenen Hackbraten im Ofen. Dem war aber zum Glück nicht so. (So ein bisschen schade war es aber schon.) Aber tatsächlich, ohne Scheiß, gehe ich auf mein Zimmer und finde folgende Zeilen: »Ich hoffe, es ist alles zu Ihrer Zufriedenheit, und wir haben versucht, alles zu bekommen, nur mit dem Hackbraten, da hat es nicht so ganz funktioniert.« Das stand tatsächlich in einem Brief, der da auf meinem Zimmer lag. Ja, und dann haben wir halt drei Tage Spaß gehabt. Das war nett. Waren ganz schön dekadente und freche Tage, wir haben uns einfach mal verwöhnen lassen. Drehen musste ich ja nur nachts und da auch nur frech sein und Leute wecken, also manchmal kommt mein Job meiner faulen Ader schon zugute.

Es gibt nur eine Situation, die ich noch frecher in Erinnerung habe. Maren, eine gute Freundin, ist bekannt für ihre weltbesten Süßspeisen und Desserts. Was Bree Van De Kamp Hodge in »Desperate Housewives« ist, das ist Maren in meinem Freundeskreis. Unschlagbar ist ihr Erdbeer-Tiramisu. Nicht zu süß, nicht zu sahnig, nicht belanglos. Einmal angefangen muss man essen, essen und immer weiter essen. Der Chips-Suchtfaktor ist nichts dagegen. Das einzige Problem an diesem Erdbeer-Tiramisu ist, dass Maren das Rezept nicht verrät. Auch hier steht sie ihrem Idol Bree in nichts nach. Normalerweise taucht Maren bei Partys immer mit diesem Tiramisu auf und stellt alle anderen mitgebrachten Nachspeisen in den Schatten. Als meine Frau nun neulich mit den Kindern bei meinen Schwiegereltern war, war es zu Hause mal wieder Zeit für einen netten Pokerabend mit meinen Jungs gemäß meinem Motto »Kommt zu mir, kommt raus auf's Land«, denn hier gibt es Parkplätze ohne Ende. Ich hab ein bisschen was zum Grillen aus der Tiefkühltruhe geholt, aber irgendwie war mir auch nach ein bisschen was zum Naschen, und die Jungs haben es auch gern mal süß. Also dachte ich mir, jetzt greife ich mal zu einem Trick. Warum nicht einfach Maren anrufen und für den Abend zu einer Spontanparty einladen. »Es wäre schön, wenn du einen Nachtisch mitbringst«, sagte ich ihr am Telefon und war glücklich. Ich konnte mich noch um die Getränke kümmern und in Ruhe den Nachmittag an der Spielkonsole verbringen. Die Lust auf Dessert hatte ich auf meine Weise gelöst. Ich hatte Maren nicht gesagt, dass ich eigentlich nur einen gemütlichen Pokerabend mit Freunden plante und keine Party auf sie wartete, sondern nur sieben zockende, angetrunkene Jungs in Dessertlaune.

Mein Plan ging auf. Ich hatte Maren für 20 Uhr eingeladen, also stand sie kurz vor halb elf, wir hatten gerade das erste Sit and Go gespielt, in der Türe. Das Nachtisch-Taxi war da. Ja, sie schaute etwas irritiert, man könnte sogar sagen bescheuert aus der Wäsche. Sie ließ die Augen wandern, suchend, leicht genervt. Aber dann brach Maren in ihr Lachen aus, das fast noch leckerer ist als das Erdbeer-Tiramisu. Sie war zum Glück nicht sauer, und wir hatten die perfekte Stärkung für die zweite Pokerrunde. Maren ist natürlich geblieben, und als würde es Gerechtigkeit auf diesem Planeten geben, hat sie uns ganz schön alt aussehen lassen und uns nacheinander vom Tisch genommen. Leider hatten wir keine Chance auf Revanche. Mein Bett wartete, da am nächsten Morgen die Dreharbeiten zur dritten Staffel von »Elton vs. Simon« losgehen sollten. Meine großartige, spektakuläre und etwas pubertäre Wettkampf-Show auf ProSieben. Generell mag ich es ja, mich mit anderen zu messen. Ich bin grundsätzlich spielbegeistert, und am liebsten spiele ich gegen Leute. Natürlich zocke ich auch gerne am Computer oder an der Spielkonsole, aber die ärgern sich nicht so schön, wenn ich gewinne, und daher spiele ich liebend gerne eben auch gegen andere. Ich mag Online-Spiele genauso wie Brettspieleabende mit Freunden. Auch meine Kinder müssen öfter mal dran glauben. Ich kenne da keinen Respekt und keine Gnade. Wenn ich mit den beiden spiele und sie verlieren, dann verlieren sie, und wenn sie heulen, dann heulen sie. Das ist mir egal. Ich bin kein »Mensch ärgere dich nicht«-Spielertyp, der sagt: »Du hättest den Papa jetzt aber auch rausschmeißen können, überleg doch noch mal.« So ein Trottel bin ich nicht. Da kann ich mir ja gleich einen eigenen Würfel nur mit Einsen zulegen. Kinder müssen doch auch lernen, wie es ist zu verlieren und damit umzugehen. Sonst entlasse ich irgendwann einen Menschen in die Welt, der glaubt, er wäre der Brettspielkönig, und beim ersten Spiel in freier Wildbahn bricht bei einer Niederlage die Scheinwelt meines Sprösslings zusammen. Neenee. Und in diesem besonderen Fall habe ich erst recht kein Mitleid. »Mensch ärgere dich nicht« ist eh schon das blödeste Spiel der Welt. Wenn man das dann auch noch ständig spielen muss, weil die Kinder glauben, sie wären da so gut drin –

Gott bewahre. Sollen sie doch aufpassen und sich konzentrieren. So lernen sie am besten. Und wenn sie nicht lernen, sind sie doof, und dann haben sie es auch nicht anders verdient. Stimmt doch, oder? Was hilft es, nett zu schwierigen Kindern zu sein? Das hilft ihnen auch nicht wirklich. Bohlen war immer nett zu Menowin, Klaus immer höflich zu Ingrid, ich war immer freundlich zu Gina Lisa. Geholfen hat das allen nicht, aber das sei nur am Rande erwähnt.

Gleiches galt für Simon. Keine Gnade, kein Mitleid. Eigentlich tolle Vorraussetzungen für einen Dreh, aber an diesem Abend hätte ich lieber noch ein bisschen mit meinen Freunden gefeiert, aber ich musste mich zurückhalten. Denn am nächsten Tag musste ich wieder vor der Kamera stehen. Da war das Erdbeer-Tiramisu ein schöner Abschluss der drehfreien Zeit. »Elton vs. Simon« hieß es am nächsten Morgen, die Dreharbeiten gingen wieder los. Vorbei die stressfreie Zeit. Jetzt wurde es wieder ernst und auch ein bisschen unangenehm. Wer tritt schon gern zusammen mit einem C-Promi in einer Sendung auf? Nein, das ist natürlich Blödsinn. Anhand dieser Bemerkung werde ich irgendwann checken, ob Simon das Buch wirklich gelesen hat. Bei den Dreharbeiten zu »Elton vs. Simon« bin ich oft ganz schnell an meine körperlichen und oft auch geistigen Grenzen gestoßen. Ich musste hier oft komplett auf stumpf schalten, was nicht immer einfach ist, weil ich nicht so naiv bin, wie man meinen mag. Für manche Spiele muss man einfach den Verstand erst mal komplett ausschalten. Zum einen, um nicht unfairerweise einen Vorteil Simon gegenüber zu haben, und zum anderen, um einige Spiele überhaupt durchführen zu können. Es ist durchaus so, dass ich mein Gehirn ausschalten muss, bevor ich mit Vollgas gegen eine Betonwand renne, nur weil die Redaktion es lustig findet zu sehen, wer von uns mit größerer Geschwindigkeit seinen Schädel an eine Wand klatscht. Die Spiele bei »Elton vs. Simon« sind schon bescheuert und anstrengend. Es ist nicht angenehm, drei Tage lang auf allen Vieren zu kriechen oder tagelang an Simon angekettet zu sein. An mich gekettet zu sein hingegen ist dafür im Vergleich total unangenehm. Das Nervigste an der Sendung war, dass alles absolut real war. Das war unverfälschte Realität, die wir da gezeigt haben. Wir haben die Sendung ja adaptiert von »Kenny vs. Spenny«, dem kanadischen Original. Bei denen ist alles drehbuchmäßig von Autoren geschrieben. Wir haben am ersten Tag des Piloten auch versucht, alles zu inszenieren. Das hat aber so etwas von nicht funktioniert, dass wir garantiert mit der Goldenen Himbeere ausgezeichnet worden wären, wenn wir das durchgezogen hätten. Wir können keine Emotionen spielen, nicht mal die simpelsten. Nun ging es bei »Elton vs. Simon« neben dem Besiegen auch um das Ärgern, und nicht mal Ärgern konnten wir schauspielerisch glaubhaft darstellen. Aus heutiger Sicht, wo »Familien im Brennpunkt«, die schlechte Laienschauspiel-Doku bei RTL, Rekordquoten holt, wäre es vielleicht wieder gegangen, aber ich glaube, selbst die können allesamt besser schauspielern als Simon und ich. Abgesehen davon mochte ich den Schauspielansatz auch nie. Ich bin mehr der Typ für echte Emotionen, ich habe auch noch nie einer Frau einen Orgasmus vorgespielt. Das würde ich nie machen, finde ich unfair. Und genauso fair möchte ich zu meinem Publikum sein. Deswegen haben wir uns dann entschieden, dass wir bei »Elton vs. Simon« alles in echt machen.

Wir bildeten also zwei Lager im Team. Das Simon-Lager, also die Möchtegerncoolen, und das Elton-Lager, die, die wissen, was sie tun. Die beiden Lager waren parteiisch, wussten aber über alle Vorhaben der Gegner Bescheid. Sie durften aber weder mir noch Simon verraten, welche Ärger-Attacken uns erwarten würden. Nur kleine Hinweise, wenn etwas kurz bevorstand, waren erlaubt. »Hey Jungs, es kann sein, dass in naher Zeit etwas passiert«, war zum Beispiel so eine Ansage. Genaueres aber war tabu. So blieb die Spannung erhalten, unsere Reaktionen waren echt, und wir mussten nichts vorspielen. Das hat der Sendung sehr gutgetan. Wenn wir die Sendung gefakt hätten, wäre sie nicht so erfolgreich gewesen. Das weiß ich aber auch erst heute, sonst wäre ich vielleicht doch für schlechtes Schauspielern gewesen, wenn mir das viele aufreibende Drehs erspart hätte. Die Sendungen waren teilweise wirklich ganz arg furchtbar für mich. Ich erinnere mich an die Folge »Wer hat das bessere Sperma?«. Warum lasse ich mich auf so ein Spiel ein? Ist das nicht ekelhaft? Nein, im Prinzip ist es ja gar nicht ekelhaft. »Wer kann mehr zunehmen?«, ein anderes Thema, fand ich im Vergleich dazu viel ekelhafter, weil man da nur fressen fressen fressen musste. An dem Sperma-Ding war eigentlich nur die Situation beim Arzt ekelhaft oder unangenehm. Ich fühlte mich wie ein Spender in einer Samenbank, der auf ein gekacheltes Klo geht, um sich ein paar Euros zu verdienen. Um Geld ging es bei Simon und mir ja nicht mal. Die Situation war voll unangenehm. Aber das waren ja nur wenige Minuten von mehreren Drehtagen. Wir haben so eine Folge ja immer mindestens drei Tage lang gedreht. In diesem Fall waren das also drei Tage Vorbereitung auf den großen Höhepunkt. Die längste Selbstbefriedigung meines Lebens. Drei Tage haben wir uns vorbereitet und alles dafür gegeben, das beste Sperma unseres Lebens zu produzieren. Nun hatte ich damals schon einen Sohn. Schon mal ein richtiger Nachteil für mich. Ich hatte das beste Sperma meines Lebens nämlich schon verschossen. Für mich konnte es von Anfang an also nur um das zweitbeste gehen. Also gesund essen, viel Eiweiß, nicht rauchen, nicht trinken und immer gut Luft am Sack, das waren so die besten Tipps. Ich bin deshalb tagelang mit einem Kaftan ohne was drunter rumgelaufen. Simons Taktik war eine ganz andere. Er setzte auf irgendwelches chinesisches Zeug, und ich weiß, dass er Tigerschwänze gefuttert hat. Ich will gar nicht wissen, wie die geschmeckt haben.

Beim Finale ging es dann also in eine gekachelte Toilette beim Arzt. Das gesamte Produktionsteam saß vor der Türe. So zehn Leute, würde ich sagen. Ich im Klo, weiße Kacheln um mich rum, mein Kleiner in meiner Hand und zehn lachende Gestalten vor der Tür.

Sorry, vertippt, noch mal von vorne.

Ich im Klo, weiße Kacheln um mich rum, mein Großer in meiner Hand und zehn lachende Gestalten vor der Tür. Ich konnte sie hören. Eine wirklich sehr geile Situation, selten hatte ich so einen Spaß an der Selbstbefriedigung. Aber ich weiß nicht wie, ich habe es geschafft. Ich wollte mich umdrehen, zur Seite rollen und vor Erschöpfung und Glückseligkeit einschlafen. Aber es war niemand da, den ich fragen konnte, ob ich gut war, und außerdem wartete draußen der Doktor. Das habe ich mir zumindest so erhofft. War aber leider nicht so. Ich musste zuerst vorbei an zehn grinsenden Vollidioten, um den Becher dann einer nicht weniger schmunzelnden Sprechstundenhilfe zu geben.

Für alle, die meinen, beim Fernsehen zu sein habe etwas von einem Traumjob, kann ich sagen: Nein, dem ist nicht so. Zumindest nicht an diesem Tag. Ich habe mich benutzt gefühlt. Wichsen als Arbeit. Ich hatte quasi Sex für Geld mit mir selbst. Ein komischer Wettbewerb war das.

Simons Sperma war übrigens zeugungsfähiger, meins war dafür mehr. Bleibt die Frage, was den Frauen im Zweifel lieber ist. Den Wettbewerb habe ich jedenfalls verloren. Simon war zu Recht stolz.

Wir haben bei »Elton vs. Simon« sehr viel von uns preisgegeben. »Wer bekommt schneller einen Steifen, wenn er einen Porno schaut?« zum Beispiel, auch darauf habe ich mich eingelassen. Wenn ich so drüber nachdenke, dann scheint mir wirklich nichts zu blöd gewesen zu sein. Das Thema Sperma und die Pornoerektion waren die beiden Themen, auf die ich am meisten angesprochen worden bin. »Elton, wie krass bist du denn? Wie kann man nur so was machen, Alder?« Es war ganz einfach. Ich habe mir eine enge Lycra-Hose angezogen, mich zusammen mit Simon vor einen Porno gesetzt, ein Kameraobjektiv wurde auf meinen Lümmel gerichtet, und alle haben gespannt gewartet, wann sich endlich etwas regt. Klingt bescheuert, und das war es auch. Ich habe damit aber gar kein Problem. Ist doch ein sehr lustiger Wettbewerb. Warum sollte ich da nicht mitmachen? So was wollen die Leute doch sehen. Das sind doch alles so Kinderspiele, die kennt man doch aus der eigenen Jugend, und damit sind das dann wohl eher Jugendspiele, auch wenn die Bundesjugendspiele in meiner Jugend eigentlich etwas ganz anderes waren. Aber das tut nichts zu Sache, mir kann jedenfalls keiner erzählen, dass das nicht jeder mal erlebt hat. Ich sag nur

Engtanz, das Highlight einer jeden Party in meiner Jugend. Endlich konnte ich dem Mädel, das ich irgendwie geil fand, so nah sein, wie ich es mir in einsamen Nächten zu Hause im Bett ausgemalt hatte, und was ging dann in meinem Kopf vor?: »Jetzt bloß keinen Steifen kriegen, Elton. Das merkt die doch, wie peinlich.« So ein Blödsinn aus heutiger Sicht, die fand das natürlich geil, hatte ja auch Gefühle und war froh, dass einer bei ihr mal eine Reaktion zeigte. Was für uns beide auf der Tanzfläche ein intimer Moment war, war für die Luschen am Rand der Tanzfläche, die keine zum Engtanzen abbekommen hatten, das Partyspiel zum Weglachen. Da wurde auf die Beulen im Schritt geschaut, Wetten wurden abgeschlossen, gegrölt und gelacht. Ja, und heute mach ich das für meine Zuschauer. Was früher gut war, kann doch heute nicht schlecht sein. Nach diesem Motto bestreiten Kollegen ihr ganzes Berufsleben. Also haben wir für »Elton vs. Simon« daraus ein Spiel gemacht. Ist doch lustig. Zumindest dachten wir das, und auf dem Papier hat es sich lustig gelesen. Aber im Gegensatz zu den Engtanzpartys von früher haben weder Simon noch ich einen hochbekommen. Simon fand den Porno schlecht, ich fand ihn ganz okay, aber ich habe halt die ganze Zeit an meine Mutter gedacht. Unentschieden. Kein Zeltbau, kein Soloengtanz in der Lycra-Hose, kein Grund, zuzuschauen und zu grölen. Dumm gelaufen. Aber es ist eben nicht alles planbar. Und ich bin auch ganz froh, dass sich nichts geregt hat bei mir. Wie hätte ich das denn jetzt hier erklären sollen, schließlich habe ich an meine Mutter gedacht.

Es gab auch einen Wettbewerb, bei dem ich irgendwann gar nicht mehr denken konnte. Ein Wettbewerb, der sehr anstrengend und zugleich aber auch der interessanteste überhaupt war. Ich würde fast sagen, allein für diesen Wettbewerb hat sich »Elton vs. Simon« gelohnt. So genervt ich von vielen Drehs war, die Erfahrung »Wer kann länger wach bleiben?« hätte ich sonst in meinem Leben niemals gemacht. Gut, das gilt für fast alle Wettbewerbe, die wir hatten, aber lange Wachbleiben ist eine Erfahrung, die ich niemals missen möchte. Es ist krass, was so alles passiert, wenn man nicht schläft. Bevor ich mich auf das Experiment eingelassen habe, dachte ich, dass ich einfach irgendwann einschlafe und das Spiel damit beendet ist. Was aber alles auf dem Weg dahin passiert, das hatte ich so überhaupt nicht auf dem Plan. Ich wusste bis zu dem Experiment nicht im Geringsten, was Halluzinationen sind, aber man beginnt nach etlichen Stunden ohne Schlaf tatsächlich zu phantasieren.

Damit der Wettkampf auch fair ablief, mussten wir natürlich auch gleichzeitig aufstehen. Ab diesem Moment ist die Kunst beim »lange Wachbleiben«, die Zeit totzuschlagen, ohne sich dabei körperlich zu verausgaben oder durch irgendwas müde oder erschöpft zu werden. Das heißt Fußball spielen und saufen scheiden schon mal aus. Man muss sich schonen, ohne jedoch vor Langeweile einzuschlafen. Also Lesen, Konsole zocken, Fernsehen schauen. Dazwischen reichlich Kaffee oder Red Bull trinken und NIEMALS, auch nicht ganz kurz, die Augen schließen. Das habe ich tapfer eine ganze Weile durchgehalten, aber irgendwann kommt einfach das erste Mal der Punkt, an dem man merkt, dass es langsam schwierig wird, die Augen offen zu halten. Das war bei mir so gegen Mittag des ersten Tages. Aber nach fünf Stunden wollte ich nicht aufgeben. Also hieß es durchhalten. Und ich hielt durch.

Ich war am Ende dieses Selbstversuchs sage und schreibe etwas über 65 Stunden wach und habe damit gewonnen. Das Schlimmste an dieser schier unendlichen Quälerei war, dass ich fast die ganzen 65 Stunden über Simon am Hals hatte. Das, in Verbindung mit der Aufgabe, wach zu bleiben, macht einen auf Dauer verrückt. So viel ist sicher. Und da hilft es auch nicht im Geringsten, wenn in der zweiten Nacht dann auf einmal auch noch ein Schimpanse durch das Loft rennt. Vor allem, wenn man irgendwann merkt, dass es sich lediglich um einen Schatten handelt, der durch das Licht des Fernsehers verursacht wurde. Das beruhigt auch nicht. Wenigstens kann man dann wieder ein paar Minuten totschlagen, wenn man die als Köder ausgelegten Bananen einsammelt. Wer auch mal derart Abgefahrenes erleben will, dem kann ich nur raten, mehrere Tage einfach nicht zu schlafen. Spätestens am dritten Tag wird es ein Heidenspaß. Kurz darauf ist die Wirkung dann aber auch vorbei, man kommt runter und schläft ein. Der entscheidende Moment bei uns war aber keinesfalls, wie man sich das so vorstellt, dass Simon sich erschöpft hingelegt und angefangen hat, selig zu schnarchen. Nein, für das große Finale sind wir extra ins Schlaflabor gegangen, und während wir noch wie Kinder am Abendbrottisch gegen das Wegnicken kämpften, konnte unter ärztlicher Aufsicht und mit den angeschlossenen Überwachungsgeräten bei Simon ein ganz kurzer Sekundenschlaf nachgewiesen werden. Hätte mich dieser Sekundenschlaf nicht erlöst, ich bin mir sicher, ein paar Minuten später wäre ich selber eingeschlafen. Aber ich hätte mich für das volle Rundumsorglos-Schnarchpaket entschieden. Nach einem lächerlichen Sekundenschlaf war mir nicht. Aber ich habe gewonnen, ich war länger wach, und das war das Wichtigste! Überhaupt habe ich die meisten Wettbewerbe gewonnen. Ich habe in unserer gemeinsamen Show also bewiesen, dass Simon gegen mich ein großmauliger Loser ist, und das reicht mir. Mehr demütigen muss ich ihn nicht. Ich glaube, auf der ewigen Bestenliste liege ich sowieso auch vorne. Warum also noch mal antreten? Nur weil Simon vielleicht Revanche will oder der Sender es gerne möchte? Ich glaube nicht, dass wir noch mal drehen. Schließlich reden wir ja von einer Fernsehsendung und nicht von einer Comeback-Tournee. Also hoffe ich, dass ich nicht noch mal rückfällig werde. Es tut so gut, das aufzuschreiben.

Ich habe mich ja schon bei den letzten beiden Staffeln nur mit Mühe motivieren können. Die Show macht zwar Spaß, ist aber echt hart. Aus diesem Grund haben wir »Elton vs. Simon« dann irgendwann auch abgewandelt und daraus eine von Johanna Klum moderierte Show gemacht. Ich hatte mehr oder minder die Idee, die Wettkämpfe in mehrere kleine aufzuteilen und diese dann in eine Studio-Show zu packen, weil ich keinen Bock mehr hatte, mich drei Tage am Stück zu quälen. Ich bin ja 1971 geboren und inzwischen auch gerne mal zu Hause und genieße meinen Feierabend. Ich brauche keine Rund-um-die-Uhr-Drehs mehr. Lieber eine Stunde bei einem Dreh für einen Einspieler quälen und dann noch eine Stunde im Studio, und dann ist es vorbei, habe ich mir gedacht. Ich musste dann Katzenfutter essen, eklige Sachen trinken und lauter so bescheuerte Wettbewerbe machen, die anscheinend gut vor Studiopublikum ankommen. Für die war das bestimmt toll, wenn Simon und ich wie die Deppen gegen eine Wand gerannt sind oder Spiele gemacht haben, die sonst nur bei RTL im Dschungel stattfinden. Manchmal hätte ich mir da gewünscht, wie in den Anfangszeiten der Sendung ›nur‹ tagelang an Simon gekettet zu sein. Aber man kann nicht alles haben.

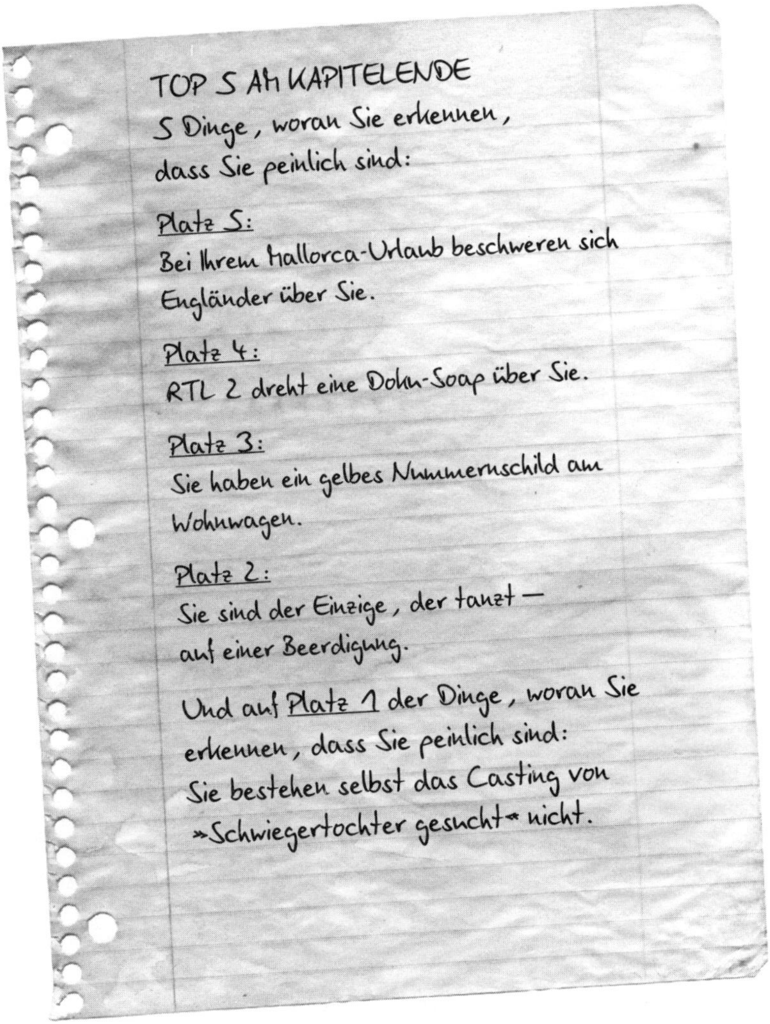

TOP 5 AM KAPITELENDE

5 Dinge, woran Sie erkennen, dass Sie peinlich sind:

Platz 5:
Bei Ihrem Mallorca-Urlaub beschweren sich Engländer über Sie.

Platz 4:
RTL 2 dreht eine Doku-Soap über Sie.

Platz 3:
Sie haben ein gelbes Nummernschild am Wohnwagen.

Platz 2:
Sie sind der Einzige, der tanzt – auf einer Beerdigung.

Und auf Platz 1 der Dinge, woran Sie erkennen, dass Sie peinlich sind:
Sie bestehen selbst das Casting von »Schwiegertochter gesucht« nicht.

Mein neuer Kumpel

Das isländische Aschemonster hat mich nicht fliegen lassen. Ich war zu Hause. Eine ganze Woche lang. Es ist schon ganz schön doof, auf ein Flugzeug angewiesen zu sein, das nicht fliegt. So ein Bockmist, aber die Natur war stärker, und wie so oft wurde mir klar, dass Reisen scheiße ist. Ich bin ja schon genervt, wenn ich irgendwo in der Stadt eingeladen bin und da keinen Parkplatz finde. Das ist in Innenstädten furchtbar, und ich muss allen Frauen recht geben: Einparken ist wirklich gar nicht so einfach. Ich bin der weltschlechteste Einparker. Das ist doch aber auch zum Kotzen. Ewig rumgurken, kein gescheiter Parkplatz weit und breit, und dann soll man sich irgendwie in eine viel zu kleine Lücke reinmanövrieren, während hinter einem gehupt oder zumindest genervt geschnauft wird. Wie soll das denn gehen? Ich fahr' auch in Parkhäuser, so ist das ja nicht, aber wenn die zu weit weg sind, dann muss man ja auch wieder so viel laufen. Und ganz nebenbei sind Parkhäuser auch nicht gerade günstig. Besonders in Köln. Aber oft hat man ja gar keine andere Wahl. Abzocke könnte man das nennen. Die Parkplatzsituation in Köln ist ganz bescheuert, und was ich auch hasse, ist, dass man nahezu nirgendwo links abbiegen darf. In dieser Hinsicht ist Hamburg weitaus angenehmer als Köln, und die Parkhäuser sind um einiges besser, zumindest liegen sie mehr in der Nähe der Leute, die ich besuchen möchte. Man könnte auch sagen, dass meine Hamburger Freunde parkstrategisch sinnvoller wohnen. Meine Freunde in Köln sollten einfach mal umziehen. Entweder direkt neben ein Parkhaus oder am besten gleich raus auf's Land. Ich wohne ja auf dem Land und biete meinen Freunden somit hervorragende Parkmöglichkeiten vor dem Haus, alles ganz unkompliziert. Außerdem hat man auf dem Land neben Parkplätzen ja auch noch so herrlich seine Ruhe. Jungs, ich finde, es wäre für euch mal eine Überlegung wert. Es muss ja nicht mein Dorf sein, um Gottes willen, ich würde auch weiter zu euch fahren, Hauptsache, ich kann vor dem Haus parken. Dann springt man doch viel schneller am Abend mal spontan ins Auto und trifft sich auf eine Runde Poker. Das Pflegen von Freundschaften sollte nicht an der Parksituation von Innenstädten scheitern. Da sollte man mal drüber nachdenken. Ich weiß, wovon ich rede. Ich habe viele Monate in Köln in der Innenstadt gewohnt, als ich bei »TV total« angefangen habe. Von Montag bis Donnerstag habe ich in einem Hotel direkt am Ring gewohnt. Ich war sozusagen der Lindenberg vom Kölner Ring, ich hatte alles bis auf einen Parkplatz vor dem Haus. Montag bis Donnerstag Hotel ohne Parkplatz in Köln, Freitag bis Montag zu Hause in Hamburg mit Parkplatz vor der Türe. So habe ich fast ein Jahr lang gelebt. Eigentlich tut man mir einen Gefallen, wenn man mich nicht nach Köln einlädt. Also auf Termine, Partys, zum Arbeiten. Solche Einladungen in die City finde ich richtig doof. Bei Partys kann man nicht so viel trinken oder muss mit dem Taxi zurückfahren, und das ist unangenehm, weil es eine Menge Geld kostet. Das Blöde ist nur, auf dem Land finden keine Partys statt, also muss ich, wenn ich mal feiern will, in den sauren Apfel beißen und eben doch in die Innenstadt fahren. Oder feiern, wenn ich beruflich irgendwo unterwegs bin. Aber da sind ja selten alle Freunde dabei. Na ja, das Leben ist nicht leicht, und man kann nicht alles haben. Das merke ich auch dieser Tage, als ich zu Hause statt im Flieger sitze. Man kann nicht alles beeinflussen. Die Natur ist manchmal stärker.

Der Vulkan spuckte und spuckte. Eigentlich sollte ich nach Thailand fliegen für eine neue Show, aber so blieb mir nur das Thai-Food vom Lieferservice. So hatte ich aber immerhin Zeit, mich um mein Buch zu kümmern. Alles hat also seinen Sinn. Eine Floskel, die aber stimmt. Es hat doch jeder schon einmal erlebt, dass sich ein scheinbarer Nachteil plötzlich in einen Vorteil verwandelt hat. Ich muss da immer an ein Erlebnis aus meinen Kindertagen denken. Damals, ich war gerade 8 Jahre alt, durfte ich zum ersten Mal alleine einkaufen gehen. Ich fühlte mich äußerst erwachsen mit so viel Verantwortung und war bereit, für das Überleben meiner Familie zu sorgen. Mit einem Zehnmarkschein bewaffnet machte ich mich auf den Weg zum Supermarkt und sollte Milch, Brötchen und etwas Aufschnitt kaufen. Ich packte alles in einen Einkaufswagen und wollte zur Kasse gehen, als ich bemerkte, dass ich mein Geld verloren hatte. Ich war den Tränen nahe. Panisch machte ich mich im ganzen Supermarkt auf die Suche danach. Ich drehte jeden Artikel um, schaute unter die Regale, verdächtigte jeden Kunden, und als ich schon aufgeben wollte, entdeckte ich im Kühlregal einen Geldschein. Aber es war nicht meiner. Ich hatte einen Zehnmarkschein verloren, aber einen Fünfzigmarkschein gefunden! Ich konnte mein Glück kaum fassen. Mit meinen Einkäufen und 42 Mark Restgeld kam ich zurück nach Hause. Hier könnte die Geschichte eigentlich enden und wäre ein schönes Beispiel für meine »Alles hat einen Sinn«-Weisheit. Leider hatte ich die Rechnung ohne die Ehrlichkeit meiner Mutter gemacht. Sie konnte meine Euphorie zwar verstehen, aber nicht teilen. Sie machte mir regelrecht ein schlechtes Gewissen: »Irgendwo läuft jetzt jemand rum, der 50 Mark verloren hat und die sicher ganz doll sucht.« Mein Einwand, dass er mit ein bisschen Glück vielleicht ja wenigstens meine 10 Mark finden würde, konnte sie nicht davon abbringen, mit mir und dem Fünfzigmarkschein zurück in den Supermarkt zu gehen und ihn dort für den unglücklichen Verlierer zu hinterlegen. Wenn sich niemand melden würde, könnte ich das Geld behalten. Aber schon am nächsten Tag war es erstaunlicherweise abgeholt worden und von Finderlohn keine Spur. Ich könnte mir vorstellen, dass es da draußen eine Menge Leute gibt, die sich ihren Lebensunterhalt damit verdienen, durch Läden und Polizeireviere zu streifen und auf gut Glück zu behaupten, sie hätten Geld verloren. Da kommt bestimmt was bei rum. Ich erinnere mich noch genau, wie ich mich damals gefühlt habe. Komisch, dass einem so manche Erinnerungen aus der Kindheit ewig im Kopf bleiben.

Auch eine andere Geschichte habe ich nie wirklich vergessen. Aber fangen wir vorne an. Es war im Jahr 2002, als Verona Pooth, damals noch Feldbusch, einen herzzerreißenden Heulkrampf bei Johannes B. Kerner in seiner ZDF-Show hatte. Ganz Deutschland war peinlich berührt. Auch meine Mutter. Und so hat sie mich, als ich wenige Wochen nach Verona zu Kerner sollte, eindringlich darum gebeten, nicht auch zu weinen. Sie fragte gar, ob es denn da etwas geben würde, was mich zum Weinen bringen könnte. Mutter wusste es ganz offensichtlich nicht. Denn ja, verdammt, wenn der gute Kerner auf eine Geschichte aus meiner Kindheit gekommen wäre, dann hätte ich für nichts garantieren können: mein Piratenschiff. Das ist eine traurige Geschichte. Als ich klein war, hatte jeder Junge zu Hause ein Piratenschiff von Playmobil. Ende der siebziger Jahre war es der Verkaufsrenner und brachte die Augen kleiner Jungs unterm Weihnachtsbaum zum Glänzen. Fast aller. Denn meine Augen glänzten nicht. Sie tränten, weil ich nie ein Piratenschiff von Playmobil unterm Weihnachtsbaum stehen hatte. Das Teil war nämlich ganz schön teuer. Nun war es aber nicht so, dass meine Eltern mir nicht trotzdem auch etwas Gutes tun wollten. Nein, voller Fürsorge und Liebe bekam ich eine Attrappe. Ein Playmobil-Fake-Piratenschiff sozusagen. Das war ungefähr so cool, wie wenn der echte Winnetou schon damals von Winnetouch gespielt worden wäre. Irgendwie auch gut, aber eben nicht das, was ein kleiner Junge gerne haben möchte. Ich wollte das Original. Und ich habe das auch alle um mich rum spüren lassen, Freude hatte ich nicht an meinem Piratenschiff.

Jahre später habe ich meiner Mutter also diese Geschichte wieder aufgetischt. Sagen wir es so, meine Eltern haben Humor und Größe bewiesen, als sie mir dann zum 32. Geburtstag endlich ein Playmobil-Piratenschiff geschenkt haben. Ich war gerührt, und mein kleiner Sohn hatte nun also, was ich nie hatte: das coolste Piratenschiff der Welt.

Aber genug der Sentimentalitäten. Normalerweise zeige ich nur beim Sport oder bei Wettkämpfen Emotionen. Ich schreie und fluche, ich bin der harte Hund, der im Eiskanal im Wok sitzt, gegen Weltmeister boxt und der vor allem Simon in zahlreichen Shows besiegt hat. Heute ist »Elton vs. Simon« Geschichte, ich habe meine Ruhe und muss mich nicht mehr mit ihm messen. Jetzt reise ich nach Finnland, England, Holland, Frankreich oder Spanien, und wenn der isländische Vulkan mich hätte fliegen lassen, dann wäre ich jetzt in Thailand unterwegs.

Meine neue Show heißt dann auch logischerweise »Elton reist«, und auch hier muss ich mich wieder messen und beweisen. Statt mit einem einzigen Gegner muss ich es nun mit einem ganzen Land aufnehmen. So ein bisschen wie Rambo, nur mit geilerer Figur. Ich reise durch ein Land und muss landestypische Aufgaben bestehen. »Gewinne gegen den Saunaweltmeister Timo Kaukonen im ›Mensch ärgere dich nicht‹ in einer Sauna« lautete beispielsweise eine Aufgabe in Finnland. Der finnische Saunaweltmeister sieht übrigens aus wie Fußballtrainer Winnie Schäfer und hat auch genauso eine Frisur. Was macht Winnie Schäfer eigentlich heute? Der Saunaweltmeister macht jedenfalls nichts anderes als saunieren und kann davon ganz gut leben, wie er mir erzählt hat. Faul rumsitzen und nichts tun bzw. einmal im Jahr in die Sauna gehen, wenn grad WM ist, und dann 45 Minuten drinbleiben, und schon hat er wieder ein Jahr ausgesorgt. Die spinnen, die Finnen. Aber das muss man erst mal schaffen, damit sein Geld zu verdienen! Und nun stelle man sich bitte mal mich vor, wie begeistert ich war über die Aufgabe, mich mit ihm in der Sauna im »Mensch ärgere dich nicht« zu messen bei 90 Grad und 20 Prozent Luftfeuchtigkeit. Die Hitze ist nicht wirklich schlimm, sie ist einfach nur nicht schön, nicht angenehm, aber man hält es irgendwie aus. Unerträglich wird es, wenn es dann zu einem Aufguss kommt. Das ist der blanke Horror. Man sitzt da und schwitzt und schwitzt, es tropft, und die Augen sehen etwas anderes, als man gerne sehen möchte, und auch nicht mehr ganz so klar. Es läuft geradezu in Bächen aus den Poren. Dazu dann diese dämliche Techno-Musik, die sich schnell als mein Herzrasen herausstellt, das nur ich höre, während ich da mit dem Saunaweltmeister sitze. Von Extrem-Saunieren kann ich wirklich nur abraten, denn ein paar Monate nach unserem »Mensch ärgere dich nicht«-Duell fanden im finnischen Heinola wieder Weltmeisterschaften statt. Diesmal mit einem dramatischen Ende, denn nach etwa sechs Minuten in der 110 Grad heißen Sauna kollabierten der russische Finalist Wladimir Ladyschenski und mein Spielpartner Timo Kaukonen. Kurz darauf starb Ladyschenski! Nach diesem tragischen Ereignis wurde die seit 1999 jährlich stattfindende WM abgebrochen. Ich glaube nicht, dass es diesen Wahnsinn weiter geben wird.

Wenn ich da so drüber nachdenke, dann bin ich wirklich ein harter Hund. Zumindest meine »Elton reist«-Redaktion scheint davon auch überzeugt, oder würde sie mich sonst in solche wahnsinnigen Abenteuer schicken? Als ich mich entschieden habe, »Elton reist« zu machen, dachte ich, das wird wie Urlaub. Von wegen.

Sauna ist überhaupt nicht mein Ding. Diese feuchte Wärme, da dreht man komplett durch. Dann doch lieber durch die finnischen Wälder jagen auf der Suche nach selbst gebranntem Alkohol. Bekanntlich ist Alkohol in Finnland ja sehr teuer, was zur Folge hat, dass sehr viele Finnen ihren Alkohol selber brennen, was selbstverständlich illegal und daher verboten ist. Aber es gibt sie zuhauf, diese illegalen finnischen Brennereien. Warum also nicht mal den Elton losschicken mit der Aufgabe im

Gepäck, nicht nur so eine illegale Schnapsbrennerei zu finden, sondern dort auch noch Schnaps zu kaufen und diesen dann vor einer finnischen Polizeidienststelle zu trinken. Mindestens zwei knifflige Aufgaben in einer. Nun war ich nicht ganz hilflos. Ich hatte einen finnischen Begleiter und wusste daher, je tiefer man in die Wälder vordringt, umso einfacher findet man auch illegale Schnapsbrennereien. Nun steht auch in finnischen Wäldern nicht ein Fahnenmast vor den spärlich gesäten Häusern mit einem »Illegale Schnapsbrennerei«-Werbebanner, also blieb mir nichts anderes übrig, als von Haus zu Haus zu gehen und zu klingeln. Ist schon lustig, wenn man da so mitten im Wald vor einem Finnen steht, der einen nur blöd anschaut, und der dann von mir in einer Sprache, die er nicht versteht, gefragt wird: »Guten Tag, brennen Sie illegal Schnaps?« Solange ich das nur auf Deutsch gefragt hatte, blieb es beim Blöd-Schauen, aber dann musste mein finnischer Guide übersetzen. Aus dem Blöd-Schauen wurde des Öfteren ein wüstes Vom-Hofe-Jagen. War oft gar nicht so witzig. Ich glaube, wenn ich in einem verlassenen Gehöft in den finnischen Wäldern wohnen würde, hätte ich was zum Schießen bei mir. Insofern habe ich mich wirklich nicht allzu wohl gefühlt. Ich glaube, mein Guide auch nicht, aber er wurde von der Produktionsfirma bezahlt, und so mussten wir beide rein beruflich weiter nach illegalem Alkohol Ausschau halten. Es waren jede Menge Türen und Häuser, an denen wir klingelten und unsere Frage stellten, und diese Häuser lagen relativ weit auseinander. Wir hatten also gut zu tun. Es riecht in den finnischen Wäldern auch eher nach Wald als nach Schnaps. Das ist nicht, wie wenn man in der Nähe einer Bierbrauerei entlanggeht und genau weiß, dass irgendwo ums Eck das leckere Gebräu zu finden ist. Im Wald ist das schwieriger. Tannen zu finden, das wäre einfach gewesen. Aber Schnaps?

Irgendwann aber stand er vor mir, der kriminelle Schnapsbrenner, der auch zugegeben hat, illegale Dinge zu tun, und kein Problem damit hatte, mir eine Flasche zu verkaufen. Auch ich wurde von einer Produktionsfirma bezahlt und musste das tun. Hilft im Zweifel aber auch nicht. Ist das jetzt eigentlich eine Selbstanzeige, wenn ich das so erzähle oder wenn wir das im Fernsehen ausstrahlen? Ich werde das klären und dann eventuell diesen Absatz hier wieder löschen.

Den kleinkriminellen Finnen jedenfalls mussten wir für die Fernsehshow pixeln, also unkenntlich machen, das haben wir ihm versprechen müssen. Er wiederum hat mir versprechen müssen, dass der Schnaps genießbar ist und ich keine schwerwiegenden gesundheitlichen Folgen davontragen würde, wenn ich bei der Aufgabenlösung vor der Polizeiwache das Gesöff trinken würde. Wir haben im Nachhinein sogar sein Haus gepixelt. Nicht weil er es illegal gebaut hatte, sondern einfach um alles, was auf ihn hinweisen könnte, unkenntlich zu machen. Er lebt in Wahrheit auch nicht in den finnischen Wäldern, sondern in der finnischen Wüste. Alle Bäume hatte nur die Requisite der Produktionsfirma für unseren Dreh aufgebaut, weil es einfach finnischer aussah. Und um es noch auf die Spitze zu treiben, hat er uns den Schnaps nicht an oder in seinem Haus verkauft, sondern wir haben uns ganz unauffällig auf einem Parkplatz getroffen. Auch das scheint typisch finnisch zu sein. Kauft man nicht in Deutschland ganz gern mal ein Nokia-Handy an gleicher Stelle? Spannend war es auf jeden Fall. Den Schnaps habe ich dann ganz schnell vor einer Wache getrunken und bin dann weggerannt, so schnell ich konnte. Die Polizisten am Fenster haben sicher gedacht, ich sei ein geistesgestörter Honk. Ich kann es ihnen nicht verübeln.

In England musste ich bei meiner Reise dann auf eine Hen Night, einen »Hennenabend«, wie man dort den Junggesellinnenabschied nennt. Natürlich durfte ich mich da nicht einfach so zum Spaß unter die feierwütigen Ladies mischen, nein, ich hatte eine Aufgabe im Gepäck. Ich musste strippen. Das Spannende an der Geschichte war, dass in England »full naked strips« verboten sind. Kein Stripper und keine Stripperin dürfen sich ganz ohne Textilien zeigen. Das war meiner Redaktion jedoch vollkommen egal.

Ich traf meine Stripperkollegen am Abend in dem Club, in dem die Hen Night stattfinden sollte. Die Jungs waren sehr nett. Sie musterten mich von oben bis unten, während sie ihre, ich nenn es mal »Beulen«, zurechtzupften und darauf achteten, dass alles optimal platziert war, um bei den Mädels vor der Bühne den bestmöglichen Eindruck zu hinterlassen. Ich stand also mit drei fast nackten, zeigefreudigen Schönlingen in der Umkleide einer Diskothek. Es war enger, als ich es mir in dieser Situation gewünscht hätte. Es war schmierig, roch unangenehm und war dreckig. Alles in allem war es der Ort, an dem ich in diesem Moment eigentlich am wenigsten sein wollte. Ich sah an mir runter, während sich die anderen ihre trainierten Körper einölten. Mein Körper ist einzigartig, dachte ich mir. Etwas ganz Spezielles. Die haben Sixpacks – ich einen dicken Bauch. Aber fest ist er auch. Da wabbelt und schwabbelt nichts. Auf mein Bindegewebe bin ich stolz. Da gibt es andere Männer, die wiegen genauso viel wie ich und haben Rettungsringe. Aber, hey, was soll's, ich bin der Exot an diesem Abend. Und aalglatt wie die muss ich ja nicht sein. Ich strippe nicht gern, hab das auch privat nie gemacht. Trotzdem war ich mir nicht ganz sicher, was schlimmer ist: einen »full naked strip« hinzulegen oder so bedauernswert lustige Strings oder ärmliche Boxershorts wie die durchaus ansehnlichen Jungs zu tragen. Immerhin – das war meine Chance auf ein Unentschieden mit den Berufsstrippern. Körperlich lagen sie vorn, aber ihre lächerlichen Strings machten das wieder zunichte.

Es war ein sensationelles Bild: drei bronzefarbene, eingeölte Muskelboys und daneben ein weißes Walross. Eine Zoo-Attraktion der besonderen Art. Meine Aufgabe war, so zu strippen, dass kein Kleidungsstück mehr meinen Körper berühren durfte. Und so stand ich auf einmal für wenige Sekunden full naked vor englischen Hennen. Einige Mädels waren entsetzt, andere kreischten, manche waren am Gackern. Der Schreck stand jedenfalls den meisten von ihnen ins Gesicht geschrieben. Ich nehme an, dass sie etwas gesehen haben, und hoffe, sie waren nicht erschrocken, weil sie nichts gesehen haben. Das wäre auch irgendwie blöd. Naja, ich hoffe, ich habe der Oberhenne mit meiner »fully naked« Strip-Einlage nicht ihren Junggesellinnenabend versaut. Möge vor dem Altar ein stolzer Hahn auf sie gewartet haben. Die Chancen stehen ja nicht schlecht. Britische Männer sind meistens stolz. Größtenteils nicht unbedingt sexy, sondern eher bleich und gern auch mal rothaarig und sommersprossig, aber stolz in jedem Fall. Meist auf ihren Fußballclub. So zumindest erlebe ich das, wenn ich mich in einem englischen Pub herumtreibe. Ich finde das absolut cool und mag die Pubkultur sehr.

Abends treffen sich alle nach Feierabend im Pub, es ist eng und voll. Jeder kommt mit jedem ins Gespräch, und schon um elf sind das Pub und der Gast dicht. Das find ich praktisch. Da spart man Geld und hat mehr Zeit, den Rausch auszuschlafen, weil man schon so früh ins Bett kommt. Das ist in der Regel eher nicht so, wenn ich mit den Jungs in anderen Ländern unterwegs bin. Da sitzt man schon mal gerne etwas länger an der Hotelbar, und die Drehs finden meist mit extremer Müdigkeit statt. Aber nicht nur wegen der Geselligkeit bin ich gerne im Ausland unterwegs. Außerhalb Deutschlands oder Österreichs ist es eine große Herausforderung für mich zu drehen, weil die Leute mich nicht kennen. Und das nutzen meine Kollegen bei »Elton reist« schonungslos aus für ihre Gags. Denn egal, wohin ich für diese Show reise, ich muss fast in jeder Folge auch mal in Frauenkleidern drehen. In Holland, in Finnland, in Frankreich. Ist das denn so lustig? Nein! Ich sehe dann ja aus wie meine Mutter. Zwar irgendwie schön, aber nicht lustig. Also was soll das immer? In Holland musste ich zum Beispiel als Frau Antje den Käse zum Bahnhof rollen. Ganz schön anstrengend, so ein Käserad mehrere Kilometer zu rollen, besonders, wenn man die ganze Zeit den Käseduft in der Nase hat. Naja, aber nicht ganz so anstrengend, wie als Prostituierte im Amsterdamer Rotlichtviertel im Schaufenster zu sitzen. Das war für andere lustig, für mich nicht.

Ich musste Freier anlocken und das war sehr schwierig. Für meine Art der Prostitution gibt es nicht genügend Fetischisten, die sich dafür interessieren. Ein dicker Mann mit BH, Langhaarperücke, unrasierter Brust, Bauch und einem kratzigen Dreitagebart kommt in Amsterdam irgendwie nicht so gut an. Ich saß gelangweilt in meinem Fenster rum, konnte mich in Pose werfen, wie ich wollte. Niemand zeigte Interesse. Das sah bei der Drehvorbereitung einen Tag zuvor noch ganz anders aus. Da öffnete sich jedes vierte Schaufenster, und die Damen haben meinen Namen gerufen. Die »Kolleginnen« in Amsterdam schienen mich zu kennen. Aus dem Fernsehen, darauf lege ich Wert an dieser Stelle.

Nachdem ich auch bei »Elton vs. Simon« schon mal als Straßennutte gegen Simon verloren hatte, kam ich nach dieser zweiten Erfahrung zu der Erkenntnis, dass Prostitution keine berufliche Alternative für mich darstellt. Aber ich bin nicht sehr traurig darüber. Auch wenn das Hinterzimmer zu meinem Amsterdamer Schaufenster ganz gemütlich schien, bin ich doch froh, dass ich es nicht benutzen musste. Insofern habe ich Glück gehabt.

Es passieren ja immer wieder Situationen, die man nie im Leben erwartet hätte und die dann doch eintreten. Ich denke da zum Beispiel auch an Lenas Sieg beim Eurovision Song Contest in Oslo. Was für ein Glück auch für mich, beim geschichtsträchtigsten Entertainment-Ereignis 2010 dabei sein zu dürfen, als Lena zum ersten Mal nach 28 Jahren für Deutschland gewonnen hat. Für »TV total« hatte ich eine tolle Produktionswoche in Oslo. Ein anderes Land, ein anderes aus dem Boden gestampftes Studio im 11. Stock der norwegischen Arbeiterpartei. Eine Live-Show aus der Fremde. Das war schon spannend und hat mich so ein bisschen an »Piratensender Powerplay« erinnert, den 80er-Jahre-Gottschalk-Film überhaupt. Mike Krüger und Thomas Gottschalk machen Radio aus einem behelfsmäßigen Studio. Sehr lustig. Ein Film, noch schlechter und besser als »Die Supernasen«. Muss ich unbedingt mal wieder anschauen. Gibt es da eine DVD-Box? Lang vergessen und ausgerechnet jetzt, als ich an das »TV total«-Studio in Oslo denke, kommt mir der Film wieder in den Sinn. Irgendwie sollte ich den jetzt zum Kult erklären, zusammen mit »Sunshine Reggae auf Ibiza« mit Karl Dall und Helga Feddersen. Schräger Trash, aber geil, und das haben sie mit dem Grand Prix (oder dem Eurovision Song Contest, wie er heutzutage heißt) gemeinsam. Man schaut sich die Veranstaltung jedes Jahr an, und eigentlich schämt man sich dafür.

Falsch.

Ich schäme mich dafür.

Aber wenn man live dabei ist, dann ist es was völlig anderes.

Schon 2004 mit Max Mutzke in Istanbul war es toll, das wollte ich noch mal erleben. Obwohl mir Istanbul damals auch übel mitgespielt hat, wenn ich daran denke, was da alles passiert ist. Ich wurde ordentlich verprügelt und niedergerungen. Verprügelt nenn ich es mal, was die türkischen Kollegen in einem traditionellen Hamam bei der Wäsche unter Männern mit mir angestellt haben. Eine komische Tradition. Ein Hamam hat etwas von einer Sauna, es ist sauheiß, aber der Mann geht nicht nur zum Schwitzen, sondern auch zum Rasiert- und Gewaschen-Werden dorthin. Man zieht sich aus und wickelt sich in eine rot-weiß karierte Tischdecke, wie man sie in Deutschland in Schrebergartenkolonien sieht, und lässt sich dann von bärigen Türken einseifen und dabei ordentlich durchprügeln. Das ist körperlich sehr anstrengend, da die Wäscher mit bloßen Händen und einem Handtuch auf einem rumkloppen. Diese Art der Schläge haben nichts mit Bestrafung zu tun und sind alles andere als erotisch, es handelt sich einfach um eine landestypische Waschzeremonie. Leider hatte der Ölringer, mit dem ich mich danach für einen Dreh getroffen habe, von Hamam anscheinend noch nie etwas gehört. Denn der hat so dermaßen nach Schweiß und Puma gestunken, dass ich mich fast schon kampflos geschlagen geben wollte. Aber das macht bei einem Dreh ja keinen Sinn. Meine Autoren meinten, dass ich was auf's Maul kriegen müsste, sonst hätten die Zuschauer keinen Spaß. Und Geruchsfernsehen gibt es ja leider noch nicht. Wir trafen uns in einem öffentlichen Park zum Ringen, genauer gesagt zum Ölringen. Eigentlich ist das nichts anderes als Ringen, nur dass man sich vorher komplett mit Öl einreibt und dann eben extrem stinkt. Nach einem Öl-Schweiß-Gemisch und der beim Ringen zu tragenden, ungewaschenen Lederhose. Diese Lederhosen sehen aus wie riesige schwarze Lederwindeln, und mein Exemplar wurde mir netterweise von meinem Gegner mitgebracht. Aber ich bezweifle, dass es neu und ungetragen war. Lecker. Nackt bis auf die Lederhosen stürzt man sich dann aufeinander, und es ist sehr glitschig, und ich muss es noch mal sagen: Es riecht fürchterlich. Ich landete ein paar Mal unsanft auf dem Rücken und schrie vor Schmerzen. Meine Autoren waren zufrieden und reichten mir Handtücher (leider zu wenige), und ich setzte mich noch ölverschmiert ins Auto und freute mich auf die Dusche im Hotel.

Zum Abendessen im »TV total«-Studio Istanbul gab es dann Schafshoden. Warum nicht? Landestypische Sachen muss man ausprobieren, und solange sie nicht schmecken, wie die Ringer riechen, ist doch alles halb so wild. Die Redaktion war der Meinung, man muss sich den Traditionen eines Landes auch kulinarisch nähern. Gerade ich als ausgewiesener Speisenexperte kann mich da natürlich nicht entziehen. Da musste ich durch. Schlimmer war es sicher für den armen Hammel, der die Hoden lassen musste. Nehme ich jetzt einfach mal an. Ich habe mir gedacht: Augen zu und durch, und es war halb so schlimm.

Diesem Sprichwort viel näher gekommen bin ich 2010 in Oslo, als die Redaktion wieder die Idee hatte, landestypische Speisen zu servieren. Nur isst man in Oslo eben keine Hoden, sondern Fisch- und Schafsaugen. Also wie ich schon sagte: Augen zu und durch. Das Auge isst mit oder besser: wird mitgegessen. Ich muss sagen: gerne immer wieder traditionelles Essen in Istanbul, aber bitte nie wieder in Oslo. Ach du große Scheiße, schmecken Schafsaugen ekelhaft. Ich saß in einem Sterne-Nobelrestaurant mit der schönsten Norwegerin, die ich kenne, Charlotte Engelhardt, und bekam einen toten Schafskopf mit glupschigen Augen serviert.

Charlotte ist wirklich eine tolle Frau. Sie war meine Begleiterin für meine Einspielfilme, da sie in Oslo geboren und aufgewachsen ist, sich bestens auskennt und die Sprache natürlich perfekt spricht. Diesen Umstand haben wir uns natürlich auch für Drehs zunutze gemacht. Ich stand am Hafen von Oslo, und versteckt in einem Bulli saß Charlotte mit dem Kamerateam. Über ein Walkie-Talkie sagte Charlotte mir norwegische Sätze ins Ohr, die ich so gut wie möglich wiederholen sollte. Erst im Nachhinein erfuhr ich, was ich da so zu den Osloern gesagt hatte, und es ist ein Wunder, dass ich nicht verprügelt worden bin. Und das, obwohl ich dank Charlotte mehrere Passanten eindringlich darum gebeten hatte. »Schlagen Sie mich! Bitte, schlagen Sie mich!«, ließ der blonde Teufel mich mehrere kräftige Männer anbetteln. Und ich war ahnungslos, als ich sagte: »Entschuldigen Sie, ich suche einen Schwulen-Club. Einen, wo es so richtig derb zur Sache geht. Wollen Sie da mit mir hingehen?« Ja, auch das ließ mich Charlotte einen Passanten fragen. Vielen Dank auch. Aber ist alles gut gegangen. Wir hatten tolle Tage, haben leckere Sachen gegessen, die ich noch nie zuvor gefuttert habe, und danach sicher auch nie wieder bestellen werde. Wobei, ganz ehrlich: Ich habe nur ein halbes Schafsauge gegessen. Ich hatte das ganze Auge im Mund, habe es aber nicht komplett runterbekommen. Also habe ich es ausgespuckt. Grund genug für einen meiner Autoren, mich anzumeckern, dass ich das jetzt gefälligst aufessen soll. Sonst würde der ganze Dreh keinen Sinn machen. Ich sagte: »Okay, ich esse es, aber du isst die andere Hälfte.« Da hat er es gepackt, ab in den Mund und runtergeschluckt. Jetzt blieb mir nichts anderes übrig, als es ihm gleichzutun. Was er danach zu recht bemerkte, war, dass sein halbes Auge für ihn ja noch viel ekelhafter und widerlicher war als meine Hälfte, weil ich sie zuvor im Mund rumgewürgt hatte. Also: Respekt, mein Lieber! Charlottes Mutter war übrigens sauer, nachdem sie das Filmchen von unserem Restaurantbesuch gesehen hatte. »30 Jahre lang weigerst du dich, an Weihnachten Schafsaugen zu essen, und kaum hält man eine Fernsehkamera drauf, dann tust du, als wäre es dein Leibgericht«, fuhr sie die arme Charlotte an. Was tut man nicht alles fürs Fernsehen? Schon verrückt. Und was macht das Fernsehen nicht alles mit einem? Im deutschsprachigen Raum hat es mich bekannt gemacht. Da wissen die Leute, was sie erwartet, wenn ich mit einem Kamerateam im Rücken auf sie zu gehe: nämlich Spaßumfragen oder Ähnliches. Bei Drehs im Ausland werde ich erst mal kritisch beäugt. Nach dem Motto »Was will der denn von mir?« schauen die meisten Menschen erst mal skeptisch. Aber es hat auch seine guten Seiten, wenn nicht jeder gleich weiß, dass ich ihn verarschen will.

Bei den ersten Drehs für »1, 2 oder 3« war aber genau das mein Problem, weil die Leute dachten, ich will sie verarschen. Kein Wunder, kennen sie ja nicht anders. Dabei habe ich einen ernsten Auftrag. Ich stelle die Wissensfragen nicht mehr nur den Kindern im Studio, sondern gehe auch raus auf die Straße, um die gleichen Fragen Erwachsenen zu stellen und den Kindern dann in einem kleinen Einspielfilm die verschiedensten Antworten vorzuspielen. Es geht also um ganz normale Wissensfragen, und die Leute merken, dass ich sie nicht auf den Arm nehmen will. Gut, ein bisschen Spaß machen wir schon auch, aber eben nicht auf die gemeine Tour. Oder ist es gemein, Kinder Heuschrecken essen zu lassen, nur weil deren Eltern zu feige sind, es selber zu tun, und lieber die Kleinen vorschicken? Das ist mir in der Tat so passiert. Eine Frage bei »1, 2 oder 3« lautete: »Warum entfernt man Heuschrecken, bevor man sie essen kann, die Beine?« Um da möglichst viele Theorien einzusammeln, war ich mit meinem Team auf der Straße unterwegs, und natürlich hatte ich auch Heuschrecken dabei, um die Leute probieren zu lassen. Das gehört ja zum Service dazu. Allerdings habe ich nicht verraten, was sich da auf meinem Teller befand und in einen Schokomantel gehüllt war. Tatsächlich war es so, dass Erwachsene sich kaum getraut haben, sich auf das Experiment einzulassen und etwas zu essen, von dem sie nicht wussten, um was es sich handelt. Da hat auch mein ZDF-Mikro nicht geholfen, sie zu überzeugen, dass sie mir vertrauen können und dass es sich um etwas Gesundheitsverträgliches, Essbares handelt. Tatsächlich aber haben die lieben Eltern ihre Kinder vorgeschickt. Die Kinder waren mutig und griffen leicht zögerlich, aber doch beherzt zu.

Danach erst habe ich sie aufgeklärt, was sie da nun gegessen hatten, und den Kindern die Heuschrecken ohne Schokomantel gezeigt. Da haben sich die kleinen süßen Mäuler ganz schön angewidert verzogen. Die Eltern hatten ihren Spaß und haben gelacht. Weil mir die Kleinen aber so leid taten und ich schon beim Dreh die Zeitlupeneinstellungen vor Augen hatte, die die Cutter im Schnitt mit den angewiderten Gesichtern machen würden, erzählte ich ihnen, dass unter ihrer Schokoladenportion nicht wirklich so »ekelhaftes« Getier gewesen sei. Ich lasse es an dieser Stelle mal offen, ob ich den Kindern den Tag versüßen wollte oder die Wahrheit erzählt habe. Jedenfalls haben wir im Team die Viecher auch verspeist, immerhin essen in 80 % der Welt die Leute Insekten mit Genuss. Für den einen schmeckten sie nach Nuss, für den anderen nach Chips aus Ostzeiten. Was auch immer nun stimmt, die Beine entfernt man jedenfalls wegen der Widerhaken, die beim Essen zu Verletzungen führen könnten.

Auch bei »1, 2 oder 3« darf ich also lustige Einspielfilme drehen, und ich habe sehr viel Spaß daran. Kids finden vieles lustig, obwohl ich es gar nicht so meine. Da sag ich nur: »Pusteblume«, und die müssen lachen. Ich sag: »Ich muss mal«, und die lachen, obwohl ich einfach nur auf's Klo muss. Und so ist »1, 2 oder 3« schon nach den ersten Aufzeichnungen und Drehs ein sehr schönes Projekt. Ich habe vieles erwartet und mich auf vieles vorbereitet, aber dass es gar nicht so anders ist als alles, was ich bisher gemacht habe, das hätte ich nicht gedacht. Der Unterschied zwischen Kinderfernsehen und Late Night Comedy ist gar nicht so groß. Die Comedy funktioniert irgendwie auf gleicher Ebene. Gut, die Witze, die ich für die Kinder mache, gehen nicht unter die Gürtellinie, aber ansonsten sehe ich keinen Unterschied. Ähnlich wie bei »Elton vs. Simon« hat man mir einen Gegenpart an die Seite gestellt: Piet Flosse, eine Großfigur in Gestalt einer blauen Robbe, in der ein genialer, spontaner Schauspieler steckt. Piet gibt es schon lange im ZDF-Kinderfernsehen und bei »1, 2 oder 3«. In verschiedenen Einspielfilmen sind wir beide im normalen Leben unterwegs. Wir treffen uns mit Thomas Hermanns zum Tanzunterricht, arbeiten als Klomänner, Zugbegleiter oder Elefantenwärter im Wuppertaler Zoo oder nehmen an einem Skikurs in der Skihalle Neuss teil. Es ist erstaunlich, dass die Leute mit der Puppe ganz normal reden und ihr dabei auch in die viel zu hohen Augen schauen.

Wenn der Schauspieler in den Umkleidewagen steigt und als Piet wieder herauskommt, dann ist der Kollege hinter der Maske auch für mich vergessen. Dann ist Piet Piet. Groß und Klein nehmen ihn dann als das wahr, was er definitiv nicht ist: nämlich eine ganz normale Person. Wenn er mit seinen Augen klimpert, erliegt einfach jeder seinem Charme. Das funktioniert sogar bei Verkehrskontrollen, die wir mit echten Polizisten in Köln für einen Dreh gemacht haben. Da stand ich mit Piet auf der Straße und habe Verkehrsteilnehmer kontrolliert. Ein herrliches Bild. Eine große blaue Robbe steht auf der Straße und winkt Autofahrer in die Polizeikontrolle. Eine großartige Vorlage für Spitzengags.

»Was sehen Sie neben mir?«, frage ich die erstaunten Autofahrer.

»Eine große blaue Robbe«, bekomme ich zur Antwort.

»Natüüürlich, eine blaue Robbe, in einer Polizeikontrolle! Sind Sie sicher, dass Sie nichts getrunken haben?«

Anders würden die Gags fürs Late-Night-Programm auch nicht funktionieren.

Bei der Kontrolle haben wir tatsächlich einige erwischt, die nicht alles dabeihatten. Führerschein, Fahrzeugpapiere, Erste-Hilfe-Koffer, Warndreieck. Es hat richtig Spaß gemacht, »Polizist« zu sein und im Verkehr für Recht und Ordnung zu sorgen. Menschen zu belehren, das hat mich gekickt, obwohl ich sonst vieles auch nicht so genau nehme. Bei der Aktion haben der blaue Piet und ich den Autofahrern rechtsgültige Verwarnungen aufgedrückt, also besser gesagt, die Polizisten haben das getan. Das geht halt nur bei »1, 2 oder 3«. Jeder kennt eben die Sendung, es ist für alle ein Klassiker ihrer Kindheit. Da ist es einfach, die Menschen zu animieren, mitzumachen. Alle haben uns erlaubt, ihre »Vergehen« im Kinderfernsehen zu zeigen. Das wäre für das Erwachsenenfernsehen nicht so leicht gegangen. So eine süße blaue Robbe an meiner Seite macht vieles einfacher.

Piet läuft einfach so über die Straße, und schon muss man lachen. Wenn er sich bewegt, ist das ein schwerfälliges Gewatschel, wie ich es bisher nur von mir kannte. Leider kann ich aber kein Kostüm abstreifen.

Ich freu mich sehr, dass ich den Schritt ins Kinderfernsehen gewagt habe. Kinder kann man nicht verarschen. Die entscheiden sich entweder, samstagmorgens »1, 2 oder 3« zu schauen oder lieber wieder zu Papi und Mami ins Bett zu springen und die müden Eltern zu nerven. Kinder sind entweder begeistert und gefesselt, oder sie sind es nicht. Ich kann nun also beim ZDF, wenn es denn läuft, gleich zwei Gruppen glücklich machen: die Kinder, weil ich gut bin, und die Eltern, weil sie ausschlafen können, denn »1, 2 oder 3« läuft morgens um halb neun. Ich bin wirklich nervös. Kinder sind die härtesten Kritiker überhaupt.

Aber jetzt bin ich erst mal nervös, weil ich in wenigen Minuten den letzten Punkt in meinem Buch setze. Das Buch ist geschrieben, das Mutter sich gewünscht hat. Oder nicht? Ich werde es merken, wenn ich sie das nächste Mal treffe …

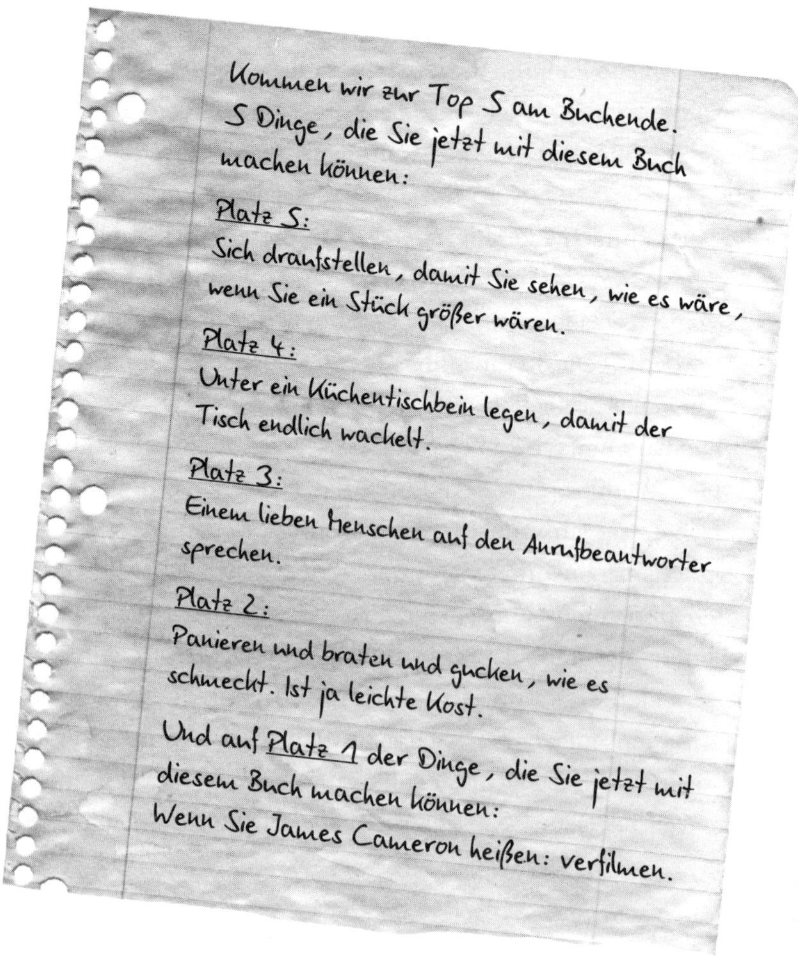
Kommen wir zur Top 5 am Buchende. 5 Dinge, die Sie jetzt mit diesem Buch machen können:

Platz 5:
Sich draufstellen, damit Sie sehen, wie es wäre, wenn Sie ein Stück größer wären.

Platz 4:
Unter ein Küchentischbein legen, damit der Tisch endlich wackelt.

Platz 3:
Einem lieben Menschen auf den Anrufbeantworter sprechen.

Platz 2:
Panieren und braten und gucken, wie es schmeckt. Ist ja leichte Kost.

Und auf Platz 1 der Dinge, die Sie jetzt mit diesem Buch machen können:
Wenn Sie James Cameron heißen: verfilmen.

Elton dankt

Ich bin es noch mal. Ich habe lange überlegt, ob ich meinem Buch ein Nachwort geben soll.

Warum soll ich jetzt noch etwas sagen, wenn ich doch eben über 200 Seiten Zeit hatte, alles loszuwerden, was ich loswerden wollte? Das ist doch, wie wenn ich, nachdem ich einen Film angeschaut habe, die Inhaltsangabe auf dem DVD-Cover lese. Wie wenn ich, nachdem ich ein Bier getrunken habe, ein Glas dafür hole. Wie wenn ich, nachdem ich Sex hatte, meine Frau ins Bett rufe. Welchen Sinn hat also ein Nachwort? Vielleicht am Ende nachholen, was ich am Anfang nicht gemacht habe? Meine Leser begrüßen? Hallo.

Warnen vor den Folgeschäden, die die Lektüre meines Buches haben kann? Achtung!

Mich bedanken, dass sich der Leser für das Buch entschieden hat? Danke.

Hallo! Achtung! Danke!

Irgendwie ein blödes Nachwort. Aber besser, als keinen Übergang zu haben zu dem, was ich eigentlich hier noch loswerden möchte. Ich wollte mich noch ein bisschen bedanken.

Danke an meine Familie, an die Älteren und Jüngeren, an alle gleich. Ihr seid das Wertvollste überhaupt, denn ihr seid, wie ich bin, ihr seid einfach mein Leben. Danke an meine großartige Frau.

Danke dir, Stefan, danke für die Chance, die du mir vor

Jahren gegeben hast. Ohne dich wäre alles nicht so gekommen, wie es heute ist. Du bist wirklich der Einzige, der Schuld daran hat, dass ich verdammt noch mal jedes Jahr auf's Neue mit dir beim Turmspringen in bedauernswerten Figuren ins Wasser plumpse. Danke auch, Martin, du warst crazy genug, mir eine Chance zu geben. Danke, Jörg. Du bist so etwas wie mein Fernsehvater, mein Blake Carrington. Möge die See da draußen noch so rau sein, auf dich kann ich mich verlassen. Danke, Ralf. Danke für deine Strukturen und dafür, dass du mir zur Seite stehst. Danke, Ilka. Du bist der weibliche Sonnenschein in meinem beruflichen Umfeld, und Sonne kann ich verdammt noch mal gut gebrauchen. Danke, Jungs, ich nenn euch hier jetzt nicht beim Namen, aber all ihr, die ihr mit mir arbeitet, mit mir spielt, grillt, streitet und feiert. Ihr seid alle sowieso die Besten, und ihr seid eine ganze Menge. Ihr macht alle einen tollen Job. Danke, St. Pauli, meine erste Liebe.